Emma Flint

Mein Leben voller Feenstaub und Konfetti

(schön wär's)

Emma Flint,
geboren 1975, arbeitete schon als Hausbotin, als Bademeisterin, als Basketballtrainerin, als Regaleinräumerin im Supermarkt und als Fernseh- und Radioreporterin, bevor sie anfing, Bücher zu schreiben. Wobei ihr Letzteres eindeutig am meisten Spaß macht. Nach mehreren Romanen für Erwachsene schreibt sie nun zum zweiten Mal für ein jüngeres Publikum. Flint lebt mit ihrer Familie in Köln.

Ebenfalls von Emma Flint im Arena Verlag:
Jungs verstehen das nicht!

Emma Flint

Mein Leben voller Feenstaub* und Konfetti

(*schön wär's)

Mit Vignetten von

Eva Schöffmann-Davidov

Arena

Für Matilda

FSC
www.fsc.org
MIX
Papier aus verantwortungsvollen Quellen
FSC® C110508

1. Auflage 2019

Umschlaggestaltung und Vignetten im
Innenteil: Eva Schöffmann-Davidov
Gesamtherstellung: Westermann Druck Zwickau GmbH
ISBN 978-3-401-60490-9

Besuche uns unter:
www.arena-verlag.de
www.twitter.com/arenaverlag
www.facebook.com/arenaverlagfans

Samstag, 15. Juli, 10:53 Uhr

Heute ist ein SUPERTAG! An Supertagen kommt es mir so vor, als wäre die Luft voller Feenstaub und Konfetti. Dann grinse oder kichere ich die ganze Zeit und habe MEGA-LAUNE! Und ich finde es besonders cool, dass ich mein neues Tagebuch mit lauter tollen Neuigkeiten beginnen kann:

1. Heute Nachmittag gehen wir zu Fionas Filmpremiere. Meine große Schwester ist nämlich jetzt ein Star, weil sie in dem Film *Sommer der Kaulquappen* fast eine Hauptrolle spielt. Und bei der Premiere gucken wir den Film und dazu gibt es jede Menge Popcorn und Gummibärchen und Limo. Da freue ich mich total drauf!
2. Ich kann auf dem Hinterreifen fahren! (Also mit dem Rad natürlich.) Ein paar Meter habe ich heute geschafft! Nachdem ich vorher einmal volle Kanne hingefallen bin. Aber dann hat es geklappt. Bin MEGASTOLZ und konfettihappy! Und Papa auch!

Und wenn ich es jetzt noch schaffe, die neue Hose zu verstecken, sodass Mama nicht merkt, dass da ein klitzekleines Loch drin ist, dann …

Samstag, 15. Juli, 10:59 Uhr

Okay. Ich hätte ERST die Hose ausziehen und in der untersten Schublade meiner Kommode verstecken sollen und dann TAGEBUCH schreiben. Ganz schön blöd. Für fast elf Jahre! Da müsste ich wirklich langsam schlauer sein. Wo ich doch weiß, dass Mama einen **RÖNTGENBLICK** für Flecken und Löcher hat.

Kaum war sie nämlich eben in mein Zimmer gekommen, um mit mir meine »Garderobe« für die Filmpremiere durchzugehen, hat sie schon das aufgerissene Knie bemerkt und gestöhnt: »Ach, Leni, nicht schon wieder!« Gut, ich verstehe das ja auch. Sie hat mir die Hose *erst letzte Woche* gekauft. Weswegen sie mir mal wieder erklärte, dass man mit seinen Sachen ordentlich umgehen muss, weil das Geld nun mal nicht auf Bäumen wächst. Ich musste mich richtig zusammenreißen, um keinen doofen Kommentar zu machen. Ich meine, für wie blöd hält sie mich? Dass ich denke, auf den Feldern wachsen Möhren, Kartoffeln und Zehneuroscheine????? Aber ich wollte sie nicht noch saurer machen, deswegen sagte ich nichts, sondern bot ihr einfach nur eine PERFEKTE Lösung für das Löcherproblem an. »Kauf mir keine neuen Sachen«, habe ich Mama gesagt, »dann ist es auch nicht schlimm, wenn sie kaputtgehen.«

Obwohl das ja wirklich superlogisch ist, hat Mama das überhaupt nicht verstanden!

Nein. Sie hat nur wieder gestöhnt und gesagt, das kann es ja wohl nicht sein. Und dass ich einfach mehr auf meine Kleidung achten soll. Weil ich doch in ein paar Wochen aufs Gymnasium komme. Und da müsse ich doch mal langsam anfangen, vernünftig zu sein. Pffff!

Sie hätte genauso gut sagen können: Da musst du anfangen, Wirsing und Rosenkohl zu mögen. Oder: Du musst anfangen, AUFRÄUMEN zu lieben. Das wäre ungefähr genauso verlockend gewesen!

Aber da es Mama so wichtig ist, dass ich vernünftig bin, erklärte ich ihr, dass ein kleines Loch in der Hose sogar *sehr vernünftig* ist, weil Luft reinkommt und man nicht so schwitzt.

Da musste Mama lachen. (Zwar auf die Augen-verdreh-Art, aber immerhin.) Und dann sagte sie mit totaler BESTIMMER-STIMME, dass ich jetzt das Kleid anziehen sollte, das sie mir extra für Fionas Premiere gekauft hat, und dass ich aufpassen soll, dass weder Flecken noch Löcher reinkommen. Besonders mit roten Lebensmitteln sollte ich aufpassen und Kakao sollte ich auch nur ganz vorsichtig trinken, der würde auch schlimme Flecken machen. Ich nickte brav (zwar auf die Augen-verdreh-Art, aber immerhin!) und wiederholte feierlich, dass ich gut aufpassen würde. Mama war erleichtert. Und sagte beim Rausgehen: »Du willst doch deine Schwester bei ihrem großen Auftritt nicht blamieren.«

Das will ich natürlich kein bisschen! Bin doch megastolz auf Fi! Und ich verstehe auch, warum für Mama Aussehen total wichtig ist. Sie hat nämlich einen eigenen Friseursalon und muss den Kunden ein gutes Beispiel sein. Deswegen ist sie immer sehr schick angezogen und sieht auch wirklich toll aus. Sie war früher sogar ein Model und hat mal in einer Waschmittelwerbung mitgespielt. Eigentlich wollte sie Schauspielerin werden, wie Hedi schon oft erzählt hat. (Hedi ist die Mutter von Mama, also meine Oma. Wir dürfen sie aber nicht Oma nennen, weil sie findet, dass sie kein bisschen aussieht wie eine Oma. Was auch stimmt, sie hat nämlich kurze rotbraune Haare und ist immer sehr gestylt, mit auffälligen Ohrringen und Seidenblusen in Rosa oder Türkis oder Hellgrün.)

Jedenfalls hat Mama die Friseurlehre gemacht und keine Zeit mehr gehabt für die Schauspielerei. (Was Hedi »äußerst bedauerlich« findet, wie sie bei jeder Gelegenheit betont.) Trotzdem hat Mama ein bisschen Ahnung von der Schauspielerei und ziemlich viel von schicken Klamotten. Kein Wunder, dass Fiona und sie sich so gut verstehen! Die beiden können sich stundenlang über ein einziges Kleid unterhalten und welche Ohrringe gut aussehen und ob Ponyfrisuren *in* sind oder nicht. Papa und ich verdrehen dann manchmal die Augen und kichern, wenn die beiden mal wieder in ein Dieses-Outfit-ist-so-süß-Gespräch verwickelt sind. Vielleicht liegt es dran, dass Fi schon vierzehn ist und ich erst fast elf, dass ich mit diesem Modethema nicht so viel zu tun habe wie sie. Kann aber auch daran liegen, dass ich mehr nach meinem Vater komme (glaub ich jedenfalls!). Er ist Verkäufer in einem großen Fahrradgeschäft namens *Superbike* (bester Arbeitsplatz *ever!*) und ziemlich lässig und sportlich. Er hat dunkelbraune Haare (wie ich) und braune Augen (wie ich auch) und einen Dreitagebart (wie ich nicht …☺). Er kann sich natürlich schick machen, wenn er mit Mama ins Restaurant geht oder so, aber am liebsten trägt er Cargoshorts und karierte Hemden mit kurzen Ärmeln. Und wenn er selbst mal ein Loch in der Hose hat, regt er sich kein bisschen auf, sondern sagt: »Hauptsache kein Loch im Kopf.«

Wenn ich freihabe, gehe ich gerne mit zu seiner Arbeit, weil man in der riesigen Verkaufshalle mit BMX-Rädern rumkurven oder Wakeboards und Inliner testen kann. Fi dagegen hängt lieber im Salon meiner Mutter ab und wühlt in den Proben rum, die Mama von den Firmen geschickt bekommt, damit sie die Produkte in ihrem Salon verkauft. Das finde ich total öde! Außerdem stinkt es dort klebrig-süß nach Haarspray.

Obwohl Fi und ich so unterschiedlich sind, verstehen wir uns super. Meistens jedenfalls. (Außer, wenn ihre Freundinnen Mareike und Anna da sind. Dann behandelt sie mich wie ein lästiges Insekt. Warum ist das eigentlich so?) Aber ansonsten haben wir viel Spaß miteinander. (Außer, wenn wir uns um den letzten Schokopudding streiten. Oder wenn sie gestresst ist, weil sie irgendwo einen wichtigen Auftritt als Filmstar hat. Was in letzter Zeit öfter vorgekommen ist. LEIDER!)

Aber ansonsten sind wir ein gutes Schwesternteam. Fi hilft mir bei den Hausaufgaben, ich bringe sie mit Grimassen und lustigen Sprüchen zum Lachen, wir mögen beide die Musik von Marcus & Martinus und die Fernsehserie *Raven*.

Und wir beide sind natürlich auch Verbündete, wenn Mama und Papa mal wieder völlig ungerechte Strafen verteilen, nur weil man mal vergessen hat, aufzuräumen (ich) oder pünktlich nach Hause zu kommen (Fi).

Immer noch Samstag, 15. Juli, 11:52 Uhr

Gerade komme ich von Fi zurück. Sie hat ihre neuen Ohrringe anprobiert (die funkeln richtig!) und ich habe ihr erzählt, dass Mama sich wegen der Löcher total aufgeregt hat. Dabei kommen die ja eh in die Hose, irgendwann.

»Außer in deine rosa Glitzerjeans, weil die eine Zauberhose ist«, meinte Fiona. Da haben wir uns angegrinst. (Natürlich ist es *keine* Zauberhose. Das sagt Fiona nur, weil sie in letzter Zeit andauernd IRONIE benutzt. Da sagt man Sachen, die eigentlich das Gegenteil bedeuten. Papa hat mir das erklärt. Eigentlich finde ich das bescheuert. Aber Fi macht das, also versuche ich es auch.)

Zurück zu meiner rosa Glitzerjeans, die einfach nur deswegen noch keine Löcher hat, weil ich sie noch nie angezogen habe. Und NIEMALS anziehen werde! Darin sehe ich aus wie eine Mischung aus Gartenzwerg und Weihnachtskugel. Ich hoffe, dass sie mir zu klein wird, bis Mama wieder einfällt, dass sie sie mir mal gekauft hat.

Fiona hat mich dann aus dem Zimmer geworfen, weil sie sich nicht entscheiden konnte, welche Ohrringe sie anziehen soll. Dabei sieht sie doch immer hübsch aus, egal mit welchen! Das habe ich ihr auch gesagt, aber Fi war auf einmal total gestresst und schrie nach Mama.

Heute drehen halt alle ein bisschen durch. Wegen der Premiere! Um halb drei müssen wir los. Ich habe also noch **EWIG** Zeit. Schade, dass Flummi schläft.

Flummi ist mein Zwerghamster und das LUSTIGSTE Haustier der Welt! Er hat immer gute Laune und ich gucke ihm so gerne zu! Wenn er wach wird (meistens erst abends), klettert er in seinem Käfig rum und robbt sogar kopfüber in die Röhre, in die er durch ein Loch im Käfigdach gelangt. Am Anfang konnte ich kaum glauben, dass er es geschafft hatte, in die Röhre zu kommen, weil sie so steil nach oben abgeht. Aber er ist eben ein echtes Klettertalent. Wenn man ihn so kraxeln sieht, könnte man wirklich denken, die Hamster stammen von den Affen ab. Und wenn ich ihm ein Leckerli hinhalte, schnappt er es sich und hält es ganz süß zwischen seinen Vorderpfoten und knabbert daran. Man sollte nur auf seine Finger aufpassen, wenn man in den Käfig greift. Er ist ja ein Nagetier! Und Nagetiere nagen an Sachen, auch an Fingern! Aber wenn man ihm nicht gerade den Finger hinhält, ist Flummi total friedlich und tut keiner Fliege was zuleide und ist einfach nur SUPER!!! Aber jetzt schlummert er friedlich in seiner Heuhöhle, was zum Zugucken ein bisschen öde ist.

Wie gut, dass Fi mir ein neues Poster geschenkt hat. Das gucke ich total gerne an. Es hängt gleich neben meinem Bett und ist MEGA! Darauf sind Marcus & Martinus. Die beiden sind Zwillinge und Mama behauptet, man könne sie nicht auseinanderhalten. Was natürlich Quatsch ist! Martinus sieht nämlich viel besser aus als Marcus. Finde ich jedenfalls. Er hat die coolere Frisur und meistens die cooleren Sachen an. Aber singen können sie beide gleich. Oben an der Zimmerdecke über meinem Bett kann ich seit Neuestem die Uhr ablesen. Ich habe einen neuen Wecker bekommen, bei dem man auf einen Knopf drücken kann, und dann zeigt er die Uhrzeit an der Decke an. In ROT!! Den Wecker habe ich extra für die neue Schule bekommen. Damit ich immer die Zeit im Blick habe, hat Mama gesagt. Und mit dem Teil hat man wirklich *immer* die Zeit im Blick. Ob man will oder nicht.

Samstag, 15. Juli, 12:23 Uhr

Fiona ist ja jetzt eine richtige Schauspielerin und alle sind megastolz auf sie. Papa, Mama und ich auch, aber Hedi am meisten. Wenn wir uns treffen, redet sie von nichts anderem mehr als von Fionas toller Karriere! Und Fi ist dann immer mächtig eingebildet, weil sich alles um sie dreht.

Ich kann meine Oma dagegen kein bisschen beeindrucken, aber das ist mir egal. (Zumindest meistens.) Sie findet, Mountainbikefahren ist kein gutes Hobby für ein Mädchen. Und ich sollte doch lieber wie Fi zum Ballett gehen. (ERNSTHAFT?? Was soll ich denn mit *Ballett*? So nützlich ist *Auf Zehenspitzen gehen* und *Anmutig die Beine werfen* ja wohl nicht. Jedenfalls nicht für mich.)

Na ja, Hedi vergleicht mich immer mit Fi und natürlich habe ich gegen sie gar keine Chance – weil bei Hedi nur Schauspielern und Bravsein zählen.

Das einzige Mal, wo ich bisher auf der Bühne stand, war beim Krippenspiel in der vierten Klasse. Da durfte sich leider keiner drücken. Hedi hätte gerne gehabt, dass ich die Maria spiele, aber Pfff! Ich bin doch nicht bescheuert! Da hätte ich ja TEXT gehabt. Nee. Ich wollte natürlich eine Rolle *ohne Sprechen*. Und dann durfte ich eine Tür spielen. Das war genau mein Ding. Ist nur leider trotzdem ~~ein bisschen~~ ziemlich schiefgegangen.

Aber da konnte ich überhaupt nichts für! Auch wenn es leider so aussah. Es war so: Mein Kostüm bestand aus zwei Papptüren, zwischen die ich gesteckt wurde. Wie so eine Art Tür-Sandwich. Durch ein Loch in der Pappe konnte ich rausschauen und mein Gesicht wurde zur Tarnung braun angemalt. Meine Aufgabe war ganz einfach: Ich musste aufgehen, wenn Maria (Streber-Greta) und Josef (Tyler) anklopfen. Hinter mir standen Leon, Nadine und Paul, die die Wirte spielten, die nacheinander Maria und Josef abweisen sollten. So. Und dann hat einer von den dreien (ich habe Nadine im Verdacht) einen abgeknattert und hinter der Tür (also mir) verbreitete sich auf einmal ein **bestialischer Gestank**, gerade als Maria und Josef klopften. Ich ging auf – und in dem Moment, als Maria die Pestwolke roch, machte sie laut »Uarrrggh!« und Paul rief: »Ich war's nicht!«

Und weil er also seinen einzigen Satz verpatzt hatte, wollte er die Tür zuknallen und gab mir deswegen einen Schubs. Na ja. Und da meine Arme in dem Türkostüm gefangen waren, konnte ich mich nicht abfangen und bin ins Taumeln geraten und dann gegen den Pappesel gefallen und der ist dann in den Adventskranz gekippt. Tja. Und dann fing es ein bisschen an zu brennen.

Alle waren erschrocken und Papa regte sich fürchterlich über die gemeingefährliche Kulisse und das idiotische Türkostüm auf. Aber Hedi sagte wieder nur: »Sie ist eben ein Mädchen, das ständig Ärger macht. Fiona wäre das nie passiert.«

Pff! Das fand ich tota

Samstag, 15. Juli, 14:23 Uhr

An dem Ausrutscher da oben ist Mama schuld. Mama ist grad reingekommen und hat einen Kreischanfall bekommen, weil ich noch auf dem Bett lag und kein bisschen angezogen und frisiert und so weiter war. (Ich sag ja, heute drehen alle ein bisschen durch.) Hab mich dann in Hexengeschwindigkeit umgezogen und hatte eine tolle Idee, wie ich Fi aufmuntern kann. Hihi! Bin schon ganz gespannt! Schreibe später weiter, muss los!

Und immer noch Samstag, 15. Juli, 21:15 Uhr

Schluck!

Wir sind wieder zu Hause. Und die Premiere war ~~echt aufregend anstrengend~~ katastrophal!!! Es ist was richtig Blödes passiert! Was ich gar nicht gewollt habe!

Mit Ideen ist das so eine Sache. Die Lehrer fragen ja oft, wenn sich keiner meldet: »Na, hat einer eine Idee?« Und dann schauen sie hoffnungsvoll in die Runde und seufzen erleichtert, wenn sich einer meldet. Weswegen man *annehmen könnte,* dass Ideen immer etwas Gutes sind. **Sind sie aber nicht.** Genau genommen gibt es vier verschiedene Kategorien von Ideen. Da wären:

1. Geniale Ideen, die zu revolutionären Erfindungen führen (Wie zum Beispiel das Rad. Und YouTube. Und natürlich Brausepulver!)
2. Gute Ideen (Schokolade direkt in die Brötchen einbacken. Morgens fernsehen. Silvester.)
3. Schlechte Ideen (Gemüsestäbchen, die wie Fischstäbchen aussehen, aber voller Erbsen und Möhren und weißer Pampe sind. Seinen ferngesteuerten Dino auseinanderbauen, um mal zu gucken, wie er innen aussieht. Einen halben Liter Milch trinken, bevor man eine Autofahrt in die Berge macht.)
4. Furchtbar schlechte Ideen (Einen *ganzen* Liter Milch trinken, bevor man eine Autofahrt in die Berge macht. Sich beim Bogenschießen direkt neben die Zielscheibe stellen. Mit dem Finger testen, ob der Heißkleber aus der Heißklebepistole auch wirklich heiß ist.*)

....

* Für alle, die jemals auf diese ABSOLUT IDIOTISCHE Idee kommen sollten, hier die Antwort: ER IST HEISS!!! Und wie!!! Brandblasenheiß!!!

Das Problem ist, dass man am Anfang *immer* denkt, dass es sich um eine gute Idee handelt (wenn nicht sogar um eine geniale!). Ob das aber stimmt und zu welcher dieser Kategorien die Idee *wirklich* gehört, weiß man leider erst hinterher. Weswegen das mit den Ideen eine ziemlich **brenzlige** Angelegenheit ist!

So auch heute.

Ich bin nur froh, dass Mama und Hedi die ganze Zeit bei Fi waren, wer weiß, was sonst noch alles passiert wäre!

Dabei will ich hier noch mal ganz **DICK** und **FETT** klarstellen, dass ich Fi nur eine Freude machen wollte! Wo sie doch so gestresst war, dass sie mich vor der Abfahrt voll angemotzt hat. Mit einer wirklich SCHLIMMEN Folge von SCHLIMMEN Schimpfwörtern, die ich bisher nur von Maxim aus meiner ehemaligen Klasse kannte. Ach, du liebes Schnitzel!

Also beschloss ich, dass sie dringend aufgemuntert werden müsste. Mit einer kleinen Überraschung, wie wir sie uns gegenseitig schon öfter gemacht hatten. (Zum Beispiel die Seifenblasen, die nicht platzen, mit denen ich Fiona neulich reingelegt hab. Und der künstliche Kackhaufen, den Fiona mir mal unters Bett gelegt hat. Hihi! Nach dem ersten Schock habe ich soooo gelacht!) Und diesmal hatte ich also die Idee mit dem Frosch.

Auch noch Samstag, 15. Juli, 21:45 Uhr

Habe eine kurze Pause gemacht, weil Papa reingekommen ist, um mir noch mal zu sagen, dass das heute nicht meine beste Aktion gewesen ist. Als ob ich das nicht selbst wüsste! Und er meinte, ich sollte mich vielleicht doch noch mal bei Fi entschuldigen. Würde ich auch machen, wenn ich denken würde, sie würde sie diesmal annehmen. Sie war so sauer! Und hat im

Übrigen auch Sachen gemacht, die nicht so nett waren. Und meine Idee war ja wenigstens wirklich nett gemeint!

Ich habe ihr nämlich vor unserer Abfahrt heimlich einen kleinen grünen Gummifrosch in ihre Handtasche gesteckt. Der sieht ziemlich lebensecht aus. Und er sollte ihr Glück bringen, weil er ja auch zum Titel des Films *Sommer der Kaulquappen* passte. Deswegen habe ich ihm auf den weißen Bauch auch eine kleine nette Botschaft geschrieben:

Viel Glück, Fi!

Dann ließ ich mir von Mama mit einem ziependen Kamm in den Haaren rumfummeln, guckte mit Papa ein paar Bike-Clips, während Mama hektisch im Haus rumrannte, und irgendwann fuhren wir endlich los. Auf dem Parkplatz vor dem Kino trafen wir Hedi. Und was sagte sie zu Mama? »So lässt du das Kind rumlaufen, Mirjam? Ich dachte, du bist Friseurmeisterin!«

Mit »das Kind« war natürlich ich gemeint.

Dabei konnte Mama gar nichts dafür, dass ich beim Fernsehgucken ein bisschen in der ungewohnten Frisur rumgefummelt habe. Mama verdrehte genervt die Augen und ich wollte Hedi gerade sagen, dass Mama mir die Haare ganz toll gemacht hatte, aber da hatte Hedi schon die Produzentin des Films entdeckt. Sie setzte ein strahlendes Lächeln auf und winkte ihr. Mit Fi an ihrer Seite nahm sie Kurs auf die Produzentin. Mir fiel ein, dass ich Fi noch auf den Glücksbringer in ihrer Tasche aufmerksam machen wollte, aber als ich ihr hinterrief, beachtete sie mich schon nicht mehr, sondern stürzte sich ins Getümmel. Mama folgte ihr, Papa und ich sahen uns an, zuckten mit den Schultern und liefen auch in den Vorraum vom Kino.

Dort waren jede Menge wichtige Leute und dauernd flammten Blitzlichter auf, besonders da, wo die Schauspieler rumschwirrten. Lola Uhlenbruck spielt die Hauptrolle von den Mädchen, sie ist ziemlich klein und goldblond, und ich fand sie sehr hochnäsig, als sie Fi knapp begrüßte, sich dann aber sofort von ihr abwandte und sich vor den Fernsehkameras drehte. Doofe Kuh. Später wurde Fi auch interviewt, aber nur ganz kurz. Sie zeigte ihr Strahlegesicht und war gut drauf, wobei ich natürlich merkte, dass sie nervös war. Ihr Lachen klingt dann immer ein bisschen klirrend und sie streicht dauernd über ihre Haarspitzen. Hedi und Mama waren die ganze Zeit bei ihr, und das war gut. Papa und ich machten uns über das Büfett her, wo es kleine Frikadellen am Spieß und Minisandwiches mit Lachs gab. Und nachher durfte jeder so viel Popcorn essen, wie er wollte, und Papa und ich haben ZWEI große Tüten geschafft!

Der Film war gut, es gab auch was zu lachen, aber alles habe ich nicht verstanden. Es ging um eine Familie mit vier Töchtern, deren Eltern irgendwie verrückt waren und sich nicht richtig kümmerten, weswegen die Mädchen alles alleine machen mussten. Und dann kamen Leute von der Behörde und wollten sie in ein Kinderheim stecken und dagegen haben sie sich gewehrt. Es gab einige lustige Szenen und einige eklige Szenen. (Lola, die im Film Jule hieß, hat so einen Typen geküsst, **würg**! Ich war nur froh, dass das nicht Fionas Rolle gewesen ist.) Auf jeden Fall waren die vier Mädchen ziemlich schlau und geschickt und am Ende durften sie zu Hause wohnen bleiben und die Eltern waren auch nicht mehr ganz so verrückt.

Das ganze Publikum applaudierte und anschließend mussten die Schauspieler den vielen Fans Autogramme geben. Und da hat Fi den Frosch gefunden. Ich fühle mich immer noch ganz mies, wenn ich dran denke!!

Kaum zu glauben, aber immer noch
Samstag, 15. Juli, 22:21 Uhr

Musste gerade mal eine Pause machen und Flummi beim Rennen in seinem Hamsterrad zugucken. Als er genug gerannt war, hat er sich in sein Häuschen verkrochen (das besteht aus einer halben umgedrehten Kokosnuss). Ich wünschte, ich könnte mich manchmal auch einfach verkriechen und erst wieder rauskommen, wenn ich Lust dazu habe. Und ich fände es auch cool, wenn ich klettern könnte wie er. Flummi ist ein echter Artist!

Er kann vom Dach seines Kokosnusshäuschens an seine Knabberstange springen, die am Gitterdach hängt! Und es macht ihm auch nichts aus, vom Gitterdach ins Heu zu purzeln. Dann rollt er sich ab und ist sofort wieder auf den Beinen. Ja, Flummi muntert mich immer auf und das brauche ich heute. Ich bin zwar schon ganz schön müde, aber ich will lieber noch aufschreiben, was passiert ist.

Fi entdeckte also den Frosch leider erst, als sie auf der Suche nach einem Stift zum Autogrammschreiben war. Und als sie ihn dann rausholte, hat sie sich erschrocken und geschrien und den Frosch weggeschleudert – genau auf den Kopf des männlichen Hauptdarstellers (der, den Lola küsst). Der hat aber sehr nett reagiert und total gelacht – und die Fans haben auch gelacht und überhaupt war es eigentlich superlustig, weil es ja irgendwie zu dem Titel des Films passte. Mama und Papa mussten auch ein bisschen grinsen, aber Hedi war natürlich »sehr enttäuscht« von mir: »... sehr enttäuscht, dass du dich nicht *ein Mal* zusammenreißen kannst und deiner Schwester ihren Erfolg gönnst.« Pfff! Was für ein Blödsinn! Es war ein Witz! Hedi kapierte das natürlich nicht. Weil ich das schon gewohnt bin, dass sie an mir rummeckert, macht es mir aber nicht mehr so viel aus. (Meistens.)

Leider fand Fi meine Froschüberraschung KEIN bisschen witzig und war stinksauer auf mich, weil die Leute sie fotografiert haben, als sie total erschrocken geguckt hat. Und weil das online überall zu sehen sein wird, findet sie das richtig schlimm. Ich habe mich natürlich sofort entschuldigt und ihr gesagt, es sollte nur ein Glücksbringer für sie sein. Aber da hat Fi ganz eisig gesagt: »Blödsinn. Du wolltest mich blamieren! Gib es zu!«

Da habe ich natürlich geschrien (das war zum Glück später, im Auto, und nicht vor den ganzen Filmleuten!) und sie gefragt, wieso ich sie blamieren wollen würde. Und da sagte sie noch mal etwas total Gemeines: »Weil du neidisch auf mich bist. Deswegen!«

Für einen Moment war ich so baff, dass ich gar nichts sagen konnte. Dann wurde ich wütend und brüllte rum, dass ich auf so einen doofen Film niemals neidisch sein würde. Aber Fi war nicht zu überzeugen, dass alles bloß ein Spaß gewesen ist. Sie meinte, sie bereute total, dass sie mich mitgenommen hätte. Und dann beugte sie sich hinten im Auto zu mir rüber und flüsterte mir ins Ohr: »Das werde ich dir heimzahlen.«

So. Und jetzt bin ich ziemlich traurig. Und auch sauer auf Fiona. Ich meine, wie kommt sie auf so eine beknackte Idee, dass ich sie ABSICHTLICH blamieren wollte? Und dass ich neidisch auf sie wäre? Das finde ich richtig gemein von ihr, so was über mich zu denken. Ich finde, Fi ist einfach wegen all dem Filmkram etwas verrückt geworden und bildet sich Sachen ein, die nicht stimmen.

Wenigstens Flummi versteht mich. Er schnuppert in meine Richtung und seine Schnurrhaare zittern, als ob er sagen wollte: »Stimmt. Die spinnt total!«

Und dann klammert er sich von unten an das Gitterdach und nagt an den Stäben, sodass ich sogar seine rosa Zunge sehen kann. Ich glaube, zum nächsten Karneval bastele ich ihm eine

Löwenmähne zum Umbinden. Das habe ich mal gesehen, dass es das für Hunde gibt. Das sieht so super aus! (Ich hätte ja auch gerne einen Hund.) Ich muss schon wieder ein bisschen grinsen, wenn ich mir vorstelle, wie lustig Flummi als Löwe aussieht!

Sonntag, 16. Juli, 18:09 Uhr

Hab mit Papa und Opa Herbert eine super Radtour gemacht. Das war gut. Mit Fiona habe ich den ganzen Tag nicht gesprochen. Heute Morgen hing sie nur an ihrem Smartphone und hat Bilder von der Premiere gesucht. Und dann hat sie ein paar gefunden, auf denen sie angeblich »TOTAL BESCHEUERT« aussah. Was ich überhaupt nicht fand. Sie sieht immer hübsch aus. Aber meine Meinung zählt bei Fi offensichtlich nicht, denn sie hat nur die Augen verdreht und gesagt: »Davon verstehst du nichts.«

Mag sein. Es gab nur ein Foto, das war wirklich nicht besonders vorteilhaft. Das hatte diese doofe Lola Uhlenbruck bei Instagram gepostet. Sie selbst sah ganz toll aus und strahlte und Fiona stand neben ihr und guckte fuchsteufelswild wegen dem Frosch. Ich glaube, das hat Lola Uhlenbruck mit Absicht gemacht.

Jedenfalls ist Fiona immer noch sauer (aber nicht auf Lola, sondern auf mich). Ich würde den Streit gerne beilegen und mich für den Frosch entschuldigen. Papa* findet zwar immer noch, dass ich Fiona mit dem Frosch nicht hätte überraschen (= erschrecken) sollen, aber er meinte, was Fiona gesagt hätte, wäre auch nicht nett gewesen. Vielleicht würde sie das ja einsehen, wenn ich ihr noch mal sagte, wie leid es mir tat.

* Und Mama übrigens auch!

Sonntag, 16. Juli, 20:09 Uhr

Fiona ist doof. Ich habe echt überlegt, wie ich ihr zeigen soll, wie sehr es mir leidtut. Ich habe vorhin ganz vorsichtig an ihre Tür geklopft. Aber Mareike und Anna waren da, deswegen habe ich mich sofort wieder verzogen.

Eben habe ich es noch mal versucht und sie gerufen, damit sie sieht, wie Flummi an seiner Knabberstange schaukelt. Wenn Flummi sich daran festkrallt, sieht er nämlich so tollkühn aus wie ein Pirat, der sich am Mast seines schwankenden Schiffs festhält. Da muss man einfach gute Laune bekommen! Und wenn Fiona gute Laune hätte, dann wäre es sicher einfacher, sich wieder zu vertragen. Aber Fiona hat nur kurz in mein Zimmer reingeguckt und noch bevor ich mich entschuldigen konnte, die Nase gerümpft. Und gesagt, dass es in meinem Zimmer stinken würde!!! Wegen Flummi! Ich habe ihr versucht zu erklären, dass es das Heu ist, das duftet. Aber sie hat nur gesagt: »Hier stinkt es wie im Schweinestall.« Dann ist sie raus. Ich glaube, das Parfüm, mit dem sie sich neuerdings immer einnebelt, hat ihre Riechzellen verseucht und jetzt kann sie einen guten Duft nicht mehr von einem schlechten unterscheiden.

Dienstag, 18. Juli, 16:43 Uhr

SCHOCK! Kam gerade vom Radfahren nach Hause und mein Zimmer war TOTAL aufgeräumt! Es liegt nichts rum. Auch unter dem Bett ist es sauber. Ich kann es nicht fassen! UND BIN SUPERSAUER!!!!

Diese doofe Putzfrau, die dienstags immer kommt. Bisher war sie nie in meinem Zimmer, weil das normalerweise aussieht wie ein Schweinestall. (Ja, das gebe ich zu! Es riecht zwar nicht so, aber es sieht ein bisschen so aus.) Und Frau Opaschowski hat mal mit ihrem knurrigen russischen Akzent gesagt: *Isch gähe nicht in Saustall.* Weswegen ich auch MIT VOLLER ABSICHT nicht aufräume. Weil ich nämlich gar nicht will, dass sie hier reinkommt und durch meine Sachen wühlt! Denn dann besteht die Gefahr, dass sie Dinge entdeckt, die niemand sehen darf. Das sind zum Beispiel:

1. Mein selbst gemaltes Monsterquartett, das ich mal mit meiner besten Freundin aus der Grundschule gemacht habe. Darin gibt es normale Monster, die wir Wabbelo und Fronz genannt haben. Aber als uns nichts mehr eingefallen ist, haben wir unseren Sportlehrer Herrn Heck in ein Monster verwandelt (HECKENPENNER) und Maxim aus unserer Klasse, weil der immer brüllt und haut (BRÜLLIO). Und weil Fiona an dem Tag doof zu mir war, ist auch Fiona dabei. In dem Monsterquartett heißt sie BIG SISTER und sieht zum Fürchten aus. (Wobei wir ziemlich gelacht haben.) Und dann hat Ida gesagt, ihre Mutter wäre manchmal auch bescheuert, also gibt es ein Monster namens BIG MAMA. Idas Mama sieht darauf aus wie eine Hexe. Und Hedi ist natürlich auch dabei. Sie heißt GRUSELOSAURUS. So. Auf jeden Fall ist das Quartett GEHEIM und nur Ida und ich wissen davon. (Und weil Ida leider weggezogen ist, weiß nur noch ich davon.)
2. Meine zerfledderte Sachkundemappe, zu der meine Lehrerin gesagt hat, so was habe sie ja noch nie gesehen. Ich habe Mama vorgeflunkert, ich hätte sie verloren und bräuchte eine neue. Wenn Mama also die alte, zerfledderte Mappe zu Gesicht bekäme, müsste ich mir garantiert eine Predigt über »Sorgfalt und Ordnung« anhören. (Und natürlich auch über das Lügen im Allgemeinen.)
3. Meine rosa Glitzerjeans, die ich unbedingt verstecken muss, bis sie mir zu klein geworden ist, damit Mama mich nicht zwingen kann, sie anzuziehen.

Mama hat eine Zeit lang versucht, mich dazu zu überreden, wenigstens vorher den Boden frei zu räumen, damit Frau Opaschowski mit dem Staubsauger anrücken kann. Erst hat sie es mit so unsinnigen Argumenten versucht wie »Wenn dein Zimmer sauber ist, fühlst du dich selbst viel wohler«. (HAHAHAHAHA!!!) Dann ist sie dazu übergegangen, mir Fernsehverbot und Süßigkeitenverbot aufzudrücken. (Sogar mit Fahrradverbot hat sie es probiert!) Aber da habe ich immer nur mit den Schultern gezuckt und gesagt: »Na und? Mir doch egal.«*

Irgendwann hat Mama aufgegeben und gesagt: »Wenn du die Putzfrau nicht reinlässt, musst du selbst putzen.« Endlich ein guter Vorschlag! Denn dann kann ich ja wohl selbst bestimmen, wie und wann ich aufräume. Und für mich muss eben nicht alles superordentlich sein. Na und? Unordnung ist doch wohl kein VERBRECHEN!!!

So. Aber jetzt ist mein Zimmer, das heute Morgen noch gemütlich war, **PICOBELLO** aufgeräumt. Es sieht soooo ordentlich aus und das Schlimmste ist, sie hat sogar meine Schreibtischschublade aufgeräumt! GRÜNE GRÜTZE!

Da, wo ich meine geheimsten Geheimsachen versteckt habe. Besser gesagt: HATTE! Denn da liegt sie auf meinem Schreibtisch: die zerfledderte Mappe. Und daneben: das Monsterquartett. Mit einem Gummi (!) drum rum. Aber die ganzen Papierschnipsel und Bonbonpapiere, die ich zur Tarnung in der Schublade hatte, sind weg. Und offensichtlich hat sie die Kiste mit dem Playmobilkleinkram durchwühlt. Denn da liegt die rosa Glitzerjeans ganz obendrauf, säuberlich gefaltet! Das ist doch KRIMINELL! Nur weil ich ein Kind bin, heißt

* Ist mir natürlich kein bisschen egal, wenn ich so doofe Verbote bekomme. Aber Aufräumen finde ich halt wirklich bescheuert! Und in meinem Zimmer darf es doch wohl aussehen, wie ich will, oder???

das doch noch lange nicht, dass man einfach UNGEFRAGT in meinen Sachen wühlen darf! Papa und Mama stellen sich *total* an, wenn wir im Arbeitszimmer auch nur einen Papierschnipsel anfassen – aber bei mir darf man in den Schubladen kramen und alles wegschmeißen, was man will?!?!?

DAS IST SO UNGERECHT!!!

So, ich habe einfach mal eine Kiste Lego auf den Boden gekippt. Aus Protest. Jetzt geht es mir schon besser. Ich wette, Flummi findet auch, dass Chaos viel schöner ist – weil man überall so viel entdecken kann! Leider schläft er noch irgendwo in seiner Hamsterhöhle. Aber weil er um diese Zeit rauskommt (besonders wenn er meine Stimme hört), sage ich laut zu ihm: »Ist das nicht eine echte Schweinerei, hier rumzuschnüffeln?«

Komisch. Ich gucke grad zum Käfig und in dem Moment fällt mir auf, dass das Rohr, das oben auf dem Gitterdach befestigt ist, schief sitzt. Man kann die Röhre da rausdrehen, wenn man sie umbauen möchte. Dann ist da natürlich ein Loch im Dach, das man schnell wieder zumachen muss, weil Flummi sonst rausklettern könnte. Und jetzt sitzt die Röhre schief, als hätte jemand daran rumgefummelt! Oh-oh.

Dienstag, 18. Juli, 18:11 Uhr

RIESENKATASTROPHE!!!
FLUMMI IST WEG!

Habe erst geklopft, weil er normalerweise um die Uhrzeit aufwacht. Als er sich nicht gezeigt hat, habe ich vorsichtig das ganze Heu durchsucht. **Flummi ist nicht mehr da!!!**

UND ICH BIN KURZ VORM DURCHDREHEN!!!!

Dienstag, 18. Juli, 19:05 Uhr

Ich kann es nicht fassen! Er ist wirklich weg. Habe mein ganzes Zimmer nach seinen schwarzen Knopfaugen und der rosa Nase durchsucht, aber ich habe ihn nicht gefunden.

Dienstag, 18. Juli, 21:10 Uhr

Er ist immer noch weg!! Dabei haben Papa und ich überall gesucht! Ich kann es nicht fassen und muss wieder weinen, dabei ist die Seite von eben noch ganz nass! Und weil ich vorhin so geschluchzt habe, ist Papa reingekommen und hat gefragt, was denn los ist, und dann hat er gesagt: Ganz ruhig und dass wir Flummi schon finden, weil er irgendwo im Haus ist. Da habe ich wieder Hoffnung bekommen. Aber wir haben ihn nicht gefunden!!

Erst haben wir noch mal in meinem Zimmer geguckt. Weil das so aufgeräumt ist, ging das ziemlich schnell. Papa meinte, in meinem üblichen Chaos wären wir jetzt stundenlang beschäftigt und hätten gar keine Chance, ihn aufzuspüren. Ich hätte zwar am liebsten gesagt, dass er ja überhaupt nur weg war, *weil* die Putzfrau das Chaos beseitigt hat, aber andererseits hatte Papa ja auch recht. Suchen ist wirklich einfacher, wenn nicht jede Ecke vollgestopft ist. Wir haben sogar hinter meinen Regalen und der Kommode nachgesehen, aber keine Spur von Flummi. Nicht mal der kleinste Köttel! Danach haben wir uns Fionas Zimmer vorgeknöpft. Als sie mitbekommen hat, was los war, meinte sie zwar, dass es ihr leidtäte, aber dann hat sie sofort wieder auf ihr Handy gestarrt und über eine Nachricht gelacht, deswegen glaube ich gar nicht, dass sie das ernst meint. Und geholfen hat sie auch nicht. Sie saß einfach nur auf ihrem Bett und hat die Beine angezogen, als ob ein Krokodil im Zimmer wäre, dass ihr gleich den Zeh abbeißt.

Aber er war nirgendwo! Auch nicht in Mamas und Papas Schlafzimmer, nicht im Bad und auch nicht unten, wo die Küche und das Wohnzimmer sind. Papa blieb immer noch optimistisch. Er meinte, dass Flummi klein und pfiffig ist und sich super verstecken kann. Aber Mama war ganz erschrocken, als sie gehört hat, dass Flummi weg ist. Vor allem, als sie plötzlich mit zittrigem Finger auf die Terrassentür zeigte und meinte, dass sie die ganze Zeit offen gestanden hat. Und da musste ich wieder weinen, weil Flummi vielleicht wirklich auf Nimmerwiedersehen verschwunden ist!

Mama hat mich ganz fest in den Arm genommen und hat sich nicht mal angestellt, dass ich ihr in die Bluse geschnieft habe. Dabei bemerkte ich, dass sie ein Pflaster am Finger hatte. Aber sie meinte, sie hätte sich bei der Arbeit mit einer Schere geschnitten. 😐 !!!???

Und dann hat sie gefragt: »Aber wie ist Flummi denn aus seinem Käfig gekommen?«

Ich erklärte, dass das Rohr falsch draufgesteckt gewesen war und dass es also jemand abgemacht und Flummi zur Flucht verholfen hatte. Papa und Mama haben natürlich gar nicht kapiert, wen ich mit JEMAND meinte. Da musste ich sie erst drauf bringen. Dass es natürlich diese doofe Putzfrau war! »Wieso war die überhaupt in meinem Zimmer?«, habe ich gerufen.

»Oh, Schatz. Ich habe ihr gesagt, sie soll da putzen.« Mama war richtig zerknirscht. Und dann sagte sie, dass Frau Opaschowski vielleicht den Käfig angestoßen hat und dabei die Röhre verrutscht ist. Ich rief: »Die zeige ich an! Dafür muss die ins Gefängnis!« Und habe richtig die Fäuste geballt, so wütend war ich auf Frau Opaschowski!

Aber Mama meinte, wir dürfen sie deswegen nicht anzeigen

oder auch nur beschimpfen, weil es so schwer ist, eine gute Putzfrau zu finden. HALLO??? – wie kann eine Putzfrau **GUT** sein, wenn sie meinen Hamster entwischen lässt?

»In mein Zimmer kommt die nicht mehr!«, rief ich. »Auf gar keinen Fall! Das schließe ich ab jetzt ab!«

Mama und Papa haben sich nur einen Blick zugeworfen und Papa hat gesagt: »Okay, da reden wir noch mal drüber.«

Aber die Sache steht für mich fest: Frau Opaschowski kommt nicht mehr bei mir rein. Ist mir egal, ob Mama das passt oder nicht. Frau Opaschowski wird es noch bereuen, dass sie meinen Freund verscheucht hat!!!

☠💣☠

Mittwoch, 19. Juli, 9:24 Uhr

Mama war heute Morgen besonders lieb zu mir. Bevor sie in ihren Salon gefahren ist, hat sie mir zum Frühstück Hasenpfannkuchen gemacht. Dafür ist sie Spezialistin. Sie backt aus Teig ein runden Kopf mit zwei länglichen Ohren und kleckst anschließend mit Ahornsirup Augen, Mund und Schnurrhaare darauf. Hasenpfannkuchen esse ich am ALLERliebsten.

Fi mochte sie auch immer total gerne. Aber heute hat sie gesagt, sie wolle **normale** Pfannkuchen. Mama und ich haben sie verwundert angestarrt, aber Fi zuckte nur mit den Schultern. »Was? Ich esse ja auch keine Bärchenwurst mehr.«

Ich fand das irgendwie doof, dass Fiona auf einmal keine Hasenpfannkuchen mehr wollte. Als wäre sie plötzlich eine LANGWEILIGE Erwachsene. »Ich will immer Hasenpfannkuchen haben, Mama«, habe ich zu Mama gesagt. »Auch wenn ich groß bin.«

Da hat Mama gelacht und mir über den Kopf gestreichelt. Fi hat nur die Augen verdreht, aber sich dann sofort wieder mit ihrem Handy beschäftigt. Sie scheint neuerdings an dem Ding festgewachsen zu sein!

Nach dem Frühstück ist Mama in den Salon gefahren und Fi mit ihren Freundinnen in die Stadt. Also bin ich alleine zu Hause, bis Opa Herbert kommt, um mit mir eine kleine Radtour zu machen. Opa Herbert ist Papas Papa und er fährt genauso gerne Fahrrad wie Papa und ich. Er ist ziemlich nett und ich bin stolz auf ihn, weil er für so einen alten Knacker auf dem Rad ganz schön gut mit Papa und mir mithält. (Das mit dem alten Knacker sagt er von sich selbst! Hihi!) Und er ist immer für uns da, wenn wir ihn brauchen. Er hat jetzt auch viel Zeit, denn seine Frau, Oma Karin, ist vor zwei Jahren gestorben. Vorher sind die beiden viel verreist und waren dauernd auf Teneriffa oder Kuba oder in Brasilien.

Ich habe ganz viele Postkarten von ihnen und wenn ich groß bin, möchte ich auch dahin reisen, wo die beiden überall waren. Jetzt hat Opa Herbert keine Lust mehr, so weit zu reisen. Aber das findet er nicht schlimm, sagt er. Er hat schließlich so viel von der Welt gesehen, dass er jetzt nichts mehr verpasst. Er sagt das so, als wäre nichts, aber ich merke, dass er traurig ist, wegen Oma Karin. Das dauert aber immer nur ganz kurz, dann strubbelt er mir über den Kopf und sagt: »Außerdem will ich sehen, was ihr hier so treibt. Das ist doch sowieso viel spannender.«

Ich freue mich, dass Opa Herbert heute kommt. Wir fahren zusammen Rad und dann kochen wir Spaghetti.

Aber bis dahin habe ich noch alle Hände voll zu tun. Denn ich weiß, dass Frau Opaschowski heute bei den Nachbarn putzt. So brauche ich nicht bis nächste Woche warten, um mit ihr wegen Flummi ein Hühnchen zu rupfen.

Mittwoch, 19. Juli, 10:14 Uhr

Habe Frau Opaschowski aufgelauert und … okay. Frau Opaschowski war es nicht. Weil sie Haustiere mag. Und zwar so gern, dass sie sie zu **FRIKASSEE** verarbeiten würde, wenn sie Hunger hat!!!!!

Du liebes Schnitzel! Ich kann nur hoffen, dass sie nicht mal während der Arbeit bei uns Kohldampf schiebt!

Bin mit dem Rad vor unserem Haus rumgekurvt, bis sie kam. Als sie vor dem Haus von Neumayers von ihrem Fahrrad stieg, bin ich auf sie zugeschossen und habe ganz knapp vor ihr gebremst, wobei sie sich natürlich erschrocken hat. Das war ja auch meine Absicht gewesen. Und dann habe ich sie verhört. Und zwar so:

Ich (streng): Frau Opaschowski! Haben Sie gestern mein Zimmer geputzt?

Frau O.: Ja, habe ich geputzt, die Saustall. Ohhh, war nötig! Staubmäuse, so groß wie Ratten in Moskau. (Angewidertes Kopfschütteln.)

Ich (kämpferisch die Hände in die Hüfte gestemmt): Mein Hamster ist seit gestern verschwunden. Und Sie haben ihn freigelassen!

Frau O.: Was? Nein! Natürlich habe ich nicht freigelassen Hamster. (Dass sie das abstritt, überraschte mich nicht. Aber das, was sie dann sagte.)

Frau O.: Pflanzen ja. Die würde ich gehen lassen. Pflanzen gehören auf Feld. Nicht in Haus.

Während ich noch verdutzt überlegte, wie das wohl aussehen würde, wenn die Putzfrau die Zimmerpalme abhauen lassen würde, schob sie hinterher:

Frau O.: Aber kleine süße Hamster? Nein. Würde ich niemals abhauen lassen. Man weiß nie, wann kommt Hungersnot. Dann ist man froh über Haustiere, auch wenn sie noch so klein sind.

Ich (verwirrt, weil ich überlegte, ob sie mich gerade veräppelte oder ob sie wirklich gemeint hatte, was sie gesagt hatte): Häääää?

Frau O. (als wäre es das Normalste der Welt): Mein Opa war in Leningrad bei Belagerung. Hat nachher gegessen Schuhsohlen und Tapete. Eine Hamster wäre gewesen Festessen für ganze Familie. Mit ein bisschen Sellerie und Kartoffel ganz wunderbare Eintopf.

Und damit drehte sie sich ab, um bei Familie Neumayer zu klingeln.

Ich stand da und schaute ihr hinterher. Grüne Gruselgrütze! Frau Opaschowski hat Hamster tatsächlich **zum Fressen gern!** Das sind erstaunliche Neuigkeiten. Und erschreckende.

Allerdings ist damit das Rätsel um Flummis Verschwinden nicht gelöst. Aber ich werde noch rausfinden, wer ihn aus dem Käfig gelassen hat. Und natürlich weiter nach ihm suchen. Er ist nicht auf Nimmerwiedersehen weg! Er hat sich einfach ein schönes Versteck gesucht. Irgendwann wird er schon rauskommen. Und zwar spätestens, wenn er Hunger hat. Deswegen werde ich ihn mit seinem Lieblingsfutter anlocken.

Mittwoch, 19. Juli, 11:47 Uhr

So. Flummi-Anlockstationen sind aufgebaut. Ich habe Leckerlis und Stücke von Knabberstangen verteilt, damit er von dem Geruch angezogen wird. Daneben habe ich Kartons gestellt, in die ich Heu gefüllt habe, jeweils mit einem Loch an der

Seite, damit er es kuschelig hat, falls er dort auftaucht. Und zwar hier:

1. unter dem Bücherregal im Wohnzimmer
2. im Keller (in Papas Werkstatt, im Vorratsraum und unter dem Schrank mit den Winterklamotten)
3. unter der Garderobe im Flur
4. unter Mamas und Papas Bett
5. unter dem Küchentisch

In einer von diesen Anlockstationen wird er auftauchen! Ich weiß es einfach!

Mittwoch, 19. Juli, 19:08 Uhr

Mama ist wieder da. Ich habe ihr gesagt, dass es Frau Opaschowski nicht war. Mama hat die Stirn gerunzelt und gesagt, natürlich war sie es nicht, und wie ich das rausgefunden hätte. Ja, wie wohl?, habe ich zu Mama gesagt, mit der guten alten Verhörmethode. Da hat Mama gelacht und den Kopf geschüttelt. Sie meinte, ich solle bloß aufpassen, dass ich Frau Opaschowski nicht vergraule. Pff!

»Natürlich nicht«, beteuerte ich. »Solange sie mir nicht dauernd mein Zimmer durcheinanderbringt.« Dann bin ich schnell abgehauen, weil Mama ihr Jetzt-reicht-es-aber-Gesicht bekommen hat.

Stellt sich die Frage: Wenn Frau Opaschowski es nicht war, wer war es dann? Papa auf keinen Fall. Mama kann ich mir auch nicht vorstellen. Sie war ja am Dienstag im Salon.

Aber Fi … sie hat gesagt, er stinkt. Und sie wollte mir die Sache mit dem Frosch heimzahlen. Und sie ist in letzter Zeit komisch und auch ein bisschen *gemein.* Könnte sie es wirklich gewesen sein? Oder hat Frau Opaschowski doch gelogen? Ich spüre ein Kribbeln in meinen Fingerspitzen.

Gestatten, Leni Behrens, Deutschlands erste und einzige Hamsterdetektivin!

Immer noch Mittwoch, 19. Juli, 21:16 Uhr

Hamster sind nachtaktiv. Wenn ich Flummi erwischen will, muss auch ich nachtaktiv sein. Papa hat zwar gesagt, ich soll jetzt mal langsam ins Bett, weil ja nächste Woche die Schule anfängt und da sollte ich mich schon wieder an normale Bettgehzeiten gewöhnt haben. Aber ich bleibe auf, bis ich ihn gefunden habe! Eine Hamsterdetektivin schläft nicht!

Fast schon Donnerstag, aber noch Mittwoch*, 19. Juli, 23:25 Uhr

Gleich ist schon fast Geisterstunde und ich bin immer noch wach. Habe eben eine Stunde im Keller rumgelungert, aber da ist Flummi nicht aufgetaucht. Langsam werde ich müde. Ich habe schon überlegt, ob ich nicht einfach ins Bett gehen soll und hoffen, dass er den Weg in eine meiner Anlockstationen findet.

Aber nein! Hamsterdetektivin zu sein, ist eben kein leichter JOB!!! Wenn man da erfolgreich sein will, muss man sich anstrengen, besonders weil es doch um meinen Flummi geht!

Jetzt sitze ich unter dem Küchentisch und schreibe im Schein der Taschenlampe in mein Tagebuch. Mama und Pa-

* An diesem Geschwurbel sieht man, dass ich doch langsam müde werde …

pa sitzen noch draußen auf der Terrasse, weil es so eine warme Nacht ist. Sie haben eine Kerze angezündet und ich höre sie lachen. Aber sie haben die Terrassentür zugemacht. Das ist gut. Nicht nur wegen Flummi, der ja sonst hinausspazieren könnte, sondern auch wegen der Mücken und Krabbelviecher, die sonst reinspazieren könnten. Ich bin mit meiner Taschenlampe bewaffnet und hoffe die ganze Zeit darauf, dass mich Flummis Augen irgendwo aus dem Dunkeln anleuchten. Oh, Achtung. Ich höre was!

Donnerstag, 20. Juli, 00:08 Uhr

Okay. Es war LEIDER nicht Flummi, der sich in die Küche geschlichen hat. Sondern eine bleiche Gestalt in weißem Flatterhemd, die auf nackten Zehenspitzen zum Kühlschrank getappt ist. Ich hatte die Taschenlampe ausgemacht, damit ich Flummi nicht erschreckte. Dann ging die Kühlschranktür auf und das Licht daraus erhellte die Flattergestalt. Es war Fi.

Ich unterdrückte ein Kichern, das mich ganz doll in der Kehle kitzelte. Ich fand es sooo lustig, wie sie sich reinschlich und nicht wusste, dass sie beobachtet wurde! Ich war wirklich wie eine echte Detektivin! Und eigentlich hatte ich vorgehabt, keinen Mucks zu sagen. Aber dann sah ich, dass sie sich den

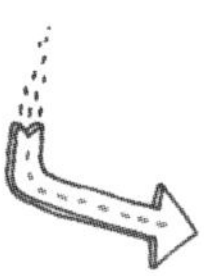

LETZTEN Schokopudding unter den Nagel riss (!!) ... da sagte ich mit verstellter Stimme: »Na, sieh mal einer an.« Vielleicht hörte sich meine Stimme wirklich gruselig an, weil ich unter dem Tisch hockte. Auf jeden Fall schrie Fi wie am Spieß und ließ den Pudding fallen und er knallte ihr auf den nackten Fuß. Und weil sie den Becher schon gierig aufgerissen hatte, schlabberte die Hälfte des Puddings zwischen ihre Zehen. Und dann schrie sie noch mehr.

Es dauerte nur eine halbe Minute, da kam Papa angerannt, knipste das Licht an und rief: »Was ist denn hier los?«

»Leni hat mich total erschreckt!«, rief Fi wütend und zeigte anklagend mit dem Finger auf mich. Sie hat neuerdings so bunt lackierte Nägel, weswegen das Fingerzeigen besonders nervig ist.

»Fiona hat Pudding geklaut«, sagte ich von meinem Beobachtungsposten unter dem Tisch. Aber das konnte sowieso jeder sehen, der zwei Augen im Kopf hatte. Schließlich war ihr ganzer Fuß voll brauner Puddingmatsche. Und ihr Nachthemd war ebenfalls bekleckert.

Mama war inzwischen auch in der Küche eingetroffen. Die beiden beugten sich vor und schauten unter den Tisch. »Was machst du denn da?«, fragte Mama. Ihr Gesicht war ein bisschen gerötet und ihre Frisur nicht ganz so perfekt wie sonst. Was sehr hübsch aussah.

»Ich warte auf Flummi«, erklärte ich. »Ich weiß, dass er wiederkommt.«

»Oh Schätzchen«, sagte Mama. Und Papa schaute auf einmal auch ganz betrübt.

»Komm mal her, mein Spatz«, sagte er. Und weil sie auf einmal so traurig wirkten, krabbelte ich unter dem Tisch hervor. Fi putzte sich derweil mit Küchenpapier den Pudding von den Füßen und stöhnte genervt, als ob ich schuld wäre, dass sie sich beschlabbert hatte.

Und dann ist sie erst recht sauer geworden, denn Mama und Papa … KAUFEN MIR EINEN ZWEITEN HAMSTER!

Ist das zu fassen? Als sie das eben in der Küche sagten, habe ich das erst gar nicht kapiert. Weil ich doch weiß, dass Flummi zu mir zurückkommen wird, und ich überrascht war, dass sie mir noch einen kaufen wollen. Aber Fiona wurde sofort richtig mürrisch, weil sie meinte, jetzt werde ich auch noch belohnt dafür, dass ich sie erschreckt hätte. Ha! Dabei war das keine Absicht!

»Der neue Hamster hat doch mit dieser Sache hier gar nichts zu tun«, sagte Papa aber, bevor ich irgendwie zu Wort kam.

Und Fi hat schon gleich weitergeredet, von wegen, alles dreht sich nur noch um den Hamster. Sie meinte: »Das hat man eben davon, wenn man nie sein Zimmer aufräumt. Hätte sie vorher schon mal aufgeräumt, wäre das doch nie passiert.«

Und da habe ich dann meine Sprache wiedergefunden! Ich meine, was haben eigentlich alle mit ihrer blöden Ordnung und Unordnung?! Als ob das DIE Lösung für alles wäre! »Was ist das denn für eine bescheuerte Logik?«, habe ich sie dann gleich angegiftet. Aber darauf sagte Fiona nichts. Und schon gar nichts mehr sagte sie, als Mama gefragt hat, wieso sie eigentlich nachts Schokopudding essen würde. Das sei ja total ungesund. »Putz dir wenigstens gleich noch die Zähne!«

Da ist Fiona beleidigt die Treppe hochgestapft. Ich glaube, sie hatte noch Pudding zwischen den Zehen, jedenfalls platschte es ein bisschen bei jedem Schritt.

Und endlich konnten wir auf das Wichtigste zu sprechen kommen: mein neuer Hamster.

Ich habe den beiden gesagt, dass ich ganz sicher weiß, dass Flummi wiederkommt. Aber Mama und Papa wechselten wieder so einen Blick. »Wenn er wiederkommt«, hat Papa mit ganz weicher Stimme gemeint, »dann hast du eben zwei Hamster.«

Tja. Da wäre ich ja wohl schön blöd, wenn ich Nein sagen würde.

Flummi ist zwar noch nicht wieder da, aber die Hamsterdetektivin war trotzdem ziemlich erfolgreich!

Donnerstag, 20. Juli, 12:09 Uhr

Hamster Nummer 2 ist da!!! Und mein Zimmer fühlt sich endlich wieder vollständig an.* Und das, obwohl mein neuer Mitbewohner nur ein klitzekleiner Zwerghamster ist. Aber ob klein oder nicht: Es ist einfach schön, einen Freund im Zimmer zu haben.

Mama ist heute Morgen in mein Zimmer gekommen und hat mich gelobt, dass es noch nicht wieder so aussieht, als hätte eine Bombe eingeschlagen. Sie fragte, ob ich das nicht auch besser fände. Und weil es schon praktisch ist, wenn man durch das Zimmer gehen kann, ohne sich dauernd Buntstiftstummel oder Legosteine in die Fußsohlen zu rammen, stimmte ich ihr zu. Und versprach, dass ich es auch ordentlich lassen würde.

Da war Mama total froh und verkündete, dass wir jetzt in die Zoohandlung fahren.

Und dort bekam ich einen wunderschönen hellgrauen Campbell-Hamster. Flummi ist ein dsungarischer Hamster und dunkelgrau, sodass ich sie dann später gut unterscheiden kann. Und einen neuen Käfig hat Mama mir auch dazu gekauft! Weil ich felsenfest überzeugt bin, dass Flummi wiederkommt. Und Hamster sind Einzelgänger, die würden sich nicht vertragen in einem gemeinsamen Käfig. Als wir aus dem Geschäft kamen, bedankte ich mich bei Mama. Sie nickte und dann musste ich ihr nur noch versprechen, dass ich mich gut benehme, besonders auf der neuen Schule.

»Na klar«, sagte ich und spürte die kleine Schnauze an meiner Hand, die sich durch das Loch in der Transportbox drückte.

....

* Zumindest fast, Flummi fehlt ja immer noch!

Freitag, 21. Juli, 15:18 Uhr

Flummi ist noch nicht wieder aufgetaucht. Aber Scooter ist auch klasse. So habe ich meinen neuen Hamster getauft. Er ist gestern total aufgeregt durch seinen Käfig geflitzt und hat alles erkundet. Ich hoffe ja, dass Flummi nicht weit ist ... und bei den Geräuschen eines Artgenossen muss er doch einfach neugierig werden und wiederkommen!

Mama hatte als Namen Coco Chanel vorgeschlagen. Das war eine ganz berühmte Designerin. Aber dann habe ich mich für Scooter entschieden. Weil er so schnell flitzt. Papa findet den Namen toll. Und ich auch!!!

Samstag, 22. Juli, 10:06 Uhr

ACHTUNG! ACHTUNG! STARALARM!

Fiona macht heute Morgen schon alle verrückt, weil sie zur SPRECHERZIEHUNG geht. Hat man so einen Quatsch schon mal gehört? Angeblich lernt man da, *besonders toll* zu sprechen.

Hedi meint, Sprecherziehung wäre *unentbehrlich* für eine Schauspielerin. Hihi! Ich habe Fiona gefragt, was für Wörter sie denn da lernen würde. Weil sie nur eine Grimasse gezogen hat, habe ich ihr ein paar Vorschläge für *herausragend wichtige* Superwörter gemacht, die man als Schauspielerin unbedingt auf Lager haben muss. Wie zum Beispiel **Matschepampenpumpe**. Und **Hamsterheuhaufenhöhlenforscher**. Und natürlich **Brallon**.

Sie schaute mich nur mit diesem überheblichen Blick an, bei dem sie die Augenlider herabsenkt und an mir vorbei ins Leere starrt, als wäre die Luft tausend Mal interessanter als alles, was ich zu sagen habe. Sie fragte nicht mal nach, was

Brallon bedeutet. Dabei ist es ein unheimlich wichtiges Wort, das zwar noch niemand kennt, aber jeder *kennen sollte:* Ein Brallon ist ein Luftballon, der so prall aufgepumpt ist, dass er jede Sekunde mit lautem Knall platzen kann, weswegen man vor Schreck total zusammenzuckt.

Wie viel leichter wäre es, wenn man einfach nur rufen müsste: »Pass auf, Brallon!« Anstatt: »Pass auf, du pustest den Ballon zu doll auf, er platzt gleich!« oder: »Achtung, der Ballon dort sieht aus, als ob er jeden Moment explodiert«.

Tja. Aber ist die Menschheit daran interessiert, sich das Leben einfacher zu machen, indem sie auf mich hört? Nö. ☺

Sonntag, 23. Juli, 11 Uhr

Was ist nur mit Fiona los? Irgendwas stimmt nicht mit ihr. Seit sie ein Filmstar ist, ist sie echt seltsam geworden. Zum Beispiel macht Fiona gerade in ihrem Zimmer komische Geräusche. Es klingt, als ob sie Hilfe braucht. Ich habe also eben mal geklopft und Fiona hat mich nur angefaucht, dass sie gerade keine Zeit hat. Ich habe trotzdem kurz gefragt, ob alles okay ist – schließlich hat sie rumgewürgt und gekrächzt, als würde sie ersticken. Aber Fi hat sich total gewundert, als ich sie gefragt hab, ob ihr schlecht ist. Sie meinte (jetzt festhalten!): »Das sind Sprechübungen. Aber davon verstehst du nichts.«

Ha! Stimmt ja mal gar nicht! Ich verstehe davon sehr viel – und das sogar durch die Wand. Ich verstehe nämlich sofort, wie unglaublich dämlich sich das anhört!

Sonntag, 23. Juli, 11:34 Uhr

Ich hab Mama gefragt. Und ihr gesagt, dass ich Fionas Verhalten seltsam finde. Mama hatte aber eine gute Erklärung. »Sie hat einfach viel um die Ohren. Das musst du verstehen. Das ist alles neu für sie.« Und dann hat sie noch gesagt, dass wir Rücksicht nehmen sollten, weil sie nervös ist, wo sie doch nächste Woche zu einem Casting geht, das Hedi ihr rausgesucht hat. Da habe ich Mama natürlich gefragt, warum sie überhaupt zum Casting geht, wenn sie nervös ist. »Weil man zu Castings gehen muss, wenn man Filmrollen haben will«, hat Mama gesagt.

Ich glaube, Fi hat vielleicht doch recht. Warum macht sie bei all dem freiwillig mit, wenn sie das so stresst? *Das* verstehe ich wirklich nicht.

Sonntag, 23. Juli, 11:56 Uhr

Wir gehen gleich mit Hedi und Kurt essen. Kurt ist der zweite Mann von Hedi. Von ihrem ersten Mann, also Mamas Papa, hat sich Hedi scheiden lassen und er ist nach Österreich gezogen und wir sehen ihn ganz selten. Hedi dagegen treffen wir viel zu oft, wenn ich das hier mal sagen darf.* Nicht nur, dass Hedi an mir rummeckert, sie ist in allem ziemlich etepetete. Wenn es nur ein bisschen regnet, wartet sie im Auto, bis Kurt ihr die Autotür aufmacht und einen Schirm über sie hält. Und wenn wir in einem Restaurant sind, wo es Papierservietten gibt, dann regt sie sich furchtbar auf, weil ihr Papierservietten

* Ja, darf ich. Ich gebe mir die Erlaubnis, in mein Tagebuch zu schreiben, was ich will!!! Hihi!

viel zu popelig sind. Sie merkt gar nicht, dass ihr Gemecker alle nervt. Besonders Mama. Wenn wir mit Hedi und Kurt in ein feines Restaurant gehen, will sie, dass wir uns alle besonders schick anziehen. Sogar Papa! Papa zuckt immer nur cool mit den Schultern und sagt: »Wir machen das deiner Mama zuliebe.« Und normalerweise mache ich das auch einfach. Aber heute hat Mama den Satz gesagt, den ich seit Monaten fürchte: »Zieh die rosa Jeans an.«

GRÜNE GRÜTZE!!!!

Natürlich habe ich sofort behauptet, dass die mir nicht mehr passt. Aber Mama glaubte mir nicht, dass ich total gewachsen bin in letzter Zeit. Sie meinte, die rosa Jeans und basta. Und dann bestimmte sie noch: »Dazu ziehst du die schwarz-weißkarierte Bluse an.«

WÜRG! Ich glaub, mir wird schlecht.

Die Bluse hat so Flatterärmel, die am Handgelenk total weit sind, weswegen man damit ganz leicht in seinem Essen drinhängt. WER DENKT SICH SO WAS AUS???? UND NOCH SCHLIMMER: WARUM MUSS ICH FIONAS ALTE SACHEN ANZIEHEN? Aber wenn es um Hedi und ihr Etepetete-Sein geht, versteht Mama überhaupt keinen Spaß. Ich sah ihr schon an, dass es keinen Zweck hat, mit ihr darüber zu diskutieren. Mich beruhigt nur der Gedanke, dass mich in dem Restaurant niemand kennt. Da wird mich der Kellner also bestimmt nicht auslachen, wenn ich in so völlig bescheuerten Klamotten rumlaufe. Deswegen ziehe ich die furchtbaren Sachen jetzt einfach an.

Sonntag, 23. Juli, 12:13 Uhr

Das Schlimmste an furchtbaren Klamotten ist, dass Erwachsene sie soooo hübsch finden. Mama hat sich kaum eingekriegt, als sie mich gesehen hat. Und weil sie meinte, ich sähe so süß aus damit (Ärgh! Ich will nicht süß aussehen! Ich bin doch kein Donut mit Zuckerglasur!), könnte ich dieses Outfit ja auch … Achtung, **GRUSELGRÜTZENALARM** … zu meiner Einschulung auf der neuen Schule tragen!! AAAHH!

Das darf nicht passieren. Um mal klarzumachen, warum das nicht geht: Die rosa Jeans ist nicht nur ROSA, sondern hat auch noch glitzernde Blumen aus so Funkelsteinen aufgenäht. Das sieht nicht nur völlig beknackt aus, sondern pikt auch von innen. Und mit dieser unpraktischen Flatterbluse würden mich meine neuen Mitschüler sofort für HIRNAMPUTIERT halten! Und wenn mich einer auslachen würde, müsste ich mich wehren und denjenigen vielleicht sogar hauen und dann hätten wir den Salat.

Mama und Papa haben mir nach der letzten Prügelei eingebläut, dass ich auf der neuen Schule auf keinen Fall in »körperliche Auseinandersetzungen« geraten soll, weil man ganz schnell »einen Ruf weghätte«. Was bedeutet, dass die Lehrer von einem ein ganz bestimmtes Bild haben und man dann abgestempelt ist und wenn es irgendwo Ärger gibt, dann heißt es sofort: Leni war's. Damit kenne ich mich aus. Obwohl ich mich auf der Grundschule eigentlich nur zweimal geprügelt hatte, war ich nachher an allem schuld.

Das erste Mal war in der zweiten Klasse gewesen, als die doofe Simone das Spiel »Lawine« erfunden hat. Das Spiel ging so, dass sie sich von hinten an jemanden heranschlich, »Lawine!« schrie und einen dann volle Kanne schubste (am liebsten in eine Gruppe von Schülern). Nachdem sie das bei mir gemacht und über mein blutendes Knie auch noch gelacht hat, habe ich sie einfach zurückgeschubst und dabei ist sie ziemlich blöd auf eine Steinkante gefallen und hat sich einen Zahn rausgehauen. Da habe ich natürlich Ärger bekommen. (Dabei war es nur ein Milchzahn!)

Immerhin hat sie »Lawine« danach nie mehr gespielt. Und Papa meinte auch, es wäre okay gewesen, sich zu wehren. Schließlich hat Simone mich ja angegriffen und in dem Fall darf man sich verteidigen.

Das habe ich beim zweiten Mal auch gemacht. Ich habe zwar nicht mich verteidigt, sondern Fritz aus der Klasse unter uns. Maxim (BRÜLLIO!) hatte Fritz schon die ganze Woche geärgert, dabei war Fritz viel kleiner und schwächer als er. Und weil er, wie alle Kinder, Angst vor Maxim hatte, hatte er sich das gefallen lassen. Und dann kam der Tag der offenen Tür und wir vom Chor bauten uns auf dem Schulhof auf, um später ein Lied für die Eltern zu singen, die sich die Schule anguckten.

Während wir auf unseren Auftritt warteten, hat Maxim Kletten auf Fritz geworfen. Die Kletten verfingen sich in seinen Haaren und Fritz fing an zu weinen. Ich schrie Maxim an, er solle damit aufhören. Aber er hörte nicht auf, sondern lachte mich nur aus, dass ich wohl in Fritz verliebt wäre. Da habe ich ihn gegen das Schienbein getreten.

Tja. Und als die Eltern schließlich aus der Turnhalle strömten, wo ihnen die Schulleiterin gerade ihr tolles Konzept der gewaltlosen Schule verklickert hatte, wälzte ich mich mit Maxim verkeilt auf dem Schulhof herum, während die anderen im Kreis um uns rumstanden und uns anfeuerten. Ich hatte die Oberhand gewonnen und presste Maxims Arme mit den Knien auf den Boden*, während er versuchte, mich anzuspu-

* Ein super Trick, den hat mir mein Krav-Maga-Cousin Julius gezeigt!

cken. Weil er aber unter mir lag und nicht fest genug spuckte, tropfte ihm die Spucke zurück ins Gesicht, und ich schrie triumphierend: »Ha! Das hast du jetzt davon, du blöder Arsch.«

Da waren aber leider schon alle aus der Turnhalle gekommen. Und weil ich auf Maxim hockte und er voller Sabber war und auch ein bisschen an der Lippe blutete, sah es gar nicht gut für mich aus. Und dann schaffte es Maxim tatsächlich auch noch zu wimmern, ich hätte *ihn* angegriffen. Die Lehrer hielten uns beiden eine Standpauke und ich musste Maxim die Hand geben zum Zeichen, dass wir uns wieder vertrugen.

Was die Lehrer aber nicht gemerkt haben: Dabei hat Maxim meine Finger so fest gequetscht, dass mir fast die Tränen gekommen sind. Und dann hat er mir zugeflüstert, dass er sich nicht von einem Mädchen verprügeln lassen würde, auch wenn es in Klamotten rumläuft wie ein Junge, und dass er sich rächen würde.

Aber bis zum Ende der vierten Klasse hatte er sich das nicht getraut. (Und jetzt haben sich unsere Wege getrennt. Er geht auf eine andere Schule! Zum Glück!) Auf jeden Fall hatten die Lehrer mich nach dem Vorfall total auf dem Kieker, als ob ich gefährlich wäre. Und es hieß irgendwann sogar, ich hätte auch den Ball in das Büfett von der Weihnachtsfeier geschossen, aber das war ich nicht. (Ich weiß sogar, wer es war. Aber weil ich Petzen wirklich hasse, sage ich es nicht!)

Und weil ich nicht will, dass ich am ersten Tag ausgelacht werde und Streit bekomme, muss ich einfach verhindern, dass ich mit diesen hässlichen Klamotten zur Einschulung aufs Gymnasium gehen muss. Am besten drehe ich jetzt schnell eine Runde auf der BMX-Strecke durch den Wald. Mal sehen, was dann von der rosa Hose übrig ist.

Sonntag, 23. Juli, 12:25 Uhr

Mist! Mama hat mich erwischt, als ich mich gerade mit meinem Helm rausstehlen wollte. Sie hat meinen Plan natürlich sofort durchschaut und war kurz davor auszurasten. Wo ich ihr doch versprochen habe, mich total gut zu benehmen. Da muss mir also was anderes einfallen, um die Hose des Grauens zu ruinieren. So, Papa ruft, es geht los.

Sonntag, 23. Juli, 15:53 Uhr

Könnte mein Leben bitte *einmal* voller Feenstaub und Konfetti sein? Nur ein einziges Mal? Aber nein. NIX DA! Alles läuft schief und daran ist nur diese blöde Glitzerhose schuld.

Das einzig Gute heute war, dass es in dem Restaurant riesige, total steife Stoffservietten in einer schlammigen Farbe gab, an denen Hedi nichts auszusetzen hatte.* Jedenfalls schien das alle zu erleichtern und das Essen fing nicht gleich mit Stress an. Für die anderen jedenfalls. Für mich natürlich schon! Ich überlegte nämlich fieberhaft, wie ich meine Hose UNAUFFÄLLIG für immer ruinieren könnte. Ich kann nicht verstehen, dass sich Fi in so piekfeinen Klamotten wohlfühlt! Heute trug sie ein hellblaues eng anliegendes Kleid, das weder Fussel, noch Flecken noch Falten aufwies. Damit kann man nicht gemütlich rumlungern und man muss immer aufpassen beim Spielen und beim Essen. Und gerade als ich mich fragte, wie

* Daran sieht man ja wohl, wie bescheiden mein Tag war! Also echt. Wen interessieren SERVIETTEN???

sie es anstellte, es nicht dreckig zu machen, kam mir die Idee. Und diesmal war es wirklich eine gute. Nur hat es leider nicht so richtig geklappt. Meine Hose erfreut sich immer noch bester Sauberkeit, obwohl ich hart daran gearbeitet habe, das zu ändern. Ich habe sogar **Gemüse** gegessen! Pfff!

Natürlich hat Mama kugelrunde Augen bekommen, als ich sagte, ich würde Borschtsch* bestellen. Ich glaube, sie dachte, dass ich endlich anfangen würde, mich gesund zu ernähren. Papa wollte wissen, ob mir klar sei, dass da Rote Bete drin ist. Da sieht man mal, wie verwirrt auch Papa wegen meiner Essensauswahl war. Denn natürlich wusste ich das. Es stand schließlich in der Speisekarte unter dem Namen der Suppe. Und zum Nachtisch bestellte ich Crème brûlée.** Mama stutzte wieder, lächelte dann aber, als hätte ich auf einmal das Feinschmeckerdiplom erworben. Dabei habe das Dessert nicht etwa bestellt, weil es so berühmt ist, sondern weil die komische Crème mit Beeren serviert wird. Genauer gesagt mit Waldbeeren. Dunkelroten und hoffentlich ziemlich matschigen Waldbeeren, die Flecken machen, die nie, nie, nie wieder rausgehen. Denn das war mein Plan: einen schönen dunkelroten Fleck auf meine rosa Hose schlabbern und sie damit für immer untragbar machen. Und da ich ja nun mal Expertin in Sachen Flecken und Löcher bin, dachte ich, das wäre eine Kleinigkeit. Aber das mit dem Kleckern ist (wie das mit den

* Ich finde, der Name passt. Er klingt nämlich genauso seltsam wie der Inhalt. Viel schlimmer wäre, wenn die Suppe einen verführerischen Namen hätte wie »Heitschiheitscha« oder »Akaipoepoe«, bei dem man sofort neugierig wird. Dann könnte man die Rote-Bete-Suppe ja mal glatt aus Versehen bestellen! Aber bei Borschtsch kann einem das nicht passieren.

** Das ist der Angebername von einem berühmten französischen Pudding. Ist Französisch nicht lustig? Mit all den kleinen Kringeln! Buchstaben mit Sahnehäubchen!

Ideen) eine seltsame Sache. Wirklich, ich hätte nie gedacht, dass unauffälliges, absichtliches Kleckern so eine schwierige Angelegenheit ist!!

Damit niemand meinen Plan durchschaute, dachte ich, dass es am geschicktesten wäre, wenn Fiona mich aus Versehen anstoßen würde. Ich rückte also ein bisschen näher an sie heran. Sie bemerkte es nicht, weil sie so eine komplizierte Sache löffelte: Garnelen-Mayonnaise-Pampe auf einer aufgeschnittenen Avocadohälfte. Offensichtlich war die Avocado ein bisschen hart, weswegen sie mit dem Löffel richtig feste drücken musste. Und wie man weiß: Wenn man feste drückt, kann man auch feste abrutschen. Das war meine Chance. Ich hielt meinen Suppenlöffel voller **BORSCHTSCH** also immer extra schräg und schob meinen Ellenbogen Richtung Fiona. Aber Fiona schaffte es tatsächlich, ihr komisches Essen ohne das kleinste bisschen Abrutschen runterzukriegen, weswegen sie mich nicht anrempelte, weswegen ich nicht kleckerte!

Als sich das Gespräch mal wieder um Fionas Schauspielkarriere drehte und keiner auf mich achtete, wurde ich wagemutiger und schwappte ein bisschen Rote-Bete-Suppe über meinen Löffel. Leider verfehlte sie meine Hose und landete auf dem Tischtuch. »Nimm die Serviette auf den Schoß, Leni«, mahnte mich Hedi, der das nicht entgangen war. »Dafür ist eine Serviette da.«

»Danke für den Tipp, Hedi«, sagte ich und lächelte honigsüß.

Zum Schluss legte ich den suppeverschmierten Löffel ganz doof auf den Teller und hoffte, dass der Kellner ihn beim Abräumen fallen lassen würde. Dann würde ich ihn mit meinem Hosenbein abfangen. Aber dieser blöde Kellner rückte den Löffel zurecht, bevor er den Teller wegnahm! Chance vertan! Ganz umsonst

Rote-Bete-Suppe gegessen, obwohl ich POMMES hätte haben können. Jetzt konnte ich nur noch auf die Waldbeeren hoffen!

Als der französische Angeberpudding serviert wurde, bekam ich gleich bessere Laune. Er war über und über mit dunkelroten Beeren übersät! Diesmal musste es klappen. Als Fiona aufstand, um zur Toilette zu gehen, nutzte ich die Unruhe und ließ erst die Serviette auf den Boden gleiten und dann eine fette, saftige Brombeere über meinen Löffel kullern. Und – schwupps – war sie unter den Tisch gefallen, ohne dass es jemand bemerkt hatte. Ich war sicher, dass ich sie auf meinem Hosenbein gespürt hatte, wo sie sich in einem dunkellila Fleck verewigen würde. Hahahaha! Auf Nimmerwiedersehen, doofe Glitzerhose!

Als ich aufgegessen hatte, schaute ich unauffällig nach, doch leider fand ich nur einen einzigen Safttropfen, und das mitten auf einer Glitzerblume. Die Beere war ganz offensichtlich auf den Steinen abgeprallt! Und den Tropfen konnte ich mit einem Finger abwischen. Mist.

Aber wo war die Beere? Sie hatte sich in Luft aufgelöst. *Dachte ich.* Doch dann tauchte sie wieder auf. Und zwar an einer Stelle, an der sie wirklich besser nicht aufgetaucht wäre. Denn sie klebte leider auf Fionas makellosem hellblauen Kleid. Die Beere war anscheinend auf ihren Stuhl gekullert, während sie auf der Toilette war – und sie hatte sich mitten reingesetzt! Als Fi am Ende aufstand, breitete sich ausgerechnet mitten auf ihrem Popo ein **fieser dunkelroter Fleck** aus. Vielleicht wäre sie damit noch unbemerkt rausgekommen, wenn nicht diese Fans am anderen Tisch gesessen hätten, die unbedingt Autogramme und Selfies von ihr haben wollten. Die haben den Fleck dann auch bemerkt und haben Fi hinterhergekichert. Das tut mir natürlich sehr leid!

Was nicht viel an Fionas Wut änderte und jetzt redet sie mal wieder nicht mit mir. Als ich mich dann verteidigt habe und meinte, die Glitzerhose bringt nur Pech und dass die verbannt gehört, wollte Mama leider gar nichts davon wissen. Also echt! Was für eine Gruselgrütze!

Immer noch Sonntag, 23. Juli, 17:48 Uhr

In drei Tagen geht die neue Schule los. Und ich freue mich fast gar nicht mehr. Natürlich habe ich mir schon seit Ende der Grundschule Gedanken gemacht, ob die Lehrer auf der neuen Schule nett sind und ob ich neue Freunde finde. Aber jetzt habe ich richtig ANGST. Wegen Fi.

Seit dem Essen heute behandelt sie mich so, als wäre ich Luft, obwohl ich versucht habe, mich (noch mal) zu entschuldigen. Dann ist sie eben, ohne anzuklopfen, in mein Zimmer gerauscht, hat sich umgesehen, als würde sie sich gleich mit Windpocken anstecken, und hat einen Satz gesagt, der mich wie ein Peitschenhieb getroffen hat. »Wenn du mich auf der neuen Schule blamierst, dann mache ich dir das Leben zur Hölle!« Dabei funkelte sie mich fuchsteufelswild an.

SCHLUCK!

»Aber das mit dem Kleid und dem Frosch war doch keine Absicht!«, habe ich mich verteidigt und meinte, dass ich nichts dafür kann, wenn andauernd was schiefgeht. Meine Stimme hat richtig gebebt, weil Fi mich so finster angestarrt hat.

Und da habe ich richtig Angst vor ihr bekommen, denn sie kniff bedrohlich die Augen zusammen und sagte: »Tu einfach, was ich dir sage, und überleg dir gut, was du in der Schule anstellst. Denk an Flummi. Der ist schon weg. Und vielleicht folgt Scooter ihm bald.«

Ich sitze immer noch auf meinem Bett und habe einen eisigen Klumpen in meinem Magen und zittere auch ein bisschen. Ist das zu fassen, wie gemein meine Schwester sein kann?

Jedenfalls habe ich jetzt nur noch Bammel vor dem ersten Schultag – ich meine, ich WILL Fiona ja keinen Ärger machen, aber vielleicht passiert er mir trotzdem!

Sonntag, 23. Juli, 19:08 Uhr

Ich war unten bei Papa in der Werkstatt. Das ist einer meiner liebsten Plätze überhaupt. Dort schraubt er an Fahrrädern rum und ich helfe ihm und dabei unterhalten wir uns. Irgendwie fällt es mir leichter, ihn komplizierte Sachen zu fragen oder ihm etwas Blödes aus der Schule zu erzählen, wenn er nebenbei einen Reifen flickt. Deswegen gehe ich am liebsten zu ihm in den Keller, wenn ich nicht gut drauf bin. Und wenn ich gut drauf bin, gehe ich auch total gerne dahin. Na ja: Es ist halt einer meiner Lieblingsorte, wie ich schon geschrieben habe.

So. Und eben war ich da. (Ich wiederhole mich schon wieder! Aber jetzt schreibe ich endlich, was eben passiert ist.) Papa war gerade dabei, die Bremsklötze an meinem Rad zu erneuern. Erst habe ich die Flummi-Anlockstationen gecheckt (leider kein Zeichen von ihm!), dann setzte ich mich auf den Hocker und reichte ihm die Werkzeuge an, die er brauchte. Er merkte sofort, dass ich was auf dem Herzen hatte und nannte mich Pünktchen. Das ist sein Spitzname für mich und ich mag den total gerne. Erst meinte ich noch, es wäre nichts los, aber er ließ sich nichts vormachen. »Ist es wegen der neuen Schule?«, fragte er. Ich weiß auch nicht, wieso Papa manchmal so in mich reingucken kann. Jedenfalls nickte ich.

»Lass mich raten, du freust dich darauf, aber gleichzeitig machst du dir Sorgen, wie es da sein wird?«

Ich nickte wieder, weil das genauso war. Ich finde das wirklich seltsam, dass man sich gleichzeitig auf etwas freuen und davor Angst haben kann. Und während er weiterschraubte, erinnerte er mich daran, was er immer sagt, wenn wir mit den Bikes unterwegs sind. »Man muss sich dem Gelände anpassen.« Das hat er mir schon ungefähr tausendmal gesagt. »Auf Schotter fährst du anders als auf Asphalt. Bergauf nimmst du einen anderen Gang als bergrunter. Auf einem unbekannten Trail fährst du erst mal langsam, bis du weißt, wo welche Gefahrenstellen lauern.«

Und wie er das so erklärte, atmete ich ein bisschen auf. So konnte ich mir das gleich viel besser vorstellen. Die neue Schule war nichts anderes als ein neuer Mountainbiketrail! Und ich würde mir alles in Ruhe angucken, bevor ich Gas gab. Es klang so einleuchtend, dass es mir schon besser ging. »Solange keine Treppen kommen, ist alles okay«, sagte ich schmunzelnd. Ich hatte einmal probiert, eine Treppe zu fahren und hatte mich übel hingelegt. Wochenlang habe ich die Arme und Beine voller blauer Flecken gehabt (im schillernden Schattierungen von Violett, Blau und Grün – fast wie ein verunglücktes Regenbogentattoo).

Papa meinte, es wäre alles Kopfsache – also das mit dem schwierigen Terrain. Und erzählte noch mal, wie ich auf dem Falkentrail zum ersten Mal über einen Stein gesprungen bin, obwohl ich das vorher noch nie gemacht hatte. Er hob das fertige Rad von dem Gestell und schob es zu den anderen. »Wenn man manchmal denkt, es geht nicht weiter, wächst man über sich hinaus. Und wenn man mal auf die Nase fällt, dann steht man eben auf und fährt weiter.« Er lächelte mich aufmunternd an.

»Danke, Papa!«, sagte ich und er drückte mich an sich. Und dann sagte er: »Außerdem kann gar nichts passieren. Deine große Schwester ist doch da.«

Genau das ist ja das Schlimme. Wenn nur *irgendwas* an der

neuen Schule schiefgeht, ist Fiona erst so richtig wütend auf mich. Aber das kann ich Papa doch nicht sagen! Und jetzt, wo ich wieder in meinem Zimmer bin, denke ich, das Allerallerschlimmste ist: Niemand, *niemand,* NIEMAND kapiert das. Fühle mich wie der einsamste Mensch auf Erden.

Immer noch Sonntag, 23. Juli, 19:58 Uhr

Gerade bin ich ein bisschen aufgemuntert worden. Scooter ist nämlich aus seiner Höhle gekommen, die er sich in das Heu reingebaut hat. Er hat seine kleine rosa Nase hervorgestreckt und herumgeschnuppert. Als er mich gesehen hat, hat er mich ganz aufmerksam angesehen, wie wenn er merken würde, dass ich schlecht drauf bin. Plötzlich hat er nämlich losgelegt und sich am Gitter des Käfigdachs festgeklammert und versucht, die Stäbe durchzunagen. Er ist von unten ganz weiß. Und ich konnte seine kleinen Nagezähne und sogar seine Zunge sehen! Das sah echt super aus. Scheint so, als ob Scooter der Einzige in diesem Haus ist, der mich und die Probleme mit meiner Schwester versteht. Tja, Scooter ist eben auch ein Einzelgänger wie ich.

Montag, 24. Juli, 09:19 Uhr

Bin eben aufgewacht und mir ist klargeworden, dass übermorgen wirklich die neue Schule losgeht. Und damit auch der ERNST des Lebens, wie Hedi es gestern nannte. Ich hab erst nicht verstanden, was sie damit meinte. Aber Mama und Papa haben es mir nachher erklärt. Papa hat gesagt, dass man das eben so sagt, weil es ja in der weiterführenden Schule nicht mehr darum geht, spielerisch zu lernen und Spaß zu haben, sondern dass dieser neue »Lebensabschnitt« eine Vorbereitung dafür ist, später an die Universität zu gehen oder eine Berufsausbildung zu machen. Und dass ich am Ende der Schulzeit schon fast erwachsen bin. Ich finde, das klingt wirklich blöd.

Andererseits kann es so nicht weitergehen. Es ist ja nicht mal so, dass *mir* das gefällt, wenn ich Chaos verbreite. Ich finde es ja selbst doof, wenn ich Fiona blamiere oder Krippenspiele in Flammen aufgehen lasse!

Wie schön wäre es, wenn mir das nicht passieren würde. Aber Moment mal ... das liegt ja wohl nur an ... mir selbst! Also kann ich doch was dran ändern. Ach, du liebes Schnitzel! Bin plötzlich ganz aufgeregt. Das ist nämlich meine persönliche Sternstunde! Und du wirst Zeuge, liebes Tagebuch, wie ich hiermit feierlich schwöre:

Ich werde diesen neuen Lebensabschnitt ganz neu angehen.

Ich werde mein altes Ich abschütteln.

Ich werde mich nicht nur mit komischen Klamotten *verkleiden* und so aussehen wie ein Mädchen, das keinen Ärger macht.

Ich werde ein Mädchen sein, das keinen Ärger macht.

Und dann wird Fiona keinen Grund haben zu meckern oder Angst zu haben, dass ich sie blamiere. Und Hedi auch nicht. Und Mama wird dann auch nicht seufzen und mich betrübt angucken, weil ich wieder Löcher irgendwo reingemacht habe. Bald wird alles ganz wunderbar!

Montag, 24. Juli, 19:54 Uhr

Von wegen, dann wird alles ganz wunderbar! Alles totaler **Murksmist**! Dabei fing der Tag eigentlich super an, weil ich mit Mama und Fi shoppen war für meinen neuen »Lebensabschnitt«. Aber dann … ich habe immer noch einen dicken Kloß im Hals und würde am liebsten heulen. Denn jetzt weiß ich es offiziell: Für Fi bin ich ein Niemand. Wie soll das bloß in der neuen Schule werden? Vielleicht erzählt sie dort auch allen, dass sie mich nicht kennt. So wie eben im Kaufhaus. Die Vorstellung finde ich so schlimm, dass mir richtig der Bauch wehtut! ☹

Dabei sah es heute Morgen noch so prima aus. Ich bin zu Mama gegangen und habe ihr gesagt, dass ich für die neue Schule neue Anziehsachen brauche. Und habe versprochen, *total gut* darauf aufzupassen! Ich meinte sogar zu ihr, dass meine Fun-Police-Shirt-Zeiten* vorbei seien. Mama hat sich gefreut, weil ich sonst nie mit ihr shoppen gehen will. Fi wollte natürlich sofort mit und erst fand ich das blöd, aber dann dachte ich, dass es DIE Gelegenheit war, Fi zu beweisen, dass ich sie nicht mehr blamiere. Und dann wurde es auch ein lustiger Tag. Nur leider ohne Happy End!!!! Und eigentlich auch ohne Happy Anfang, wenn ich es mir richtig überlege. Aber immerhin dazwischen war es lustig! (Nennt man das dann Happy Mitte????)

Also: Am Anfang fühlte ich mich wie das FÜNFTE RAD

* Meine absoluten Lieblings-T-Shirts. Hab drei davon in verschiedenen Farben! Vorne drauf ist ein Hund mit einer Polizeimütze und einer Trillerpfeife im Maul. Sooo lustig! Aber leider ~~ein bisschen~~ ziemlich ausgeleiert.

AM WAGEN.* Mama und Fi stürzten sich nämlich dauernd auf irgendwelche Klamotten und redeten in einer FREMDSPRACHE. »Ich liebe *Statement*-Shirts!«, sagten sie. Oder: »Dazu würden Overknees gut passen!« Oder: »Die Farbe sollte aber mehr peach als orange sein.« ??!☹ϟ?👎💥

»Könnt ihr mal so sprechen, dass ich euch verstehe?«, murrte ich irgendwann. Da prustete Fi los und Mama entschuldigte sich und danach gaben sie sich Mühe, mir zu erklären, was sie meinten. Und Fi beriet mich wirklich toll und zusammen kauften wir eine Menge schöner, total angesagter Sachen für mich. Jedenfalls haben Mama und Fi gesagt, dass sie schön und total angesagt sind.

Ich habe bekommen: eine blumenbestickte Shorts, zwei knielange Leggings in Weiß und Schwarz. Super-Skinny-Jeans in Grün (total eng, ächz). Ein schwarz-weiß gepunktetes Kleid (würde Hedi sicher gefallen). Ein paar schicke Oberteile in verschiedenen Farben. Und ein Pailletten-Wende-Shirt. Das finde ich wirklich cool: Da ist ein Hund drauf und auf dem Paillettenfeld steht »Hello«. Wenn man die Pailletten wendet, sagt der Hund »Woof!«.

Vielleicht weil ich so froh über das Hundeshirt war, habe ich in der nächsten Abteilung nicht so gut aufgepasst. Fi meinte nämlich, ich müsste unbedingt auch ein paar SKIRTS** haben. »Wirklich?«, fragte ich zweifelnd, als ich mich mit so einem Faltenrock im Spiegel erblickte. Aber Fi war ganz sicher und meinte, das würde mir super stehen. Ich überlegte, ob sie das wieder IRONISCH meinte. Aber sie lächelte und schien ganz ernst und Mama meinte auch, ich sähe »zauberhaft« aus, und da habe ich dann nachgegeben. Und jetzt bin ich Besitzerin ei-

....

* Das ist eine Redewendung dafür, wenn man sich überflüssig vorkommt.

** Das wird Skööörts ausgesprochen und ist Englisch und heißt: Röcke.

nes *Faltenrocks* in Grau und eines **TÜLLROCKS** in ROSA.* Na ja. Und danach wurde es erst MEGALUSTIG und dann wirklich SCHLIMM! Es war so: Wir waren schon total bepackt, als wir in einer Abteilung mit Cocktailkleidern landeten. Das sind knielange Kleider aus ganz feinem Stoff. Mama und Fi haben überlegt, welche sie sich für die nächste Filmpremiere kaufen wollten. Ich stellte mir vor, wie es wäre, in so einem aufgedonnerten Kleid rumzulaufen. Und das war ziemlich lustig! Wir kicherten albern und nahmen die auffälligsten Kleider von der Stange und taten so, als ob wir darin tanzen würden. Weil wir das alle zusammen machten, war das ein echt schönes Gefühl. Und da wurde ich ein bisschen übermütig und schnappte mir heimlich ein bananengelbes Kleid mit Glitzeroberteil, an dem auch noch eine Glitzerschleife dranklebte. Der Rock war ganz weit und aus vielen Lagen durchsichtigen Stoffs. Ohne dass Mama und Fi es merkten, zog ich das Kleid an und musste voll loslachen, weil ich darin aussah wie eine Banane mit explodierter Schale. Die beiden würden sich nicht mehr einkriegen vor Lachen!

Um sie ordentlich zu überraschen, bin ich mit einem mächtigen Hüpfer aus der Tür gesprungen und habe geschrien: »Heyho! Ich präsentiere – Königin Chiquita!« Und da sah ich, dass Mama ganz weit hinten an einem Ständer rumwühlte und mich gar nicht sah. Aber Fi stand direkt vor mir – und gab ein paar Mädchen Autogramme! Die Mädchen richteten sofort ihre Smartphones auf mich und fragten gespannt, wer ich sei.

* Und wo ich mir die beiden Röcke gerade anschaue, denke ich: Vielleicht bin ich nicht das MÄDCHEN, DAS KEINEN ÄRGER MACHT, sondern das MÄDCHEN, DAS DEN VERSTAND VERLOREN HAT.

Fi warf mir nur einen kurzen Blick zu und sagte angewidert: »Die? Die kenne ich nicht.«

Da kicherten die Mädchen und richteten die Handys wieder auf Fi, die sich ganz nett mit ihnen unterhielt. Ich verdrückte mich schnell wieder in die Umkleide und zog das blöde Kleid aus. Ich blieb so lange in der Umkleide hocken, bis Mama nach mir rief. Zum Glück waren Fionas Fans verschwunden und sie selbst checkte gerade ihre Nachrichten auf dem Handy und tat so, als wäre nichts geschehen.

Als Mama ganz fröhlich fragte, ob wir ein Eis essen gehen wollen, war mir so richtig gar nicht danach.* Meine gute Laune war komplett futsch. Aber ich wusste nicht, was ich hätte sagen sollen. Fi tat so, als wäre nichts passiert, und Mama hatte es gar nicht mitbekommen, also blieb ich auch stumm und ging einfach mit. Wirklich, da hatte ich mal für einen Moment gedacht, dass Fi und ich uns wieder gut verstehen würden. Aber Filmstar Fi und Spaß passen offensichtlich so gut zusammen wie **Schokolade und Senf!**

Montag, 24. Juli, 21:16 Uhr

Na gut. Ich habe noch mal überlegt. Und FAKTEN gesammelt. Ich hatte ein bescheuertes Bananenkleid an, als Fi fies zu mir war. Vorher hatte ich *kein* bescheuertes Bananenkleid an und da war sie *nicht* fies zu mir. Und was schließe ich daraus? Ich werde einfach keine bescheuerten Bananenkleider mehr anziehen. Was ich sowieso nicht vorhatte. Deswegen ist alles halb so wild.

....

* Woran man erkennen kann, wie mies es mir ging. Sonst stürze ich mich immer auf jedes Eis! Besonders auf Pistazie und ~~Strazza~~ … ~~Stracz~~ … Stracciatella!

Nur fühle ich mich immer noch so mies wegen dem, was sie über mich gesagt hat. Und WIE sie es gesagt hat. Ich weiß gar nicht, wie das werden soll an der neuen Schule, wenn Fi so gemein zu mir ist. Ob sie dort auch so tun wird, als würde sie mich nicht kennen? HOFFENTLICH NICHT!! Ich bin jedenfalls so GEKNICKT, dass ich noch nicht mal wage, sie darauf anzusprechen. Ich könnte das jetzt echt nicht aushalten, wenn sie mir sagen würde, dass sie sich einfach immer für mich schämt.

Montag, 24. Juli, 21:24 Uhr

Bin noch mal im Keller gewesen, um nach Flummi Ausschau zu halten. Und dabei habe ich zufällig in der Waschküche den Beutel mit den Altkleidern gesehen. Und da habe ich meine Fun-Police-Shirts drin entdeckt!!!

Mama hat nicht lange gefackelt und sie aussortiert. Aber als ich den lustigen Hund in dem Sack gesehen habe, der so zerknautscht aus der Wäsche guckte, habe ich mir sie schnell wieder rausgefischt. Darunter lagen auch noch meine zerschlissenen Lieblingshosen. Die habe ich auch mitgenommen. Neue Klamotten sind doch noch lange kein Grund, seine alten Lieblingssachen einfach so WEGZUGEBEN!!!

Dienstag, 25. Juli, 9:55 Uhr

So, jetzt ist alles bereit. Die Kekse stehen auf dem Tisch. Für alle Fälle. Frau Opaschowski kommt nämlich gleich. Und sie darf keinen Hunger bekommen!

Ich werfe einen Blick auf Scooters Käfig und vergewissere mich, dass alles ordentlich verschlossen ist. Ich überlege, ob ich nicht doch sicherheitshalber dableiben soll, wenn Frau Opaschowski mein Zimmer putzt. Nur für den Fall, dass sie doch was mit dem Verschwinden von Flummi zu tun hat. Ich könnte einfach auf dem Bett lesen.

Andererseits: Frau Opaschowski lässt keine Gelegenheit aus, russische Geschichten zu erzählen, die alle immer damit enden, dass irgendjemand stirbt. Und wenn es nur ein Huhn ist. Damit leitet sie dann über zu ihrem zweiten Lieblingsthema: russische Küche. Ich kenne Mamas Blick, wenn sie Frau Opaschowski in die Hände gefallen ist und sich stundenlang anhören muss, wie man Piroschkiteig richtig macht, sodass er ganz locker wird, und warum **HAMMELFETT** für manche Gerichte »*UNENTBÄRRLICH*« ist.*

So was will ich mir nicht anhören. Ich könnte mich unter dem Bett verstecken. Aber spätestens, wenn sie mit dem Staubsauger anrückt, wird es dort auch ungemütlich. Nein, ich muss mich darauf verlassen, dass sie Scooter nichts tut. Ich werde einfach ein Fahrradschloss um den Käfig wickeln, sodass er nicht aufgemacht werden kann. Ha, gute Idee!

Dienstag, 25. Juli, 15.29 Uhr

Uff! Scooter ist noch da und das Zimmer des Mädchens, das keinen Ärger macht, ist sauber geputzt. Scooter turnt in seinem Käfig und versucht, durch die Gitterstäbe an das Kettenschloss zu kommen, um sie durchzunagen. Was er na-

* Wirklich, das hat sie gesagt. Und das ist deswegen so ~~eklig~~ unglaublich, weil das Fett *aus dem Hinterteil* vom Hammel stammt, also von einem männlichen Schaf. Hat Frau Opaschowski Mama erklärt! Mama hat geguckt, als hätte sie einen Löffel Gammel-Hammelfett essen müssen.

türlich nicht schafft. Aber er lässt sich von der Unmöglichkeit seines Plans nicht abschrecken. Was für ein Draufgänger! Vielleicht ist er in der Hamsterwelt so was wie ein Ausbrecherkönig. Was mich auf die Idee bringt ... könnte auch Flummi von selbst ausgebrochen sein? Ach, wenn ich nur wüsste, wo er steckt! ☹☹

Mittwoch, 26. Juli, 9:34 Uhr

Heute ist der GROSSE TAG!! Ich bin ganz schön aufgeregt! Also eigentlich ist es der große *Nachmittag*, weil die Einschulung ins Gymnasium erst um 16 Uhr stattfindet. Die anderen Schüler – auch Fi – müssen schon morgens in die Schule gehen. Ich hätte auch am liebsten alles schon hinter mich gebracht. Weil ich so aufgeregt bin, konnte ich nämlich sowieso nicht lange schlafen.

Als ich aus meinem Zimmer kam, war Fi bereits angezogen und wollte gerade die Treppe runter, da machte sie auf dem Absatz kehrt, rannte zurück in ihr Zimmer, riss sich die Bluse runter und streifte fluchend ein anderes Shirt über. »Alles okay?«, fragte ich.

»Ach, lass mich doch einfach in Ruhe!« Sie knallte ihre Schranktür zu und schnappte ihre Schultasche, wobei ihr Mäppchen und ein paar Hefte rausfielen. Was war denn mit der los? Wieso war sie so hampelig? Sie ging doch nur in die Schule und nicht etwa zu einem Casting! Oder regte sie sich wieder über mich auf?

Ich schaute schnell an mir herunter, für den Fall, dass ich etwas Bananenkleidmäßiges anhatte. »Liegt es an dem Welpenpyjama?«, fragte ich vorsichtig. Ich meine – vielleicht findet sie meinen Schlafanzug auch blöd und babyhaft? Dabei sind die Welpen einfach nur süß!

»Hä?«, schnauzte sie.

»Na, weil du so fies zu mir bist.«

Sie starrte mich einen Moment verwirrt an, als ob sie gar nicht wüsste, wovon ich rede, und meinte dann nur ziemlich schnippisch, dass die Welt sich nicht immer nur um mich drehen würde. Häää?? Ach, du liebes Schnitzel, die war echt schräg drauf!

Mama und Papa kommen um 13 Uhr nach Hause und dann geht es los. Zu *Superbike* durfte ich leider nicht mit, weil sie da Inventur machen. Da zählen sie die Fahrradteile und Helme, die noch in den Regalen liegen. Ich wäre am liebsten draußen ein bisschen mit meinem Bike rumgedüst, aber Mama hat es mir verboten, weil sie meinte, ich könnte mich ja verletzen und dann wäre niemand da, der mir helfen könnte. Was ich für totalen Blödsinn halte.

Ich habe gute Lust, Mama zu beweisen, dass ich mich kein bisschen verletze, wenn ich allein draußen rumfahre. Aber weil ich ja spätestens ab heute ein Mädchen bin, das keinen Ärger macht, ziehe ich mir meine neuen weißen Leggings an und setze mich aufs Sofa und halte mich an die Verbote.

Ich fahre weder Fahrrad noch starte ich einen neuen Versuch, Schleim herzustellen. Das ist nämlich auch streng verboten, seit ich einmal ziemlich erfolgreich gewesen bin mit meiner Schleimproduktion. Nach ein paar Versuchen, die schiefgegangen waren, hatte ich es geschafft, einen Superschleim zu machen aus Shampoo und Kartoffelmehl und grüner Lebensmittelfarbe. Der war richtig schön schleimig. Für kurze Zeit jedenfalls. Dann ist er irgendwie bröckelig geworden. Was mich nicht gestört hat. Aber Mama hat sich aufgeregt, weil angeblich »überall im Haus« Schleimbrocken rumfliegen würden und ihr Kartoffelmehl auch alle sei. Und als wir am Wochenende einen Fußballplatzkuchen für meinen Fußball-Cousin backen wollten (den Bruder von meinem

Krav-Maga-Cousin), mussten wir den Rasen blau färben, weil die grüne Lebensmittelfarbe alle war. Na ja. Seitdem herrscht in unserem Haus jedenfalls strenges Schleimverbot.

Und deswegen gucke ich jetzt Fernsehen. Genauer gesagt *Raven*. Das ist eine ziemlich coole Pferdeserie. (Findet sogar Fi! Eine der wenigen Sachen, die wir gemeinsam haben.) Weil ich die aber schon fast auswendig kenne, schreibe ich gleichzeitig Tagebuch. Und male ein bisschen mit meinen super Glitzerstiften.

Mittwoch, 26. Juli, 13:38 Uhr

Eben ist Mama nach Hause gekommen und hat was zu essen vom Asia-Imbiss mitgebracht. Ich liebe die kleinen Frühlingsröllchen und gebratene Nudeln mit Ei. (Sogar das Gemüse darin schmeckt, vor allem, weil so wenig davon drin ist … Hihi!) ☺👍☺ 👍☺

Deswegen habe ich mich gefreut. Und Mama hat sich auch gefreut, weil ich »keinen Unsinn veranstaltet« habe, sondern tatsächlich ihre Anweisungen befolgt und auch noch die Spülmaschine ausgeräumt habe, wie sie erstaunt feststellte! »Und ich habe mich auch an das Schleimverbot gehalten!«, rief ich triumphierend. Und als sie dazu noch keine Flecken und Risse an meinen weißen Leggings entdecken konnte, huschte ein Lächeln über ihr Gesicht vor Staunen! Ich glaube wirklich, ich kriege das super hin mit dem Bravsein!

Dann kam auch Papa (extra früher) von der Arbeit und Fi (ganz normal) aus der Schule. Sie schien wieder besserer Laune, denn sie kicherte dauernd über die Nachrichten, die im Minutentakt auf ihr Handy pingten. Ich bin ein bisschen erleichtert, weil sie heute Morgen offensichtlich nicht wegen mir so schlecht drauf gewesen ist.

Mittwoch, 26. Juli, 14:35 Uhr

Hatte eine super Idee! Ich schreibe ein *Handbuch für Mädchen, die keinen Ärger machen.*

Darin gebe ich super Tipps, wie man sich ganz einfach gut benimmt. Zum Beispiel, welchen positiven Einfluss die Kleidung auf das Verhalten hat.

Tipp Nr. 1: Zieh dich brav an, dann wirst du brav sein! (Besonders wichtig an ersten Schultagen.)

Was unter anderem auch daran liegt, dass brave Klamotten so unpraktisch sind für spaßige Unternehmungen. In einem Faltenrock jedenfalls kann man nicht besonders gut Radfahren. Und in weißen Leggings ist Basteln mit Farbe und Klebstoff auch keine gute Idee. Wenn man eine Hose anhat, die man auf keinen Fall bekleckern möchte, ist es sogar nicht so schlimm, dass man keinen Schleim herstellen darf.

Ich finde, ich klinge wirklich schon *extrem* vernünftig und bin bereit, heute auf das Gymnasium eingeschult zu werden. In rosa Glitzerjeans und Flatterbluse!

Mittwoch, 26. Juli, 15:12 Uhr

Gleich geht es los. **SCHLUCK!!!**

Hedi kann heute nicht. Sie hat einen sehr wichtigen Kosmetiktermin, auf den sie angeblich *Monate* gewartet hat. (Sie bekommt dort irgendwas in ihre Falten gespritzt. Ist das nicht total EKLIG?) Mir ist aber egal, dass sie nicht dabei ist. Dafür ist Opa Herbert gekommen. Er tat ganz verwundert, als er mich in meinem Glitzerjeans-Flatterblusen-Outfit gesehen hat, und fragte, ob er im Himmel gelandet wäre, wo hier auf einmal ein Engel wohnen würde. Das war natürlich ein bisschen übertrieben, aber trotzdem lieb von ihm. Fi sagte mit einer hochgezogenen Augenbraue: »Und diese Flecken auf Lenis Hand sind auch geradezu himmlisch.« (IRONIE! Habe ich sofort bemerkt!)

Upps! Da war wohl ein bisschen von meinem lila Glitzerstift auf meinen Fingern gelandet. Als ich mir die Hände wusch, hörte ich, wie Fi murrte, dass sie nicht mitwollte. Papa sagte, dass sie natürlich mitmüsse. Aber Fi nölte voll rum, wie langweilig das wäre und dass sie dann dauernd Autogramme schreiben müsse. Pfff! Als ob sie das nicht eigentlich super findet!

Mama sagte auch sofort, dass das eben dazugehöre, wenn man eine berühmte Schauspielerin sein will. Und was machte Fi? Sie jammerte rum, dass dann nachher *ihr Arm wehtun* würde! Echt, ich glaube, sie dreht langsam wirklich durch. Papa kommentierte zum Glück nur trocken, dass sie das schon überleben werde. Und als Opa Herbert schließlich sagte, dass Fi auf jeden Fall mitgehen müsse, damit er nachher im Restaurant mit ihr gesehen werden würde, willigte sie schließlich ein.

Ich bin froh, dass sie keine Extrawurst bekommen hat. Und dass sie dabei ist. Ich will ihr doch beweisen, dass ich mich gut benehmen kann!

Mittwoch, 26. Juli, 20:03 Uhr

Wie war das mit meinem Plan, brav zu sein? Ich sag mal: Es war knapp!

Aber das lag nur daran, dass ich bei der Messe, mit der die Einschulungsfeier begann, zufällig neben Oskar »Kleister« Piontek gelandet war. Der Platz neben Oskar Piontek war in meiner alten Klasse immer eine echte Strafe. Besonders beim

Laternenbasteln. Ich weiß nicht, wie er das anstellte, aber Oskar schaffte es, den Kleister wirklich überall zu verteilen. Nicht nur auf der Laterne … sondern auch auf seinem Arbeitsplatz, seinen Klamotten, seinen Haaren und auch mal in den Haaren seines Sitznachbarn!

So, und jetzt saß also ausgerechnet Oskar Piontek neben mir, seinen nagelneuen Schulrucksack vor sich zwischen seinen Füßen.

Vorne redete eine Pfarrerin von verschlungenen Lebenswegen oder so und es war so langweilig, dass ich beinahe vergaß, aufgeregt zu sein. Um nicht einzuschlafen, guckte ich mir meine neuen Mitschüler an. Wir waren ganz schön vielen! Insgesamt gibt es vier fünfte Klassen und als ich so durch die Reihen schaute, entdeckte ich auf der gegenüberliegenden Seite Linus Krechel aus meiner alten Klasse. Linus habe ich noch nie besonders gemocht. Er ist ein drahtiger Typ mit hellbraunen Haaren, der sich in der Grundschule immer vor allen Klassendiensten gedrückt und nur »Hier!« geschrien hat, wenn irgendwo Süßigkeiten verteilt wurden. Jetzt saß er da und sah aus, als würde er gleich ins Koma fallen.

Und plötzlich blitzte mich schräg hinter Linus ein bekanntes Gesicht an. Du liebes Schnitzel! **Maxim!** Brüllio-Monster Maxim war hier! Und ich hatte gedacht, er würde auf eine ganz andere Schule gehen! Auweia. In dem Moment entdeckte Maxim mich und seine kleinen blauen Augen wurden noch kleiner. Dann ballte er die Faust, schob sie hoch vor sein Gesicht und streckte mir den Mittelfinger raus. (Und das in der neuen Schule, bevor sie überhaupt richtig angefangen hatte!) Dieser erbsenhirnige Riesenblödmann. Ich hätte ihm als Antwort am liebsten das Gesangsbuch an den Kopf geworfen. Aber ich bin ja Autorin vom *Handbuch für Mädchen, die keinen Ärger machen.*

Darin wird es einen weiteren, unheimlich wichtigen Tipp

geben: *Tipp Nr. 2: Lass dich nicht provozieren. Auch nicht von erbsenhirnigen Riesenblödmännern, die es total verdient hätten, eins auf die Mütze zu kriegen.*

Anstatt also Maxim die Zunge rauszustrecken, lächelte ich ihn freundlich an, bis er sich mit hochrotem Kopf abwandte.

Dann fiel mir ein paar Reihen vor mir ein Mädchen auf, das so gebannt die Pfarrerin anstarrte, als ob sie jedes Wort in sich aufsaugte. Vielleicht dachte sie, sie müsse gleich einen Test über die Predigt bestehen? Vielleicht hatte sie aber auch nur einen Stock verschluckt. Das Krasseste an ihr war der Haarreifen in ihrem rotbraunen Haar. Er glitzerte wie eine Tiara! (Eine Tiara ist so eine Art Minikrone, wie sie Prinzessinnen und Feen tragen.)

Ach, du liebes Schnitzel! Als ob sie auf ihrer eigenen Krönungsfeier säße!

Ich stieß Fi neben mir in die Seite und sie hob tatsächlich kurz den Blick von ihrem Smartphone, das sie mit ihrer Handtasche tarnte. Aber sie würdigte mich nur eines kurzen Blickes und bevor ich ihr das Mädchen zeigen konnte, hatte Fiona sich wieder ihrem Instagram-Account zugewandt.

Neben mir kam auf einmal Bewegung in Oskar »Kleister« Piontek. Er beugte sich vor, klappte den Deckel seines Schulrucksacks auf und starrte hinein. Oskar hatte offensichtlich schon alles mitgebracht, was auf der Materialliste gestanden hatte. Sogar Kunstsachen hatte er dabei. Er stöhnte lang gezogen und ich dachte: Jetzt wird es spannend. Letzten Sommer hatte Oskar mal aus irgendeinem Grund einen Schokoladenosterhasen in seinem Turnbeutel mitgeschleppt. Den hatte er in der großen Pause in die Sonne gelegt. Tja, und nachher waren seine Sportsachen über und über mit Schokobrei verschmiert gewesen. Daher war ich ziemlich gespannt, was diesmal passiert war.

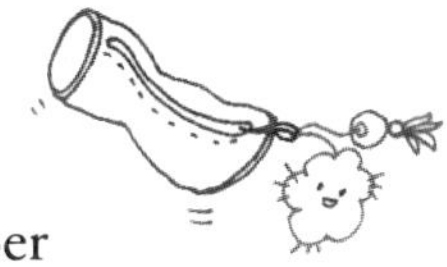

Oskar zog ein Mäppchen raus und drückte es mir in die Hand. »Halt mal.«

Ich guckte es mir erst skeptisch an, konnte aber keine schmierige Schicht entdecken. Also nahm ich es. Dann holte er den Atlas raus. Der zog eine Menge durchsichtiger Fäden. Wie Spinnenweben. Spinnweben aus Klebstoff! Offensichtlich war eine Tube Flüssigkleber zwischen Malkasten und Atlas zerquetscht worden. Oskar fing an, den Inhalt seines Rucksacks auszupacken, bis seine Mutter ihm irgendwas zuzischte und er genervt alles zurück in den Ranzen drückte. Wo die Tube Uhu immer noch ihr Unwesen trieb. Ich gab ihm sein Mäppchen zurück und hatte sofort den Eindruck, dass meine Finger klebrig waren.

Dann mussten wir alle aufstehen und ein Lied singen, dessen Text wir von Zetteln ablasen, die auf den Stühlen gelegen hatten. Sogar Fi nahm widerwillig den Zettel, den ich ihr in die Hand drückte.

Schließlich war die Messe vorbei und wir drängelten uns raus. Dabei sah ich ein Blatt Papier, das an Fionas Hintern klebte. Ich tat so, als ob mich jemand geschubst hätte, rempelte sie ein bisschen an und zog das Blatt schnell ab.

Sie fauchte mich total genervt an, war aber schnell wieder in ihrem Smartphone versunken, sodass ich unauffällig das Papier von meiner Hand wedeln konnte. Was gar nicht so einfach war. Ich glaube, im *Handbuch für Mädchen, die keinen Ärger machen* werde ich ein Sonderkapitel schreiben mit dem Titel: *Halt dich fern von Oskar »Kleister« Piontek!*

Nach der Schnarchmesse haben wir uns auf dem Schulhof versammelt, wo wir unseren Klassenlehrern zugeteilt werden sollten. Es herrschte ein ziemliches Durcheinander, weil so viele Erwachsene um die Kinder rumschwirrten und eine Milliarde Fotos schossen. Dazu funktionierte das Mikro des

Schulleiters nicht richtig. »Hat der jetzt 5 b gesagt?«, habe ich daher einen Jungen gefragt, der neben mir stand. Aber der hat nur mit den Schultern gezuckt und da hörte ich eine Stimme hinter mir.

»Oh Gott, sind die alle doof.« Es war die Tiara-Tussi, die mich zur Seite schob, wobei sie mir auf den Fuß trat. Und sich nicht entschuldigte! Hinter ihr her schwärmten noch ein paar Mädchen zu Frau Heinke und Herrn Lehmann. Den Klassenlehrern der 5 b, wie ich dann auch endlich mitbekam. Die Tiara-Tussi war also in meiner Klasse. Na super! Und Oskar »Kleister« Piontek und Linus Krechel auch. Und Maxim Baguche. GRÜNE GRUSELGRÜTZE!

Aber dann habe ich mir überlegt: neue Schule, neuer Anfang. Und deswegen beschloss ich, Maxims Stinkefinger von eben zu vergessen und ihn mit Freundlichkeit davon zu überzeugen, dass wir unser Kriegsbeil begraben könnten. Und das habe ich dann auch direkt gemacht.

Ich bin auf ihn zugegangen und ich habe gemerkt, dass er in den Ferien einen halben Kopf größer geworden ist als ich. Und breiter ist er auch geworden. Er hat mich misstrauisch gemustert und so an mir hoch- und runtergeguckt, dass mir ganz unwohl wurde. Immerhin trug ich ja die rosa Glitzerhose und meine blöde Bluse des Grauens!! Ich habe aber tief durchgeatmet und mir fest vorgenommen, dass sich Mädchen, die keinen Ärger machen wollen, nicht provozieren lassen. Erst recht nicht von ihren alten Erzfeinden!

Er hat seinen Mund zu einem hinterhältigen Grinsen verzogen. Kurz dachte ich, er wollte an den Ärmel meiner Flatterbluse fassen, um zu sehen, ob sie echt war.

»Hallo«, grüßte ich ihn höflich. »Da sind wir also jetzt in einer Klass…«

»Schnauze«, fuhr er mich an.

»Okay. Das ist zwar nicht besonders freundlich, aber wenn

du es so haben willst, dann ...« Ich habe ihn nur liebenswürdig angeschaut.

»*Schnauze,* hab ich gesagt.« Er funkelte mich wütend an. In dem Moment setzte sich die Klasse in Bewegung in Richtung Klassenraum.

»Ich habe das nicht ganz verstanden«, sagte ich, während wir hinter den anderen hergingen. »Was meinst du eigentlich genau mit *Schnauze*? Hast du die Schnauze voll oder ...«

Da beugte sich Maxim näher zu mir und zischte: »Du solltest zittern, du solltest dich fürchten und jeden Morgen beten, dass ich dich nicht ... Aaaaahhhh.« Dass er mir auf die Pelle gerückt war, war sein Fehler. Den er auch gleich eingesehen hat, denn ich hatte mir seinen kleinen Finger geschnappt und zur Seite gebogen. (Den Trick hat mir auch mein Krav-Maga-Cousin Julius gezeigt.) Maxim starrte mich mit schmerzverzerrtem Gesicht an.

»Pass auf, Maxim«, habe ich dann leise zu ihm gesagt. »Ich will keinen Ärger haben. Du lässt mich in Ruhe, dann lasse ich dich in Ruhe. Können wir uns darauf einigen?«

»Ja. Ja. Ja«, keuchte er.

»Dann ist ja gut.« Ich ließ ihn los und lächelte ihn an. Ich habe beschlossen: Nicht mal von Maxim würde ich mich davon abhalten lassen, ein braves Mädchen zu sein!

Meine neue Schule ist übrigens echt groß und voll das Labyrinth! Ich habe keine Ahnung, wie ich den Raum morgen alleine finden soll! Im Klassenraum haben unsere zwei Klassenlehrer dann kurz die Stundenpläne und mehrere Infozettel verteilt. Die Lehrer sagten, wie sehr sie sich auf das neue Schuljahr freuten. Dann durften wir zurück auf den Schulhof.

Und da hatte ich einen erneuten Zusammenstoß mit der Tiara-Tussi. Als sie Fi entdeckte, drängelte sie sich wieder ziemlich rücksichtslos an mir vorbei. »Bist du Fiona Behrens?«, rief sie aufgeregt. Fi tat nur einen Moment überrascht, dann ließ sie sich fotografieren und unterhielt sich mit der Tiara-Tussi, die Dakota heißt, wie ich jetzt weiß. Ihre Freundinnen kamen auch sofort angerannt und wollten Autogramme von meiner Schwester. Und weil die anderen Schüler das sahen, war Fi bald umringt von einer Traube Fünftklässler. Das fand ich natürlich total beknackt. Aber stelle ich mich deswegen an? Sage ich Fi, dass mir DAS peinlich ist? Nee.

Immerhin hatte Fi wegen der Autogrammstunde hinterher richtig gute Laune. Als Mama, Papa, Opa Herbert, Fi und ich in der Pizzeria saßen, hat Fi sogar mit mir geredet. FREIWILLIG! »Du hast Glück, dass Dakota in deiner Klasse ist«, erklärte sie mir.

»Hahahaha.« Ich habe total gelacht, weil ich dachte, Fi hätte mal wieder IRONIE benutzt und das Gegenteil gemeint. Aber Fi sah mich nur verdutzt an.

»Meinst du das ernst?«, habe ich mich gewundert.

»Natürlich. Sie ist echt nett. Und beliebt. Und ich kann dir nur einen Rat geben. Halt dich an die. Es geht nichts darüber, von Anfang an in der richtigen Clique zu sein.«

Interessante Theorie. Ich meine, wenn einem das beliebteste Mädchen der Schule so einen Rat gibt, dann sollte man ja wohl darauf hören!

Donnerstag, 27. Juli, 16:12 Uhr

Heute hatte ich den ersten richtigen Schultag. Und ich bin sehr erleichtert, dass ich hier in mein Tagebuch schreiben kann: Er ist gut verlaufen. *(Fast)* OHNE KATASTROPHEN!!!

Ja, und mein *Handbuch für Mädchen, die keinen Ärger machen* hat schon wieder einen neuen Tipp parat.

(Er stammt zwar von Fi, ist aber trotzdem gut.) *Tipp Nr. 3: Such dir die richtigen Freunde! Und zwar Leute, die brav und beliebt sind. Dann wirst du auch brav und beliebt sein.*

Ich habe mich natürlich an Fionas Tipp gehalten! Die ganze Sache ist dann NUR EIN BISSCHEN anders ausgegangen als gedacht. Was ja nicht unbedingt schlecht sein muss. Im Gegenteil: Ich finde, es ist sogar besser gelaufen als erwartet. Ich habe mir zwar eventuell eine neue Feindin gemacht, aber auf jeden Fall neue Freundinnen gefunden! Ich fange am besten mal von vorne (oder besser gesagt heute Morgen!) an:

Fi war von Mama und Papa verdonnert worden, mit mir zusammen Bus zu fahren. Sie hat zwar die Augen verdreht, aber sich zum Glück nicht weiter angestellt. Wegen ihrer Schuhe mit Absätzen konnte sie nicht so schnell gehen und der Weg zur Bushaltestelle kam mir unheimlich weit vor. Zum Glück verpassten wir den Bus nicht. Und wir bekamen sogar einen Sitzplatz!

Fi war erstaunlich gut drauf und plapperte über irgendwas, was ihre Freundin Mareike erlebt hat. Dabei schaute sie immer wieder aus dem Fenster und der Bus füllte sich an jeder Haltestelle mehr. Bald waren alle Sitzplätze belegt und dann passierte etwas Merkwürdiges: An der übernächsten Haltestelle stieg ein blonder Typ ein und Fionas Haltung änderte sich sofort. Sie setzte sich gerader hin und schüttelte die Haare. Ich wollte gerade fragen, wer das ist, da raunte Fi mir aufgeregt zu: »Da ist Quinn. Steh auf und tu so, als ob du hinten jemanden entdeckt hättest.« Sie fing an, nervös in ihren Haaren zu fummeln.

»Äh …«

»Mach schon«, sagte Fi und stieß mich mit dem Ellenbogen in die Seite. Und fügte dann ein Wort hinzu, von dem ich schon dachte, dass sie es vergessen hatte: »Bitte!«

Sie *bat* mich um etwas!! Davon war ich so überrumpelt, dass ich wirklich aufstand. Um dann aus sicherer Entfernung zu beobachten, wie dieser Quinn-Typ sich auf den freien Platz zuschob. Grünes Skatershirt, alter Armeerucksack über der Schulter, ausgefranste Jeans, Delfinanhänger um den Hals. Fi tat so, als wäre sie unheimlich vertieft in ihre Handynachrichten. Dabei schielte sie zur Seite und als dieser Quinn-Typ neben ihr war, schaute sie hoch, die beiden lächelten sich an, er ließ sich auf den Platz neben sie gleiten und Fi grinste auf einmal, als gäbe es einen Pokal für das breiteste Lächeln.

Hm. Was war da los?

War Fi etwa in diesen Quinn-Typen verknallt?????

Ich meine, ich habe selbst NULL Erfahrung ~~mit dieser bescheuerten Sache mit diesem idiotischen~~ mit diesem *seltsamen* Phänomen! (Und das soll auch so bleiben.)

Aber ich habe genug Filme und Serien gesehen, in denen sich dauernd irgendjemand verliebt. Und da benehmen sich die Leute auch immer ganz merkwürdig! So wie Fi jetzt. Sie wibbelte herum, während sie mit Quinn sprach. Dann stieg ein Mädchen mit blau-schwarzen Haaren, Lederminirock und Fransenlederjacke ein, die sich neben Quinn in den Gang stellte und sich in das Gespräch einmischte, wobei sie aber nur Quinn anschaute. Daraufhin fing Fi erst richtig mit Haareschütteln und aufgeregtem Rumfuchteln an, und ich hörte sie bis nach hinten lachen.

Wie es weiterging, konnte ich nicht beobachten, weil an der Endhaltestelle ziemliches Geknubbel herrschte. Es waren gerade mehrere Busse angekommen und ich verlor Fi beim Aussteigen aus den Augen und plötzlich habe ich mich in dem Gewühl ziemlich allein gefühlt. Besonders weil ich gleich in dem Schullabyrinth meinen Klassenraum finden musste!

Da habe ich aber meine alten und neuen Mitschüler Linus, Maxim und Oskar entdeckt und deswegen war ich erst ganz erleichtert. Ich winkte ihnen zu, doch Linus lief ohne ein Zeichen des Erkennens an mir vorbei. Maxim warf mir einen grimmigen Blick zu und versuchte, mich mit der Schulter zu rammen. Ich wich ihm aus und er kam ins Straucheln. Woraufhin er noch grimmiger guckte. Also blieb nur Oskar, mit dem ich zusammen den Klassenraum suchen könnte. Doch der warf gerade ein Kaugummi in den Mülleimer, was damit endete, dass er auf einmal Fäden zwischen seinen Fingern, seinem Ärmel und dem Mülleimerrand zog und nicht loswurde. (Wirklich wahr!!) Ich brachte mich schnell aus der Gefahrenzone, eilte an ihm vorbei und musste den Weg eben alleine finden. Hab ich dann auch!

In der großen Eingangshalle habe ich allerdings erst mal gar nicht mehr gewusst, wo ich langgehen sollte. Da waren so viele Flure und auch so viele Schüler und es sah deswegen ganz anders aus als gestern. Außerdem kam mir die Schule sooo riesig vor! Zum Glück habe ich da ein pummeliges Mädchen entdeckt, das in meiner Klasse ist und zielstrebig in den mittleren Gang ging. Ich bin ihr einfach gefolgt, zweimal rechts, eine Treppe hoch, einmal links, dann standen wir vor unserem Klassenzimmer. Erste Hürde genommen. Jetzt kam die zweite. Die Sitzplatzwahl. Gefährliche Sache!

Die ich aber zum Glück bestens gemeistert habe!

Donnerstag, 27. Juli, 17:34 Uhr

Musste gerade mal was trinken. Dabei bin ich Mama begegnet, die eben vom Salon nach Hause kam und mich natürlich sofort ausquetschen wollte, wie es heute war. Sie war ganz begeistert, als ich ihr gesagt habe, dass ich nette Mädchen kennengelernt habe.

Dass ich auch schon *nicht so nette* Mädchen kennengelernt

habe, behielt ich für mich. Mama sollte nicht denken, ich hätte mir schon wieder Ärger eingehandelt.

Nein. Die ganze Geschichte schreibe ich nur hier in dieses Tagebuch!

Es war so:

Als ich hinter dem Mädchen, dem ich gefolgt war, in die Klasse kam, war Dakota schon da. Sie lehnte sich gegen die Kante einer Tischgruppe in der Mitte, an dem Platz für sechs war, und checkte jeden, der reinkam.

Heute trug sie keine Tiara, aber ein *paillettenübersätes* Haarband, das blinkte und glitzerte. Dazu ein weiß-lila Kleid, das auch aus der Cocktailkleidabteilung hätte stammen können. Und: weiße Lackschuhe!!! (So welche hatte ich nur bei meiner Kommunion an und danach NIE WIEDER!!) Zwei Plätze an dem Tisch waren schon besetzt mit Dakotas Freundinnen, die ebenfalls unheimlich modisch angezogen waren.

Das Mädchen vor mir ging auf Dakota zu und fragte schüchtern, ob an ihrem Tisch noch ein Platz für sie frei wäre. Dakota schaute sie nur von oben bis unten an und schüttelte den Kopf. »Nein, hier sind alle Plätze belegt.«

»Oh«, machte das Mädchen und wurde rot. Sie wollte sich an den Nachbartisch setzen, aber Dakota verhinderte das. »Da ist auch schon besetzt«, behauptete sie. Dabei saß dort überhaupt gar keiner! Das fand ich fies. Um nicht zu sagen: MEGAGEMEIN!!! Verschiedene Sätze purzelten durch meinen Kopf, die ich nur zu gerne zu Dakota gesagt hätte. Da wären zum Beispiel:

a) Wer hat dich eigentlich zur Sitzplatzpräsidentin bestimmt?
b) Ah, verstehe! Als Gott die Nettigkeit verteilt hat, warst du noch beim Friseur.
c) Von arroganten Tussen wird mir total schlecht. Bitte forme deine Hände zu einer Schüssel. Ich muss mich übergeben.

Aber dann habe ich mich innerlich ermahnt, dass ich ja versuchen wollte, möglichst wenig Streit zu kriegen. Und sagte nichts. Ich wollte schon nach hinten an einen der freien Tische gehen, da nahm mich plötzlich Dakota ins Visier. Ihre Miene hellte sich richtig auf, als sie mich sah. dann rief sie: »Hey. Du bist doch die Schwester von Fiona Behrens.«

Ich nickte.

»Du darfst dich zu uns setzen«, sagte sie und klang so, als hätte ich irgendwas gewonnen.

Tja, und da war ich natürlich in einem Konflikt. Mein Hirn ratterte vor sich hin, denn Fi hatte ja gesagt, ich soll mich an sie halten. Fi weiß, wie das hier läuft, immerhin ist sie ja schon in der neunten Klasse. Ja, ich sollte auf Fi hören, dachte ich, da öffnete sich mein Mund und sagte: »Nein, danke. Ich sitze schon da drüben.« Ich zeigte auf einen leeren Tisch auf der gegenüberliegenden Seite.

Dakota hat mich ziemlich komisch angeguckt und meinte dann nur spitz: »Ach so? Na dann. Wie du willst.« Sie hörte auch gleich auf, mich so anzustrahlen wie eine Superpowertaschenlampe.

Auf dem Weg zur anderen Raumseite lächelte ich dem Mädchen zu, das Dakota abgewiesen hatte. »Komm, wir nehmen den Tisch da drüben.« Das Mädchen atmete sichtbar auf und lief dankbar neben mir her.

Inzwischen weiß ich, sie heißt Teresa und ist total nett!

Dakota ließ nur Mädchen zu sich an den Tisch, die angezogen waren wie aus einem Katalog. Als ein dürres, blasses Mädchen mit weißblonden Haaren in der Tür erschien, das sehnsüchtige Blicke zu Dakotas Tisch warf, raunte Teresa: »Da ist Holly!«

Sie winkte Holly zu uns, bevor Dakota sie abblitzen lassen konnte. Holly freute sich so über die Einladung an unseren Tisch, dass sie gleich ihre Pausenverpflegung mit uns geteilt hat, die aus Gummibärchen und Möhren bestand (was für eine Mischung!). Am Ende hatten wir auch noch Baschira und Charlotte zu uns geholt. Baschira ist sehr schüchtern, was vielleicht auch daran liegt, dass ihr Deutsch noch nicht perfekt ist. Charlotte kannte ich schon vom Park, wo neben der Skaterbahn ein Bolzplatz ist. Sie spielt ziemlich gut Fußball, ist aber eher von der schweigsamen Sorte.

Da waren wir also. Eine Dicke, eine Blasse, eine Schüchterne, eine Fußballspielerin und ein Mädchen, das keinen Ärger macht (ich). Und auf der anderen Seite Dakota und ihre gestylten Freundinnen.

Ich bin mehr als zufrieden. Das habe ich also schon mal geschafft! Ich bin von Anfang an in der richtigen Mädchenclique gelandet. Finde ich jedenfalls.

Donnerstag, 27. Juli, 18:56 Uhr

FI WAR NETT ZU MIR!!! Sie hat sich bei mir *bedankt!* Piff Paff Konfetti! Dafür, dass ich heute Morgen im Bus Platz gemacht habe. Ich habe nur abgewunken und »Kein Problem« gesagt, als wäre es nichts Besonderes, dabei freute ich mich total, dass sie sich bedankt hat! Und dann erkundigte sie sich auch noch, wie es gelaufen ist und ob ich mich mit Dakota angefreundet habe. Und weil ich Fi nicht sagen wollte, wie doof ich diese doofe Tussi fand, sagte ich einfach: »Ja, ich habe mit ihr gesprochen.« Das war ja nicht gelogen.

Ich bin wirklich zufrieden. Alles läuft gut. So kann das weitergehen!

Freitag, 28. Juli, 15:09 Uhr

AAAAAAAAAHHHHHHHH!!!!!

Freitag, 28. Juli, 15:31 Uhr

Ach du liebes Schnitzel. WAS HABE ICH MIR HEUTE IN DER SCHULE NUR DABEI GEDACHT??? Mal wieder GAR NICHTS. Das ist ja das Problem!!! Ich glaube, das Thema sollte ausführlich behandelt werden im *Handbuch für Mädchen, die keinen Ärger machen:*

Tipp Nr. 4: Erst nachdenken, dann sprechen

Um Ärger zu vermeiden, sollte man mindestens zehn Minuten nachdenken, bevor man was Dummes sagt. Das Schwierige daran ist, dass man vorher nie weiß, wann man was Dummes sagen wird, was einen in Schlamassel bringt. Deswegen ist es am sichersten, einfach NUR nachzudenken und gar nicht zu sprechen. (Höchstens ins Tagebuch schreiben, das geht.)

Für alles andere ist es jetzt eh zu spät! Aaah!

Freitag, 28. Juli, 16:39 Uhr

GRÜNE GRUSELGRÜTZE!

Okay, liebes Tagebuch, ich merke schon, dass du total neugierig bist, was heute passiert ist. Deswegen werde ich es dir endlich erzählen. In einem Satz: Mein Leben als Mädchen, das keinen Ärger macht, ist schon wieder vorbei. Aus und vorbei, finito, over. Also echt!

Das Gute ist vielleicht: Ich glaube, ich kann wieder meine schwarzen Löcherjeans und meine Fun-Police-T-Shirts anziehen. Neue Klamotten helfen ja wohl überhaupt nicht! (Auch wenn Mama das Gegenteil behauptet. Da muss ich wohl das *Handbuch für Mädchen, die keinen Ärger machen* noch mal überarbeiten.)

Schon heute Morgen im Bus fing alles an schiefzugehen. Das hätte mich vielleicht warnen sollen. Tat es aber nicht. Und so rannte ich schnurstracks in mein Verderben, ohne es zu ahnen!!

Wenn das ein Film wäre, käme jetzt hier

DRAMATISCHE MUSIK!

Als Quinn einstieg, zwinkerte ich Fi verschwörerisch zu und räumte meinen Platz. Aber Quinn setzte sich gar nicht neben Fi. SONDERN DIE BLAUHAARIGE! Die war nämlich mit Quinn eingestiegen. (Wieso eigentlich?) Und Quinn bot ihr tatsächlich MEINEN Sitzplatz an! Den Sitz, den *ich* freigemacht hatte, damit *meine Schwester* sich freut und sich nachher wieder bei mir bedankt! Pffff!

Da war ich echt sauer. Wie kam dieser Quinn-Typ auf so eine bescheuerte Idee? Warum wollte ER nicht neben Fi sitzen? Ich meine, die Blauhaarige sah mit ihrem engen schwarzen Kleid auch nicht schlecht aus. Zwar ein bisschen gewöhnungsbedürftig, aber nicht schlecht. Trotzdem ist doch Fi viiiiiel hübscher! Und eine berühmte Schauspielerin! Und total beliebt. Nee, echt. Das kapierte ich nicht. Okay. Und Fi offensichtlich auch nicht. Die hat nämlich vor Wut gekocht, das habe ich ihr angesehen. Sie presst dann immer die Lippen aufeinander, wobei sie ihre Oberlippe vorschiebt und aussieht wie eine Schnappschildkröte!

Und so ging es weiter. Als wir aus dem Bus ausstiegen, funkelte mich Maxim wieder wütend an.

»Hi Maxim«, habe ich so freundlich wie möglich gesagt, aber er hat nur eine Grimasse gezogen.

Als ich ihn dann gefragt habe, was eigentlich los ist und wo sein Problem ist, hat er mich gefragt (echt jetzt!): »Hast du wirklich keine Angst vor mir?«

Da musste ich nicht mal drüber nachdenken und habe einfach »Nein« gesagt. Weil es stimmt.

Er hat ein wenig ratlos ausgesehen, doch als Linus neben ihm vorbeiging, hat er so getan, als wollte er ihm auf den Hinterkopf hauen. Aber Linus duckte sich schnell weg.

Dann hat Maxim mich gefragt: »Warum nicht? Alle haben Angst vor mir.«

»Soll ich dir den Fingergriff noch mal zeigen?«, habe ich ihn gefragt.

Aber er hat nur »Nee« gebrummt und missmutig eine leere Dose weggekickt. Damit traf er einen Jungen aus der sechsten oder siebten Klasse in die Hacken. Der drehte sich um und rief: »Hey! Was soll das?«

»Schnauze!«, hat Maxim ihn angeschrien. Meine Güte, der Junge kann echt von 0 auf 100 explodieren. Und bei dem älteren Jungen wirkte das. Er verdrückte sich ganz schnell. Das immerhin schien Maxim zu besänftigen.

☠

Nachdem wir gestern eine Menge Kennenlernspiele gespielt haben, sagte unser Klassenlehrer Herr Lehmann in der zweiten Stunde, dass wir heute in der letzten Stunde einen Klassensprecher wählen würden. Er meinte, das wäre für uns vielleicht schwierig, weil wir uns noch nicht so gut kennen würden, aber er glaubte, dass wir bestimmt tolle Kandidaten finden würden. Er sagte das ganz freundlich und überhaupt fand ich ihn nett. Er unterrichtet uns in Englisch und Erdkunde und wir haben fast jeden Tag mindestens eine Schulstunde bei ihm.

Wegen der Klassensprecherwahl ging natürlich gleich das Gemurmel los. Dakota wurde sofort umringt von ihrem Fanclub. »Da brauchen wir gar nicht lange überlegen. Dakota wird Klassensprecherin«, hat Teresa mir zugeflüstert, »das war sie schon in der Grundschule die ganzen vier Jahre.«

Holly stöhnte. »Ja, das wird sie wohl. Die blöde Petze.« Und dann erzählten Holly und Teresa, dass Dakota nicht nur eine Zicke ist (was ich ja schon wusste), sondern auch eine Schleimerin, die die anderen bei jeder Gelegenheit bei den Lehrern schlechtmacht und verpetzt!

»Solche Tussen hasse ich«, meldete sich Charlotte düster zu Wort. Die anderen an meinem Tisch nickten. Und da sagte ich zum Spaß, dass dann eben eine von uns Klassensprecherin werden müsste. Teresa und Holly waren richtig erschrocken und meinten, dass wir das nicht könnten. Nicht gegen Dakota.

Da habe ich ihnen gesagt, was Papa immer sagt. Dass Mädchen alles können. Zumindest versuchen. Ob's klappt, sieht man dann. Aber versuchen muss man es!

»Coole Scheiße«, meldete sich Charlotte zu Wort. »Meine Stimme hast du schon mal.« Holly und Teresa nickten. Baschira sagte nichts, aber sie riss ihre braunen Rehaugen ganz weit auf und sah mich durchdringend an. Ich erklärte, dass das gar nicht so gemeint war. Charlotte meinte nur, dass *sie* es aber so gemeint hätten. Auf jeden Fall wollte mein Tisch, dass ich mich als Klassensprecherin melden sollte. Und da alles besser wäre, als wenn Dakota Klassensprecherin wird, zuckte ich mit den Schultern und sagte, wenn sie es unbedingt wollten, dann würde ich es machen. Und in dem Moment starrte Dakota zu mir rüber, als hätte sie alles gehört, und bohrte ihren Blick in meine Stirn.

Paukenschlag und wieder
DRAMATISCHE MUSIK!

Im Film käme jetzt hier die Werbepause, weil es so spannend ist! Passt mir gerade, muss nämlich mal eben aufs Klo. Hihi!

Freitag, 28. Juli, 17:34 Uhr

Da bin ich wieder. Hab noch schnell Scooters Käfig sauber gemacht, um mich kurz von dem Ärger abzulenken, den ich mir heute eingehandelt habe. Und weil ich Scooter (und Flummi vorher natürlich auch!) dabei immer vorübergehend in eine große Kiste setze, wo er dann ziemlich wild rumrennt, habe ich ihm eine Weile zugesehen. Dabei habe ich mir vorgenommen, am Wochenende wieder Hamsterdetektivin zu sein!

So, genug mit ♫ Happy-Tralallalalla-Ablenkung. ♫ Jetzt geht's los mit dem Drama! Ich habe was **DUMMES** angestellt!* Etwas, was ich sicher *nicht* gemacht hätte, wenn ich Verlieren nicht so SCHRECKLICH fände! Verlieren steht auf meiner Liste von Sachen, die ich echt doof finde, ziemlich weit oben. Genauer gesagt auf Platz 4, hinter der Tatsache, dass Flummi weg ist (Platz 1), und dem Ärger mit Fi (2) und Petzen (3). Auf Platz 5 kommt dann »Aufräumen« und direkt dahinter auf Platz 6 »Wenn einem vor Vorfreude das Wasser im Mund zusammenläuft und man dann entdeckt, dass es doch keinen Schokopudding mehr gibt«.

Die Liste könnte ich noch ewig fortsetzen, aber ich wollte ja erzählen, in welches Schlamassel ich mich heute mal wieder rein~~mannöwmahnüwri~~bugsiert habe, weil ich einfach echt schlecht verlieren kann. Ich meine, früher war das noch viel schlimmer mit dem Verlieren! Da habe ich sogar schon mal das Mensch-ärger-dich-nicht-Brett vom Tisch gefegt oder mit Quartettkarten geschmissen. So was mache ich nicht mehr. Trotzdem macht es mich echt immer noch TOTAL sau-

* **Diesmal aber wirklich!**

er, wenn ich bei irgendwas verliere.* Ganz besonders, wenn meine Gegnerin eine **BLÖDE PETZE** ist, die bestimmt, wer an ihrem Tisch sitzen darf und wer nicht, und die andere so naserümpfend anguckt, als wären sie lästige Insekten oder schleimige **Nacktschnecken**!! Gegen so jemanden zu verlieren, *geht ja wohl mal gar nicht!!!* Fand ich jedenfalls … und finde ich auch immer noch ein bisschen. Aber jetzt bin ich mir gar nicht mehr so sicher. Ich habe zwar gewonnen – aber zu welchem PREIS??!!!

Leider hatte ich nämlich darüber nicht nachgedacht, bevor ich mich zur Wahl des Klassensprechers habe aufstellen lassen. Nach dem Motto: Mädchen können alles. Zumindest versuchen.

Als Herr Lehmann nach Kandidaten fragte, hat sich Charlotte neben mir gemeldet und meinen Namen gesagt. **TROMMELWIRBEL hoch 20!** Am Ende standen drei Kandidaten auf der Tafel. Von den Jungs hatte nur einer Bock: ein Typ namens Johann-Friedrich.

Ja, er heißt *wirklich* so. Und die Lehrer nennen ihn auch *wirklich* so. Wie die anderen Schüler ihn nennen, weiß ich noch nicht. Es redet nämlich keiner mit ihm. Liegt vielleicht daran, dass sich Johann-Friedrich schon erfolgreich das *Amt des Klassenstrebers* gesichert hat.

Er meldet sich andauernd. Dazu streckt er seinen Arm ganz gerade nach oben und schiebt seine Hand so Richtung Decke, als ob er eine Fahne an seinem Arm hissen will. Wenn er UNBEDINGT drankommen will, schlackert er noch dazu mit der Hand. Was dann aussieht, als ob der Sturm an der Fahne zerrt.

* Das ist nicht schön, ich weiß!!! Aber ich werde mich noch viel mehr bessern. Wer weiß? Vielleicht schaffe ich es bald sogar, dazu einen Tipp im *Handbuch für Mädchen, die keinen Ärger machen* zu schreiben: *Verlieren leicht gemacht!*

Sieht jedenfalls ziemlich bescheuert aus. Maxim ist das auch schon aufgefallen. Ich habe gesehen, wie er Johann-Friedrich nachgemacht und mit den anderen Jungs gelacht hat.

Kandidatin Nummer 3 war natürlich: Dakota. Und da wurde mir schlagartig klar, dass ich nicht verlieren durfte! Von Dakota mit ihren piekfeinen Klamotten und dem Glitzerhaarband, die anderen vorschreiben will, wo sie zu sitzen haben, würde ich mich AUF KEINEN FALL besiegen lassen!!!

Aber Dakota hatte sehr gute Chancen. Da musste man nicht mal viel rechnen. Wir sind dreizehn Mädchen in der Klasse und vierzehn Jungs. Vier Mädchen (fünf mit mir!) waren für mich. Der Rest für Dakota. Und deswegen brauchte ich die Stimmen der Jungs, wenn ich Dakotas fast schon sichere Wahl verhindern wollte.

Aber wie sollte ich die Jungs überzeugen, mich zu wählen? Vor allem, wo Maxim sich schon zum Boss ernannt hatte. Zumindest zum Boss der Störenfriede. Er versucht dauernd, die anderen Jungs mit beknackten Aktionen zum Lachen zu bringen. Zum Beispiel kippelt er halsbrecherisch auf seinem Stuhl, wirft mit Sachen von anderen um sich und sagt immer: »Easy-peasy, kein Ding für den King«, wenn er drangenommen wird, und antwortet dann aber nicht auf die Frage, sondern stellt den Lehrern selbst extradoofe Fragen. Echt wahr! Zum Beispiel: »Wer hat sich eigentlich das Plus- und das Minuszeichen ausgedacht und woher wissen wir, was es bedeutet?«

Außerdem hat Maxim den *Wer-braucht-das-schon-Club* gegründet. Die Mitglieder des Clubs erkennt man daran, dass sie dauernd so Sachen sagen wie: »Wer braucht schon Physik?« Oder: »Wer braucht schon Möhren?« Oder auch: »Wer braucht schon Radiergummis, wo man doch die Seiten, auf denen man sich verschrieben hat, einfach aus dem Heft reißen kann?« Ich glaube, der Club hat jede Menge Mitglieder, weil dauernd irgendjemand eine Frage mit »Wer braucht schon …?« stellt und dann lachen alle (vor allem die Jungs minus Johann-Friedrich). Maxim ist also so was wie der Anführer geworden.

Tja. Und deswegen muss ich *ihn* überzeugen, dass er die Jungs überzeugt, für mich zu stimmen. Logisch, aber schwierig. Auch wenn wir heute miteinander gesprochen haben, ohne uns zu hauen. (Was fast schon eine Art Waffenstillstand ist.) Aber ich bezweifle, dass er meine Wahl unterstützen würde. Jedenfalls nicht FREIWILLIG. Also: Wenn ich gewinnen wollte, musste ich mir bis zur letzten Schulstunde etwas einfallen lassen. Holly hat Gummibärchen vorgeschlagen und ihren Pausenvorrat hervorgeholt. »Du musst sie bestechen.«

Gute Idee! Dummerweise hatte Dakota sie auch gehabt. In der Pause verteilte sie mit ihren Freundinnen M&Ms und andere Süßigkeiten an die Jungs. Mist. Ich brauchte eine bessere Idee als Zuckerzeug! Leider hatte ich keine. Wie macht man sich bei Jungs beliebt? Und zwar an einem Tag?

SCHWIERIGE FRAGE!!!

Ausgerechnet Oskar »Kleister« Piontek zeigte mir dann, wie. Er ist nämlich heute berühmt geworden, indem er das Klassenbuch zerstört hat. Nicht absichtlich, natürlich.

Es war so: Frau Heinke bat ihn in der Fünfminutenpause zu sich. Sie wusste offensichtlich nichts von Oskars zweitem Vornamen, sonst wäre sie vorsichtiger gewesen. Denn Oskar aß gerade ein Honigbrot. Kauend tappte er nach vorne. Und in dem Moment, als Frau Heinke sagte: »Leg doch bitte das Brot weg«, rutschte es ihm schon aus der Hand. (Was ich erstaunlich finde. Ich hätte damit gerechnet, dass es an seiner Hand kleben bleiben würde.)

Aber nee, es ist runtergeklatscht, und zwar – patsch – mit der Honigseite ins aufgeschlagene Klassenbuch. Frau Heinke starrte völlig entgeistert auf das Buch, dann wieder zu Oskar, der nur »Hoppla« sagte. Auf jeden Fall war sofort alles so verklebt, dass das ganze Buch Schrott war.

Die Jungs haben total gelacht. (Bis auf Johann-Friedrich, der sprach von einem »Skandal!« und regte sich mächtig auf. Und Maxim meinte großspurig: »Ach, in der Grundschule habe ich haufenweise Klassenbücher zerstört! Easy-peasy, kein Ding für den King!«) Aber darauf achtete niemand, weil alle so mit Bewundern für Oskars Honigbrotattacke beschäftigt waren.

Jedenfalls: Die Jungs können Oskar jetzt super leiden (bis auf Johann-Friedrich, der Oskar einen »Gefährder für den Klassenfrieden« nannte, und Maxim, der neidisch schien, dass er nicht selbst auf die Idee mit dem Honigbrot gekommen ist). Oskar hat feierlich einen Spitznamen verliehen bekommen. Er heißt jetzt »Sticky«.* Johann-Friedrich meinte irgendwas dazu von wegen, dass Micky Maus besser passen würde, weil Oskar auch so albern wäre wie eine Zeichentrickfigur. Aber das hat wirklich niemand kapiert. Oskar rief Johann-Friedrich zu: »Pass auf, sonst klebe ich dir eine.« Da guckte der schnell wieder in sein Mathebuch und die Jungs lachten sich alle total kaputt und der Satz ist jetzt Oskars Erkennungszeichen.

Daher beschloss ich, mal mit Oskar zu sprechen. Vielleicht könnte er ein gutes Wort für mich einlegen. In der Pause vor der letzten Stunde ging ich also zu Oskar »Sticky« (ehemals »Kleister«) Piontek. Er war umringt von seinen neuen Freunden. Maxim war nicht zu sehen. Vielleicht bekritzelte er gerade eine Klowand oder stellte sonst was an, um Oskar nicht alleine den ganzen Ruhm für sinnlose Zerstörung zu überlassen. Als ich zu ihm meinte, dass ich gerne Klassensprecherin

* Das ist Englisch und heißt so viel wie »klebrig«, »verklebt«. Genau passend also!

werden wollte und es echt cool wäre, wenn die Jungs mir ihre Stimmen geben würden, guckte mich Oskar erst mal nur stumm an. Offensichtlich war ihm seine neue Stellung als beliebtester Junge schon zu Kopf gestiegen, denn er fragte dann ganz überheblich, warum sie das tun sollten. Tja. Das war natürlich eine gute Frage.

»Wenn ihr mich wählt ...«, fing ich an und überlegte, wie ich die Antwort vollenden könnte:

a) ... dann werde ich total gerecht und fair regieren.
b) ... dann setze ich mich für eure Interessen ein und wenn wir beim Sport ein Spiel auswählen dürfen, stimme ich immer für Zombieball.
c) ... dann fahre ich mit meinem Rad einmal quer durch die Schule.

Freitag, 28. Juli, 19:01 Uhr

Bin gerade unterbrochen worden. Von **Miss Miese Laune** höchstpersönlich. Sie ist hier reingeplatzt und hat mürrisch nach einem roten Filzstift gefragt. Ich habe ihn ihr gegeben, obwohl sie so rumgemuffelt hat. Ich hätte bestimmt gedacht, es läge nur an mir, wenn ich nicht von der Quinn-Sitzplatz-Geschichte gewusst hätte. Und deswegen habe ich Fi gefragt, wer eigentlich diese Blauhaarige ist.

»Weiß ich doch nicht«, hat sie mich angefaucht. Aber dann meinte sie, dass das eine doofe Kuh aus Quinns Stufe ist.

Ich überlegte gerade, wie ich sie aufmuntern könnte, aber da war sie schon wieder aus dem Zimmer. Ach du liebes Schnitzel! »Was kann ich dafür, wenn er nicht neben dir sitzen will!«, hätte ich am liebsten hinterhergerufen.

Aber zurück zu meinen eigenen Problemen. Erst als Oskar mit offenem Mund fragte: »Du fährst mit dem Rad *durch die Schule?*«, wurde mir klar, dass mein Mund und mein Gehirn sich unabhängig von mir selbst für Möglichkeit c entschieden hatten. Nach dem Motto: Kaum gedacht, schon ausposaunt.* Was hätte ich also sagen sollen?? Ich antwortete jedenfalls: »Äääh, ja. Mache ich.«

Jetzt hatte ich die Aufmerksamkeit von allen Jungs. Die schnappten nach Luft vor Überraschung. »Du meinst, nicht über den Schulhof, sondern richtig durch die Schule?«, wollte Linus wissen.

Ich nickte. (Schließlich brauchte ich ja deren Stimmen!)

»Durch das Schulgebäude«, vergewisserte sich Oskar.

»Jep.«

»Und wann?«

»Am Montag«, sagte ich und mir wurde ein bisschen heiß.

»Ey, das ist krass!«, rief Oskar und lachte. »Das wollen wir natürlich sehen! Klar kriegst du unsere Stimme!« Er und Linus und die anderen klatschten ab. Ich verklickerte ihnen nur noch, dass sie das niemandem verraten dürften. »Ihr seid doch keine Petzen, oder?«, fragte ich.

Oskar versicherte mir, dass sie dichthalten würden, und alle Jungs nickten zustimmend.

So. Und damit war dann alles klar und wir kommen endlich zu dem besten Augenblick des Tages!

Paukenschlag und TOTAL FRÖHLICH-TRIUMPHIERENDE MUSIK!

♬ ♬ ❃ ♬ ✸ ♬ ☺

Das Gesicht von Dakota, als sie das Wahlergebnis hörte, war genial. Ihre Kinnlade klappte runter, als schließlich auf der

....

* Ja. »Erst nachdenken, dann reden«, ist wirklich ein UNENTBEHRLICHER Tipp!

Tafel stand: siebzehn Stimmen für mich, zehn für sie, eine für Johann-Friedrich. Ha! (Von wem die wohl war? Ich würde mal ganz stark vermuten, von ihm selbst … hihi!)

Die anderen von meinem Tisch waren ganz schön baff. »Wie hast du das denn geschafft?«, fragte Teresa verblüfft. »Geschickter Wahlkampf«, murmelte ich und fühlte mich für einen Moment wirklich gut. Meine Mädels gratulierten mir und freuten sich, dass wir der blöden Dakota eins ausgewischt hatten.

Und die wiederum war so sauer, dass sie noch nicht mal meine Stellvertreterin werden wollte. Dafür stehe sie nicht zur Verfügung, hat sie ganz näselig gesagt, als Herr Lehmann sie gefragt hat. Also wurde Johann-Friedrich stellvertretender Klassensprecher.

Herr Lehmann gratulierte uns und sagte, wir wären jetzt ein Vorbild für die anderen und sollten uns deswegen besonders gut benehmen. »Selbstverständlich, Herr Lehmann«, versicherte ihm Johann-Friedrich mit glühenden Wangen. Ich nickte auch brav und murmelte, er könne sich da ganz auf mich verlassen. Und in Gedanken schob ich das Versprechen hinterher, dass meine Spritztour durch die Schule eine totale Ausnahme bleiben wird.

Freitag, 28. Juli, 20:34 Uhr

So. Schluss mit den Vorwürfen an mich selbst! Andere meckern schon genug an mir rum, da muss ich mich ja nicht auch noch selbst schlechtmachen.

Fakt ist und bleibt: Ich bin Klassensprecherin und die doofe Dakota nicht. Ha. Und jetzt fahr ich halt mit meinem Rad mal eben durch die Schule. Kein großes Ding (für den King). Echt nicht.

Freitag, 28. Juli, 21:47 Uhr

AAAAAAHHHH!!!

Habe mir gerade vorgestellt, wie sich mir ein Lehrer in den Weg wirft und mich kreischend vom Rad zerrt. Und mich dann ins Lehrerzimmer schleppt, wo alle mit dem Finger auf mich zeigen und schreien: »Du fliegst jetzt von der Schule. Mädchen, die Ärger machen, können wir hier nicht gebrauchen!«

Und Fi steht daneben und sagt: »Endlich habe ich Mama und Papa ganz für mich allein, weil sie dich nämlich zur Adoption freigeben!« Und dann lacht sie teuflisch, als wäre sie völlig irre.

Damit eines klar ist: Ich mache mir vielleicht keine Vorwürfe, aber dafür jede Menge Panik!!!

Samstag, 29. Juli, 6:34 Uhr

Meine Nacht war ziemlich unruhig, weil ich vor lauter Bammel kaum schlafen konnte. Deswegen habe ich mich mal wieder als Hamsterdetektivin betätigt und bin ich noch im Morgengrauen aufgestanden und habe überall nach Flummi gesucht, für den Fall, dass er nachts irgendwo herumgelaufen ist und sich dann an einer der Anlockstationen eingekuschelt hat. Dabei habe ich zwei Sachen entdeckt. Eine gute und eine schlechte. Die gute: An meinem Schuh waren NAGESPUREN!!!

Mama fand das überhaupt nicht. Sie meinte, das wären keine Nagespuren, sondern die Folge davon, dass ich damit über den Boden geschlurft wäre, als ich die komischen Fahrradtricks von YouTube geübt hätte. Und dann hat sie gesagt, ich müsste die Anlockstationen abbauen!!! Sie meinte, damit würden wir nur Ratten und Mäuse anlocken. So, und jetzt frage ich mich: Wie kann sie da so sicher sein, dass es nicht Flummis Nagespuren sind? Und wieso tut sie so, als wäre es VÖLLIG AUSGESCHLOSSEN, dass ich ihn wiederfinde? Weiß sie etwa mehr, als sie zugibt?

Tamtamtamtamtamtamtam*

♫☠♫☠♫☠♫☠

Leider kann ich hier noch nicht die Auflösung meines Detektivfalls hinschreiben. Keine Ahnung, ob meine Mutter mir irgendwas verschweigt. Als ich sie eben gefragt habe, hat sie nur gesagt: »Schatz, wieso sollte ich dich anlügen? Du weißt doch, dass ich Flummi mochte.«

Da ist mir ganz flau geworden, weil sie »mochte« gesagt hat, in der Vergangenheitsform!! Aber sie hat nur geseufzt und gemeint, dass sie das nur gesagt hat, weil er doch verschwunden ist.

Ich bin da ja skeptisch, wie sie das gemeint hat. Aber ich fragte sie erst gar nicht, ob Flummi vielleicht … tot ist. Nein. Ich weiß einfach, dass er noch lebt!

Und dann habe ich lieber sowieso nicht länger darüber nachgedacht, weil sie mich auf eine Idee gebracht hat, als sie über die Fahrradtricks von YouTube gesprochen hat. Da wusste ich nämlich auf einmal, dass ich das Ganze mit der Spritztour durch die Schule professionell angehen muss. Wie Fabio Wibmer, wenn er mit dem Rad über ein Geländer in zweihundert Meter Höhe über einer Talsperre balanciert. (Völlig wahnsinnig, ich weiß. Aber auch sehr cool.) Und warum macht er so was?

WEIL ER ES KANN.

Und weil seine Fans es sehen wollen! Ich ja auch! Und wie

* Spannende Musik, bei der einem der Mund offen steht.

jeder weiß, der stundenlang waghalsige Bike-Clips glotzt, liegt das ganze Geheimnis eines gelungenen Stunts in der Vorbereitung. Mit der richtigen Vorbereitung kann nichts schiefgehen. Und das werde ich jetzt auch machen. Zum Glück habe ich ein ganzes Wochenende dafür.

Stunt-Vorbereitung, Phase 1: Streckenplanung
Als Erstes gehe ich in Gedanken immer wieder die Strecke durch. Die ist megaeinfach. Westeingang rein, Osteingang raus. Der Flur ist schnurgerade, keine Kurven.

Bodenbelag: Linoleum. Das heißt: keine Rutschgefahr.

Streckenlänge: höchstens fünfzig Meter.

Es gibt keine Hindernisse zu überwinden. Keine Stufen, keine Felsen, keine Unebenheiten. Schwierigkeitsgrad: 0.

Es sei denn, es laufen Lehrer rum. Oder Hausmeister. Oder anderes Schulpersonal. Oder haufenweise Schüler, die mir den Weg versperren.

Aber wer rechnet in einer Schule schon mit Schülern???! (HAHA!)

Das wäre ja so, als ob man davon ausgeht, dass in einem Zoo Tiere sind! Oder in einem Schwimmbad tatsächlich Wasser zu finden ist. TOTAL UNWAHRSCHEINLICH ALSO!!!*

Samstag, 29. Juli, 10:17 Uhr

Stunt-Vorbereitung, Phase 2: Techniktraining
Musste mal kurz was trinken. Uff! Habe mir draußen auf der Straße (wir wohnen in einer Spielstraße) einen Slalom-

....

* *Ja, genau: IRONIE!!!!* Aber Ironie ist irgendwie doof. Jedenfalls ist mir gar nicht zum Lachen zumute.

parcours aufgebaut. Anstatt Slalomstangen habe ich Sachen aus der Garage genommen, um die ich rumgekurvt bin, und mir vorgestellt, dass es Schüler sind. Und ich war super in Form! Bis Mama rausgekommen ist und sich ein bisschen aufgeregt hat, weil ich ihre hässlichen Katzenfiguren als Slalomstangenersatz genommen habe. »Die sind aus Ton! Die gehen doch kaputt!«

Da poppten wieder verschiedene Antworten in meinem Hirn auf:

a) »Na und?«
b) »Ist doch gut, wenn sie kaputtgehen, dann können wir sie endlich wegschmeißen.«
c) »Wen interessieren dämliche Tonkatzen, wenn ich am Montag mein LEBEN riskiere bei der Fahrt durch die Schule???«

Aber diesmal war ich schlau genug, *erst nachzudenken* und dann zu reden. Deswegen entschied ich mich für die weltbeste Allzeitausrede: »Sorry. Wusste ich nicht.«

Dazu setzte ich meine Unschuldsmiene auf. Ich meine, so ganz gelogen war das ja nicht. Ich hatte tatsächlich keine Ahnung, dass sie noch an diesen Katzen hing. Sie hatte sie mal mit Fi auf irgendeinem Bauernmarkt gekauft. Es sind rot lackierte Katzen mit dicken Bäuchen und gepunkteten Halstüchern, die grinsen und dabei auch noch dämlich schielen. Mama fand sie »süß und lustig«, aber Papa hat gesagt, wenn Mama die im Garten aufstellt, kauft er ein Luftgewehr und ballert sie in tausend Stücke. (Die Katzenfiguren. Nicht Mama!) Deswegen verstauben sie seit zwei Jahren in der Garage.

Aber Mama wollte die Katzen offensichtlich trotzdem nicht zum Abschuss freigeben. Sie sammelte sie sogar ein, um sie höchstpersönlich in Sicherheit zu bringen. In dem Moment kam Papa mit der Heckenschere aus der Garage. »Oh Gott«, sagte er. »Die scheußlichen Dinger hatte ich ja ganz vergessen.«

Da rutschte Mama eine Katze aus der Hand und knallte auf die Straße. Das rechte Ohr und ein Teil der Schädeldecke sprangen ab, sodass die Katze aussah wie eine verrückte Zombiekatze. Da stöhnte meine Mutter auf und sagte: »Na gut, das Schicksal hat es so gewollt.« Sie klappte die Mülltonne auf und schmiss alle drei Katzen und die Schädelsplitter hinein.

Und als sie grinsend fragte, ob Papa nun zufrieden wäre, nahm er sie in den Arm und meinte: »Und wie. Endlich wird meine Frau vernünftig!« Mama sah jetzt zum Glück gar nicht mehr traurig aus, sondern musste auch ein bisschen lachen. Als sie weg war, hat Papa mich abgeklatscht. »Clever eingefädelt, Komplize«, sagte er.

Danach habe ich ihm geholfen, die Nacktschnecken aus unserer Schneckenfalle einzusammeln (ein Brett, unter das sie sich tagsüber verkriechen, nachdem sie nachts alles weggefressen haben).

Ich überlegte sogar kurz, ob ich ihm vielleicht erzählen sollte, was ich vorhatte. Aber dann ließ ich es. Auch wenn wir ein eingeschworenes Team sind, heißt das ja noch lange nicht, dass er ALLES, was ich so mache, gut findet. Ich glaube, ich werde langsam wirklich besser in der *Erst-nachdenken-dann-reden*-Sache.

Samstag, 29. Juli, 11:13 Uhr

Fi ist zu ihrem CASTING gefahren! Mit Mama. Und Hedi natürlich. War das wieder eine Aufregung! Hedi, die irgendwie anders aussah als sonst (ich glaube, wegen der Faltenspritzen war ihr Gesicht ein bisschen schief), hat Fi eine neue Jacke und neue Ohrringe geschenkt, damit sie sich gut und selbstbewusst fühlt bei ihrem Auftritt. Mama fand das zwar nicht so toll, aber Hedi lässt sich ja von ihr nicht reinreden. Die beiden haben sich dann etwas angegiftet, Fi hat so getan, als wäre sie schon total berühmt und mich haben sie dauernd aus dem Weg gescheucht.

Einen Filmstar als Schwester zu haben, kann ganz schön NERVIG sein. Aber ich habe ja Besseres zu tun, als mich nerven zu lassen. Schließlich habe ich einen Stunt vorzubereiten!

♥ Samstag, 29. Juli, 17:22 Uhr

Also, eigentlich hatte ich ja nur vorgehabt, Training unter Wettkampfbedingungen zu machen.* Aber dann war ich auch noch auf einem Picknick! Mit Teresa und Holly aus meiner Klasse. Die habe ich zufällig getroffen und das war total toll. Und mit Teresas Hund habe ich auch gespielt. Was für ein schöner Nachmittag! Zum Glück habe ich bei meinem Training niemanden umgebrettert. War ziemlich schwierig, weil bei dem schönen Wetter am Rhein jede Menge Spaziergänger und Radfahrer und Kinder auf Laufrädern unterwegs waren. Das war Slalom unter erschwerten (und eben echten Schul-)Bedingungen! (Weil sich die Hindernisse ja bewegt haben!) Einmal ist ein dicker Mann ganz plötzlich stehen geblieben, und ich musste einen ganz scharfen Schlenker fahren und bin ganz knapp an seinem Bauch vorbeigeflutscht. Er hat mir irgendwas Böses hinterhergerufen. Mal sehen, ob ich verstehe, was er gerufen hat, wenn ich mir meine Fahrt gleich noch mal anschaue. Habe nämlich alles mit meiner Helmkamera aufgenommen! Die haben mir Mama und Papa zum Geburtstag geschenkt, eine GoPro-Cam. Die ist so cool! Macht voll Spaß zu sehen, wo man rumgedüst ist.

....

* **Stunt-Vorbereitung, Phase 3!!!**

Schließlich wurde es ein bisschen leerer auf dem Leinpfad und ich bin nur so vor mich hin gerollt und habe einen süßen Hund beobachtet, der immer ins Wasser sprang, um einen Stock rauszuholen. Es war ein Golden Retriever. Diese Rasse kenne ich von meinem Hundequartett. (Ich hätte ja auch zu gerne einen Hund, aber Mama will nicht.) Der Retriever planschte richtig durchs Wasser! Und dann rief auf einmal jemand meinen Namen. Ich schaute mich um und da kamen sie von der Seite angelaufen: Teresa und Holly aus meiner Klasse.

Der Hund gehört nämlich Teresa! Er heißt Luna (weil es ein Weibchen ist). Luna kann total gut schwimmen und sogar ein bisschen tauchen. Und dann durfte ich mit ihnen mitspielen. Wir haben mit einem Stöckchen geworfen, das Luna immer wieder geholt hat. Das hat so einen Spaß gemacht! Und weil ich in meinem Rucksack was zu trinken und zu essen dabeihatte (Papa sagt immer, ein Biker muss Proviant dabeihaben), haben wir uns dann noch zusammen auf eine Wiese gesetzt und Kekse gegessen. Luna durfte aber keinen. Teresa hat gesagt, Süßigkeiten wären total ungesund für Hunde. Aber sie hatte Hundeleckerli dabei.

Und so haben wir alle zusammen ein Picknick gemacht. Das war toll. Und weil wir uns so gut verstanden haben, bin ich auf die Idee gekommen, sie in meine Pläne einzuweihen. Sie waren völlig baff, dass ich nur deswegen durch die Schule fahre, damit ich Dakota den Klassensprecherposten abluchsen konnte.

»Ihr habt gesagt, sie ist eine blöde Petze«, habe ich gesagt. »Und wollen wir eine Petze als Klassensprecherin?«

Holly und Teresa schüttelten natürlich die Köpfe, wobei Holly aber gleichzeitig auch nickte. Und als sie das bemerkte, mussten wir ziemlich lachen. Dann habe ich ihnen gesagt, dass sie mir helfen müssen. Nämlich die Türen aufhalten. Damit ich schnell rein- und schnell wieder rausflitzen kann. Da waren sie sofort einverstanden. »Aber das muss ganz zufällig aussehen«, hat Teresa gemeint. »Sonst weiß ja jeder sofort, dass du das bist.«

»Wo wir doch jetzt Freundinnen sind«, hat Holly dann gesagt und mich mit dem Ellenbogen angestupst. Und da habe ich mich echt gefreut.

Training und Vorbereitung könnten nicht besser laufen!

Sonntag, 30. Juli, 11:49 Uhr

Fi hat heute eine Autogrammstunde bei irgendeinem Fest. Mama ist mit ihr dahin gefahren. Einen ganzen Fiona-freien Tag!

Gestern beim Abendessen drehte sich alles um ihr Casting. Mama und Fi haben sich TOTAL aufgeregt über Lola Uhlenbruck, die auch beim Casting gewesen ist und sich dort total arrogant benommen hat. (Fand ich ja bei der Filmpremiere auch!) Andererseits hätte ich Fi gerne gesagt, dass ich ihr Verhalten auch manchmal eingebildet finde. Habe ich aber nicht. Auf jeden Fall weiß Fi noch nicht, ob sie die Rolle bekommt. Mama meinte, wir sollen die Daumen drücken.

Fis Laune hatte sich seit Freitag nicht wirklich verbessert. Ich weiß auch warum: nicht nur, weil diese Lola Uhlenbruck so doof war. Sondern auch, weil Quinn sich nicht auf eine Nachricht von ihr gemeldet hat. Das habe ich mitbekommen, als sie mit Mareike telefoniert hat. Fi hat vergessen, ihre Tür ganz zuzumachen, weswegen ich auf der Treppe genau hören konnte, wie sie sagte: »Quinn hat nicht geantwortet, dabei ist er schon seit zwei Stunden online!« Als sie mich sah, warf sie mir einen giftigen Blick zu und knallte dann die Tür.

Ich überlege wirklich, ob ich nicht auch ein *Handbuch für Mädchen, die sich nicht verlieben wollen* schreibe. Wie man sieht, kann einem das ganz schön die Laune verhageln, wenn man verliebt ist und es nicht so läuft, wie man will! Von daher ist es doch wirklich total bescheuert, sich zu verlieben!!!

Später kamen dann ihre Freundinnen Mareike und Anna. Sie belegten stundenlang die Schaukelbank im Garten, blätterten durch die *Popcorn* und die *Bravo Girl!* und haben mir Blicke zugeworfen, die klarmachten, dass in ihrer Nähe irgendwie eine atomare Strahlung herrschte. Auf jeden Fall war ich klug genug, mich ihnen nicht zu nähern. Aber auch als die beiden endlich weg waren, wurde Fi nicht netter. Ich wollte sie gerade fragen, ob wir mal wieder zusammen was machen wollen, da hat sie total genervt gestöhnt. Und mich »Nervkröte« genannt!

Da bin ich natürlich sofort wieder weg. Also echt. Hoffentlich tut ihr abends die Hand weh vom Autogrammeschreiben!

Sonntag, 30. Juli, 17:04 Uhr

War eben bei der Schule, um das Gelände auszuchecken und ein gutes Versteck für das Rad und meine Klamotten zu finden. Die kann ich ja schließlich nicht vorher anziehen, weil sonst jeder weiß, dass ich es bin. Bin jetzt bei: **Stunt-Vorbereitung, Phase 4: Ausrüstung**

Um mit dem Rad durch die Schule zu fahren, brauche ich ja mein Rad. Was natürlich logisch ist, mich aber vor das Problem stellt: Wie kommt mein Rad zur Schule? Ich kann damit ja nicht einfach morgen zur Schule fahren. Dann würde Fiona sofort Verdacht schöpfen. Deswegen musste ich mein Rad heute schon hinbringen und über Nacht dalassen.

Beim Auschecken habe ich das perfekte Versteck gefunden: Auf dem Parkplatz vor der Schule steht ein Bauwagen, der aussieht, als wäre er dort vergessen worden. Dahinter ist ein dichtes Gebüsch. Dort werde ich meine Sachen verstecken und mich danach umziehen. Das Rad habe ich an einem Baumstamm angeschlossen und die Tasche mit den Klamotten ins Gestrüpp gestopft. Alles klar für morgen. Zurück bin ich mit dem Skateboard gefahren.

Sonntag, 30. Juli, 19:34 Uhr

Stunt-Vorbereitung, Phase 5: Tarnung

Habe Papa gefragt, wo er seinen Wintergesichtsschutz hat. Das ist so eine Art Gesichtsmütze, sodass einem die Nase nicht abfriert beim Radfahren im Winter. Damit ist man natürlich perfekt getarnt, weil man das Gesicht überhaupt nicht mehr erkennen kann. »Was willst du denn damit?«, fragte er erstaunt. »Es ist doch Sommer?!«

Ich habe so ganz harmlos getan und Papa hat gefragt, ob ich auch sicher keinen Banküberfall plane, oder so? Weil dann wäre er ja Mitwisser und würde sich strafbar machen.

»Neeeeiiiin.« Ich habe ganz doll über seinen Witz gelacht und er hat mir grinsend durch die Haare gestrubbelt. Ich glaube, er schöpft keinen Verdacht!

Sonntag, 30. Juli, 21:09 Uhr

Für den Fall, dass ich morgen erwischt werde und für immer bei Wasser und Brot in den Kerker geschmissen werde, schreibe ich ein letztes Mal in dieses Tagebuch. Meinen Abschied sozusagen. Tschüssikowski.

Ich hab's versucht.

Hat leider nicht geklappt.

Montag, 31. Juli, 16:04 Uhr

Ich lebe noch! Es hat funktioniert!! Und ich wurde nicht erwischt!!!! Es ist alles noch mal so gerade gut gegangen! **Hahahahahahahaha!!!!*** Zwar war mir nach Lachen zwischenzeitlich gar nicht zumute. Denn es war mehr als knapp. Und ich habe auch immer noch das Gefühl, dass ich was vergessen habe. Als ob einer hinter mir steht, der mich gleich am Kragen packt und doch noch ins *Gefängnis für Ärger machende Mädchen* schleift. Ich komme nur nicht drauf. Aber egal. Jetzt erst mal zu meinem Bericht. Weil mir das Ganze so spannend vorkam wie ein Film, schreibe ich es so auf, als ob es gerade passiert.

Und zwar ganz genau der Reihe nach von heute Morgen an …

7:26 Uhr

Ich fahre mit Fi im Bus. Eine Truppe Rentner hat den Bus geentert, alle Sitze sind belegt, sodass sie mich diesmal nicht wegschicken kann, um für Quinn Platz zu machen, weil wir gar keine Sitzplätze haben. Aber mir scheint, dass sie das sowieso nicht gemacht hätte. Denn als er einsteigt, dreht sie sich weg. Und als er sie anspricht, tut sie ganz überrascht und macht ihr gelangweiltes Gesicht. Kein Strahlelächeln oder Über-die-Haare-Streichen wie sonst. Klarer Fall von Schauspielerei, das sehe ich an ihren funkelnden Augen.

In meiner Nähe sitzen Linus, Oskar und Maxim. Sie schauen mich die ganze Fahrt erwartungsvoll an. Oskar kaut auf einem Erdbeerkaubonbon herum und Maxim mustert mich

* Triumphierendes Lachen!!!

kritisch und prustet los. Er meint, er hätte sich schon gedacht, dass ich kneifen würde.

Wie er auf diese idiotische Idee käme, frage ich zurück. Und da ruft er triumphierend, als hätte er gerade das größte Rätsel der Menschheit gelöst, wo ich denn mein Rad hätte und dass ich ja wohl nicht ohne Rad mit dem Rad durch die Schule fahren könnte. Blitzmerker! Außerdem: Kann der bitte vielleicht noch ein bisschen lauter rumschreien?* Das sage ich ihm auch und dass er die Klappe halten soll und für einen Moment ist er still, weil er an mir und meiner neuen blumenbestickten Shorts runterguckt. Dann sagt er: »Du ziehst dich an wie ein Opfer und dann willst mit dem Rad durch die Schule fahren? Sag mal, bist du wirklich so bescheuert?«

Tja. Offensichtlich schon. Aber Maxim schüttelt heftig den Kopf und sagt mir, dass ich es nicht machen soll. Ich bin erstaunt. Maxim scheint vernünftiger, als ich dachte! Ich will mich gerade bei ihm bedanken, dass er mich beschützen will, da bricht es regelrecht aus ihm heraus: »Wenn hier einer Scheiße baut, dann bin ich das. Kapiert?«

Ich meine, das weiß ich natürlich schon seit der Grundschule. Aber leider kann ich nicht kneifen heute, weil ich es ja versprochen habe. Und versprochen ist versprochen und wird nicht gebrochen. Sagt Linus. Oskar will auch was sagen, aber weil ihm das Kaubonbon zwischen den Zähnen klebt, kriegt er den Mund nicht auf. Da fängt Maxim richtig an zu motzen, in welcher Klasse er eigentlich gelandet ist, in der alle Ärger machen außer ihm. Er lässt richtig betrübt die Schultern hängen.

»Hey, wer braucht schon Ärger?«, wirft Linus ein, aber Maxim wirft ihm nur einen vernichtenden Blick zu. Deswegen

* Ja, natürlich Ironie! Dieser Brüllio-Depp!

muntere ich ihn auch noch auf, dass ihm sicher noch was einfallen wird. »Du hast Kampfgeist. Und du bist … äh … einfallsreich.«

»Das Schuljahr hat doch gerade erst angefangen. Du hast also noch viele Gelegenheiten«, wirft Linus ein.

»Ja, Mann«, sagt Oskar (mit dem Zeigefinger in seinen Zähnen pulend). »Du kannst noch haufenweise bescheuerte Sachen anstellen.«

»Das mach ich auch. Das mach ich«, wiederholt Maxim und stiert entschlossen vor sich hin. »Vielleicht gleich heute.«

7:49 Uhr

Ich betrete die Rennstrecke … äh, ich meine, die Schule. Aufregung kribbelt überall in mir drin. Mir ist ein bisschen übel. Tief durchatmen und konzentrieren, sage ich mir. Ich stelle mir vor, dass ich gleich zu einem Downhillrennen antreten muss. (Downhill bedeutet so viel wie: bergrunter.) Ich bin schon mal eines gefahren, als wir im Urlaub in Österreich waren. Da war ich auch nervös. Aber Papa meinte, Nervosität wäre wichtig. Denn nur mit einer gewissen Anspannung könnte man eine gute Leistung erbringen.

Das Blöde ist, dass ich noch nicht genau weiß, wann das Rennen heute beginnt. Ich muss einen geeigneten Zeitpunkt abpassen. Am besten, wenn einige Schüler schon nicht mehr im Unterricht sind, sodass nicht auffällt, wenn ich draußen rumlaufe. Aber die große Pause darf auch noch nicht angefangen haben. Sonst schwirren überall Leute rum und die Gefahr, dass ich jemanden anfahre, ist zu groß. Und dann bekäme ich ganz sicher Ärger!

Als die Jungs mich vor der Tür vom Klassenraum abpassen, um zu fragen, wann es denn losgeht, sage ich: »Das werdet ihr schon sehen.« Insgeheim hoffe ich auf einen Feueralarm oder einen Angriff von Aliens, der mich davon abhält.

8:08 Uhr

Bio. Unsere Lehrerin Frau Heinke ist echt nett. Und das Thema ist einfach. Es geht nämlich um Säugetiere. Wir sollen Beispiele aufzählen: Hunde, Schweine, Pferde … Die Lehrerin fragt, was das Kennzeichen von Säugetieren sei. Johann-Friedrich reckt den Fahnenmast in die Höhe und erläutert, dass sie ihre Nachkommen mit Milch säugen, die in den Milchdrüsen der weiblichen Tiere produziert wird. Kilian (er sitzt neben Johann-Friedrich und ist sonst immer eher still) fragt: »Was sind Milchdrüsen?«

Maxim schreit: »Busen, Mann!«

Die Jungs brüllen vor Lachen.

Kilian (verwundert): »Ich hab noch nie ein Pferd mit Busen gesehen.« Für einen Moment ist kein Unterricht möglich, weil die Jungs ausflippen.

Aber Frau Heinke bleibt cool und wartet einfach ab, bis alle fertiggelacht haben. Dann sagt sie uns, dass der Musiklehrer auf Klassenfahrt ist und wir deswegen in der nächsten Stunde Vertretung haben. Vertretungsunterricht ist schon mal gut und ich wittere, dass mein Plan kurz vor seiner Vollendung steht.

8:32 Uhr

Vertretung haben wir bei einer schusseligen Lehrerin, die sagt, wir sollen in der Stunde einfach malen, was wir wollen. Johann-Friedrich protestiert und faselt irgendwas von wegen »Anspruch auf richtigen Fachunterricht«. Oh Mann!

Die Klasse stöhnt auf, als hätte man sie zu zehn Tagen Steinekloppen im Straflager verdonnert, denn jetzt verteilt die Lehrerin einen Haufen Mathearbeitsblätter. Sofort geht der Tumult los, weil wir ja eigentlich Musik hätten und nicht Mathe. Tja. Pech gehabt. Und dank Johann-Friedrich! Denn die schusselige Lehrerin unterrichtet eben Mathe und nicht Musik.

Während alle die Aufgaben lösen, fängt Maxim an, Johann-Friedrich mit Papierkügelchen zu beschmeißen. Johann-Friedrich tut so, als ob er es nicht bemerkt.

Die Lehrerin verkündet, dass sie zehn Minuten früher Schluss machen muss. Weil Maxim Johann-Friedrich sein Lineal in den Nacken wirft, ist Johann-Friedrich so abgelenkt, dass er vergisst, auch noch dagegen zu protestieren. Mir aber kommt das supergelegen! Jetzt oder nie!

Ich nicke Teresa und Holly zu. Auch Charlotte und Baschira sind natürlich eingeweiht. Charlottes Kommentar zu der ganzen Aktion: »Ohne Scheiß jetzt?« Und Baschira hat die Augen vor Schreck so weit aufgerissen, dass ich mich darin spiegeln kann. Und überhaupt – die Mädels sind fast so aufgeregt wie ich! Weil sie ja wissen, dass ich das für uns mache. Für den Tisch der Mädchen, die nicht gut genug waren für Dakotas Tisch. Aber wir werden zeigen, dass wir besser sind!

9:14 Uhr

Ich melde mich und sage der schusseligen Lehrerin, ich müsste aufs Klo. Sie nickt und winkt mich raus. Da sie die anderen gleich früher rauslassen wird, brauche ich nicht mehr in den Klassenraum zurückkehren und ich nehme meinen Rucksack mit. Dadrin ist ja auch der Gesichtsschutz.

Sobald ich draußen bin, fange ich an zu rennen. Wenn mich ein Lehrer fragen sollte, sage ich, ich habe mein Mathebuch an der Bushalte verloren. Oder so was in der Art. Aber es fragt mich keiner. Es sieht mich auch keiner. Bis ich bei meinem Versteck angelangt bin. Alles ist noch da! Ich schließe das Rad auf. Stopfe meinen Schulrucksack ins Gebüsch, zerre meine Tasche hervor, ziehe die Regenhose drüber (so eine Hose mit Reißverschlüssen außen am Bein, damit man sie anziehen kann, ohne die Schuhe ausziehen zu müssen). Schlüpfe in ein schwarzes Shirt ohne Aufdruck, mache mir einen Zopf und stopfe die Haare unter den Helm, sodass die mich nicht verraten. Dann binde ich mir noch den Gesichtsschutz um, der mit Klett im Nacken zugemacht wird. Jetzt gucken nur noch meine Augen raus und niemand kann mich erkennen.

Ich schalte die Kamera ein. Steige aufs Rad. Fahre los. Über den Parkplatz. Auf den Schulhof, wo erst zwei, drei Schüler rumlaufen. Teresa sieht mich durch die Tür und öffnet sie, sodass ich durchfahren kann.

UND DANN BIN ICH DRIN! ICH BIN IN DER SCHULE!

Der Flur vor mir ist leer. Bis auf die Jungs aus meiner Klasse, die an den Garderoben rumlungern und anfangen zu johlen, als sie mich sehen. Ein paar Oberstufenschüler kommen aus einer Tür und irgendjemand ruft: »Ey, was ist das denn? Krass!«

Fühle mich großartig! Ziehe das Vorderrad hoch und fahre ein Stück auf dem Hinterreifen. Ein Wheelie in der Schule!

Ha! Ha! Und noch mal Ha!!!

Hinten an der Tür steht Holly. Sie tut so, als ob sie auf ihrem Handy Nachrichten liest, aber ich weiß, dass sie die Tür öffnen wird, sodass ich unbehelligt rausfahren kann. Es wird gelingen! Alles wird … AAAAAAHHHH! Da biegt auf einmal ein großer Kerl um die Ecke! Es ist … **DER SCHULLEITER!!!**

Herr Ackermann. Er ist einen halben Kopf größer als Papa. Er sieht mich. Schiebt seine Brille ein Stück höher auf die Nase, als müsste er sich vergewissern, dass ihm seine Augen keinen Streich spielen. Seine Halblatze glänzt im Licht der Neonröhre. Sie funkelt wie eine Signallampe.

Und ich kann nicht ausweichen! Ich kann auch nicht drehen, weil hinter mir die Schüler aus einem der Flure strömen. Ich muss an ihm vorbei. Aber über das Gesicht von Herrn Ackermann geht ein Blitzen, er ist kampfbereit, das sehe ich.

Er breitet die Arme aus wie ein Verkehrspolizist und ruft, ich solle anhalten. Er will mich zum Stoppen bringen! Aber ich werde nicht stoppen. Nicht freiwillig. Auf keinen Fall. Und so rase ich auf ihn zu. Er bewegt sich nicht. Sein Mund steht offen, seine Arme sind so breit wie eine Schranke. Neben ihm sind links und rechts jeweils nur zwei Meter Platz. Wenn er einen Sprung zur Seite macht, wird er mich kriegen. Ich muss einen gewagten Schlenker fahren. Noch zehn Meter. Noch fünf. Noch drei. Im letzten Moment reiße ich den Lenker zur Seite, er will mich packen, streift mich aber nur am Helm, ich lege einen ordentlichen Slide hin und fahre scharf nach rechts. Es ist der letzte Ausweg: die Treppe.

KACKEXPLOSION HOCH SIEBEN!!!
DIE TREPPE!!!

Ich bin noch nie eine Treppe gefahren. Zumindest noch nie, ohne mich auf die Fresse zu legen. Und jetzt MUSS ich da runter!!

Unten an der Treppe ist nach zehn Metern zum Glück ein kleiner Seitenausgang. Aber mit einer GESCHLOSSENEN Tür!!!

Das war's. Aus und vorbei. Finito.

Montag, 31. Juli, 17:36 Uhr

Musste gerade mal eine Pause machen. Hatte einen Krampf im Arm vor lauter Kritzeln. Puh. Tagebuchschreiben ist ganz schön anstrengend, wenn so viel passiert ist.

Ich bin einfach nur froh, dass ich hier jetzt an meinem Schreibtisch sitze, kein Finger verstaucht, kein Bein gebrochen, kein Haar gekrümmt! Denn sonst könnte ich das alles ja gar nicht aufschreiben! (Und ein paar andere Probleme hätte ich noch obendrauf gratis dazu. **Schluck.)**

Also, weiter geht's. Ich rase auf den Abgrund zu, der aus einer Treppe mit fünfzehn Stufen besteht. Wie gesagt, ich wusste: Da muss ich runter. Um das Problem mit der geschlossenen Tür würde ich mich später kümmern.

Also in ungefähr 1,3 Sekunden. Kurz überlege ich, ob ich vom Rad abspringen soll, aber es ist zu spät. Die oberste Stufe rast auf mich zu oder ich auf die Stufe ... jedenfalls ist sie unausweichlich, meine Bekanntschaft mit der Schultreppe.

Ich hab schon ungefähr 187 Clips gesehen, wo Leute mit dem Rad eine Treppe runterfahren. Und das sieht echt einfach aus. Aber auch ein doppelter Salto sieht bei Fabio Wibmer leicht aus. Alles eine Frage des Trainings. Nur hatte ich das hier noch nie trainiert (nur einmal, aber das zählt nicht, weil ich mich total langgemacht und es dann nie wieder probiert habe)!!!

Ich rase also auf die erste Stufe zu und aus Reflex mache ich das, was Papa mir schon ein paar Mal erklärt hat, wenn es steil runtergeht: raus aus dem Sattel und Schwerpunkt nach hinten. Das Übelste ist beim Bergabfahren ein Abgang nach vorne über den Lenker. Deswegen muss man das Gewicht nach hinten verlagern. Und das Allerwichtigste ist: Finger weg von der Vorderbremse. Sonst ist man sowieso geliefert.

Ich schiebe also meinen Popo über das Hinterrad. Mache die Arme lang. Und rattere die Stufen runter. *Pang, Pang, Pang.* Versuche, Arme und Beine locker zu machen, um die Stöße zu dämpfen. Und es klappt! Ich komme heile unten an! Ohne Sturz! Aber ich habe keine Zeit, mich zu freuen. Denn da ist ja noch DIE GESCHLOSSENE TÜR!!!

Jetzt bin ich so weit gekommen und dann würde ich doch noch erwischt werden. Ich glaube fast schon, den Atem von Herrn Ackermann in meinem Nacken zu spüren.

Da eilt von links ein älterer Schüler heran. Wie alle normalen Schüler mit den Augen auf dem Smartphone. Aber er hat etwas dabei, was mir bekannt vorkommt. Einen alten Armeerucksack. »Quinn!!«, rufe ich also, ohne lange nachzudenken, durch meinen Gesichtsschutz: »Tür auf!!«

Zu meinem Glück ist er auf Zack. Er sieht mich, rafft, was Sache ist, schiebt die Tür auf, ich sause an ihm vorbei auf den Schulhof, trete so was von in die Pedale und brause davon, zurück zu meinem Versteck auf dem Parkplatz.

WOAH!

Ich zittere schon wieder – ungefähr so wie in dem Moment, als ich hinter dem Bauwagen anhalte. Da verschnaufe ich erst mal ein paar Sekunden. Dann reiße ich mir die Klamotten runter. Die schwarze Hose, die Jacke, den Gesichtsschutz. Packe alles zurück in die Tasche, verstecke sie im Gebüsch. Das Rad schließe ich wieder an den Baum und komme mit meinem Schulrucksack über der Schulter hinter dem Bauwagen hervor. Geschafft! Ich bemühe mich, langsam zu gehen. Und meine Atmung zu kontrollieren. Da große Pause ist, will ich mich ganz unauffällig unter die Schüler mischen. Als ich um die Ecke biege Richtung Schulhof, sitzt da Quinn auf der Mauer in der Sonne. Ich bin felsenfest davon überzeugt, dass er mich nicht erkennen würde, und gehe also ganz normal an ihm vorbei. Doch als ich auf seiner Höhe bin, sagt er auf einmal, ohne von seinem Handy hochzusehen: »Du hast noch den Helm auf.«

UPPS!

Ich lege eine Vollbremsung ein und renne zurück, um meinen Helm in der Tasche zu verstecken. Ich löse auch meinen Pferdeschwanz und versuche, unschuldig auszusehen, dann mache ich mich zum zweiten Mal auf Richtung Schulhof, als wäre nichts gewesen.

Quinn sitzt immer noch da. Diesmal guckt er mich an und grinst. Und dann sagt er, dass wäre echt eine krasse Aktion gewesen. Für so einen Fuzzi wie mich! Ich sage nichts. Fast schon an ihm vorbei, ruft er mir hinterher: »Und ich frag dich jetzt nicht, woher du meinen Namen kennst!«

Und da renne ich los, um schleunigst von dem Tatort wegzukommen.

So, das war also die Geschichte von meiner Fahrt durch die Schule. Und jetzt, wo ich das alles aufgeschrieben habe, merke ich, welche Last mir von den Schultern gefallen ist. Weil ich das hinter mich gebracht habe. Weil ich nicht erwischt worden bin! Und weil auch keiner aus meiner Klasse gepetzt hat! Ich meine, da ist trotzdem immer noch das Gefühl, dass irgendwas nicht stimmt. So ganz hinten in meinem Kopf irgendwo. Aber vielleicht ist es nur die dumpfe Angst, mich könnte jederzeit jemand verraten. Ich packe jetzt mal meine Tasche aus ... oh, es klopft!

Montag, 31. Juli, 18:19 Uhr

GRÜNE GRUSELGRÜTZE HOCH 100!!

Jetzt weiß ich, warum ich schon die ganze Zeit das Gefühl habe, irgendwas vergessen zu haben. Weil ich nämlich wirklich was vergessen habe! Aber jetzt ist es mir wieder eingefallen und es ist so ... GRÜTZENGRUSELIG SCHRECKLICH, dass ich kurz davor bin, komplett AUSZURASTEN!!!

Wie kann man nur so doof sein!!!

Montag, 31. Juli, 18:37 Uhr

Habe ich mal gesagt, dass ich mir selbst keine Vorwürfe machen will, weil es genug andere gibt, die das tun?

Diese Aussage ziehe ich hiermit OFFIZIELL zurück!!!

Und mache mir jetzt selbst richtig viele Vorwürfe.

Du bist so was von idiotisch, Leni Behrens, dass man für dich eine eigene Idiotenkategorie einrichten müsste. Auf einer Skala von 1 bis 100 bist du bei ungefähr 7.654.912 Millionen!

Du bist so blöd wie ein Eimer Sand!

Deine Dummheit ist so groß, dass sie einen achten Kontinent bilden könnte. Wie konntest du nur auf die Idee kommen, DEINE VERDAMMTE HELMKAMERA mitzunehmen????!!!!

Immer noch Montag, 31. Juli, 18:49 Uhr

Ich habe mir mal selbst eine Runde mit der Butterbrotdose auf den Kopf gehauen. Vielleicht erinnere ich mich dann beim nächsten Mal besser daran, nicht so hirnrissig zu sein.

Eben als Fi da war, ist mir nämlich auf einmal aufgefallen, was das Problem ist. Sie war es, die vorhin geklopft hat. Ich ahnte schon, dass das nichts Gutes zu bedeuten hat, schließlich würde sie niemals freiwillig in mein Zimmer kommen, wenn sie doch findet, dass es bei mir so stinkt. Als es bei mir im Zimmer noch **TOTAL** unordentlich war, hat sie meistens gemeine Sprüche über »Lenis Bazillenhöhle« gemacht. Jetzt, wo es ordentlich ist (jedenfalls einigermaßen), guckt sie trotzdem etepetete wie Hedi, wenn es im Restaurant Papierservietten gibt. Als ob sie meine Ordnung für einen hinterhältigen TRICK hält, mit dem ich sie absichtlich ärgern würde. Gut, *kann sein,* dass da ein Paar Socken unter dem Bett liegen, mit denen ich im Garten rumgelaufen bin, obwohl das strengstens verboten ist.* Es ist auch möglich, dass unter meinem Stuhl

* Auch wenn ich jetzt ein Mädchen bin, das FAST keinen Ärger macht, heißt das ja noch nicht, dass ich mich gleich an *alle* Verbote halten muss, oder?

noch die Bleistiftschnipsel liegen, wo mir meine Anspitzerdose umgefallen ist. (Für so ein bisschen Dreck lohnt es sich nicht, den Staubsauger zu holen.) Und vielleicht ist da auch noch eine Butterbrotdose mit Apfelschnitzen, Gurken und Möhren in der Ecke neben dem Schreibtisch. (Mama ist geradezu besessen davon, dass ich mehr Gemüse essen soll. Und es ist auch sehr nett von ihr, dass sie auf meine Gesundheit achtet. Weil ich das so nett finde, verstecke ich die Butterbrotdose. Damit sie nicht enttäuscht ist!) Jedenfalls kam Fi rein und sah sich mit gerunzelter Stirn um. Ich setzte mich schnell aufs Bett, unter das ich die Tasche mit den Radklamotten geschoben hatte. Sie blieb vor mir stehen und musterte mich und dann sagte sie, dass sie gehört hätte, dass heute jemand mit dem Mountainbike durch die Schule gefahren wäre. Ich bemühte mich, nicht rot zu werden.* Auch als Fi lauernd fragte, ob ich nicht auch finde, dass das eine ziemlich gemeingefährliche Aktion ist, habe ich versucht, meine normale Gesichtsfarbe zu behalten. Trotzdem bohrte Fi auf einmal rum, dass ich zugeben solle, dass ich es war.

Ich tat ganz empört. »Wie kommst du darauf?«, habe ich zurückgefragt.** Und da meinte sie, sie kenne nur eine, die verrückt genug ist für so eine Harakiri-Aktion. Und das wäre ich.

»Was soll Harakiri heißen?«, fragte ich so unschuldig wie möglich zurück. (Gegenfrage Nummer 2!)

* Nicht rot werden, wenn einem jemand etwas vorwirft, gehört zu den wichtigsten Fähigkeiten eines Mädchens, das keinen Ärger haben möchte. Werde ich in meinem Handbuch ausführlich erläutern!

** Mit Gegenfragen vom Thema ablenken ist eine gute Methode, um Stress aus dem Weg zu gehen. Wird auch beschrieben im *Handbuch für Mädchen, die keinen Ärger machen. Tipp Nr. 5: Leugnen & Abstreiten für Anfänger. Verwirre die Leute mit Gegenfragen, damit sie vergessen, was sie eigentlich wissen wollten.*

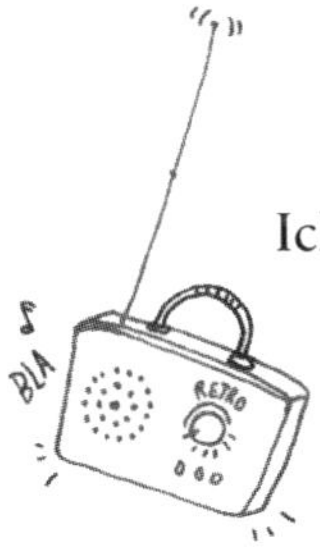

Leider klappt das mit dem Ablenken bei Fi nicht. Ich glaube, sie kennt mich zu gut. Jedenfalls ging sie überhaupt nicht auf meine Frage ein. Dabei wollte ich wirklich wissen, was Harakiri bedeutete.* Sie meinte einfach ganz dreist, dass sie eh wüsste, dass ich es war. Ich blieb cool. »Hey, hab ich dir schon erzählt, dass ich Klassensprecherin geworden bin? Toll, was?«

Sie hat nur geschnaubt und gesagt: »Ganz toll.« Und blitzte mich finster an.

Ich habe echt keine Ahnung, warum Fi so megafies zu mir ist! Wenn sie nicht so doof reagiert hätte, hätte ich ihr gerne alles erzählt. Auch dass Quinn die Bike-Aktion ziemlich krass gefunden hat. Und er mir sogar geholfen hat. Ich meine, ohne Quinn säße ich jetzt vielleicht schon hinter Schloss und Riegel bei Wasser und Brot. Oder ich müsste mich nach einer anderen Schule umsehen. Und ich hatte mich gar nicht bei ihm bedankt! Dabei hat er mich sogar noch ein zweites Mal gerettet, indem er mich auf den Helm aufmerksam gemacht hat.

Und DA fiel mir auf einmal auf, was fehlte.

Und DANN wurde mir so RICHTIG schlecht.

Und weil es so furchtbar war, ist es komplett aus mir rausgeplatzt. Ich konnte gar nicht anders, als Fiona davon zu erzählen.

Grüne Gruselgrütze!!! Mein Herz fing an, ganz schnell zu wummern, und jetzt wurde ich aber so was von tomatenketchupknallrot. Und obwohl Fiona (momentan) eine doofe Kuh ist, musste ich einfach rausrücken mit allem, sonst wäre ich geplatzt! »Meine Helmkamera ist weg. Die GoPro-Cam!

* Ich hab's eben nachgesehen. Harakiri ist Japanisch und bedeutet Selbstmord. Schade. Ich dachte, es hätte was mit Frischkäse zu tun. Oder mit Eisbechern. Dann hätte ich es behalten und auf meine Liste der Lieblingswörter aufgenommen.

Herr Ackermann muss sie mir vom Kopf geschlagen haben, als er versucht hat, mich zu erwischen!« Ich weiß gar nicht, ob ich nicht doch eher bleich geworden bin, denn plötzlich fühlte ich mich ganz schwummrig, als wäre mein ganzes Blut aus dem Kopf in die Füße gesackt.

Fionas Augen waren nur noch schmale Schlitze. »Du bist echt noch bescheuerter, als ich dachte. Du hast das Ganze mit der Kamera aufgenommen?!«

Ich nickte.

»Und jetzt ist sie weg?«

Ich nickte wieder und biss mir auf die Lippe. Und da sagte Fiona zum ersten Mal seit langer Zeit etwas Vernünftiges, das sogar ein bisschen nett war – und ziemlich filmprofimäßig. »Du hattest die Kamera ja auf dem Helm«, hat sie laut überlegt. »Sie filmt also nur das, was vor dir ist. Dich selbst sieht man doch gar nicht.«

Ich schöpfte ein bisschen Hoffnung. Dann fiel mir der Samstag ein, wo ich am Rhein rumgedüst bin und den dicken Mann fast umgebrettert hätte und wo ich Teresa und Holly getroffen hab. Und dass sie meinen Namen gesagt hatten. Mitten in die Kamera. Ich legte die Hände vors Gesicht und stöhnte, dass er schon wissen würde, wer ich bin. Fi stöhnte auch, mindestens genauso verzweifelt wie ich. Und wurde sofort wieder die eiskalte Königin. »Eines ist klar«, hat sie mir ganz nah ins Gesicht gezischt. »Ich helfe dir nicht aus dieser Sache raus. Das hast du dir selbst eingebrockt. Du kannst froh sein, dass ich Mama und Papa nichts davon erzählen.«

Sie guckte mich dabei an, als ob sie einen Orden dafür bekommen wollte. Aber natürlich tat sie das nicht aus reiner Schwesternliebe, wie ich sofort merkte. Sie bestimmte nämlich, dass ich ab jetzt für sie die Spülmaschine ausräumen müsste. Und zwar bis Weihnachten. In der Tür hat sie dann noch was ganz Gemeines gesagt. Dass ich sie ja bald immerhin nicht mehr blamieren könne, weil ich eh von der Schule fliegen würde!!!

Und dass ich sie in der Schule bloß nie wieder ansprechen und einfach einen Bogen um sie machen sollte. Denn sie würde auf jeden Fall so tun, als ob sie mich nicht kennt.* Ich habe nur noch genickt, was sollte ich da auch zu sagen?

Leider immer noch Montag, 31. Juli, 20:36 Uhr

Mir geht es so dreckig, dass ich ernsthaft überlege, ob ich einfach alles zugeben und die Strafe über mich ergehen lassen soll und dann auf einer neuen Schule neu anfangen und dann aber wirklich alles richtig machen. Ja, das sollte ich tun.

Montag, 31. Juli, 18:41 Uhr

Handbuch für Mädchen, die keinen Ärger machen
Tipp Nr 6: Erwischt! Schuldgeständnisse & verdiente Strafen
Den Blödsinn zu beichten, den man verzapft hat, ist eine edle Geste und leider manchmal unausweichlich. Sobald man Reue zeigt, fällt die Strafe ~~nicht so~~ vielleicht nicht so schlimm aus.

....

* Aber das kenne ich ja eh schon von ihr – Stichwort Bananenkleid!! ☹

Und auch noch am Montag, 31. Juli, 21:22 Uhr

Nein, nein und nochmals nein. Ich meine, klar, alles beichten und dann auswandern ist eine gute Idee. Aber das bleibt einfach doch nur Plan B. Denn Papa sagt immer, man kann zwar dorthin gehen, wo einen keiner kennt. Aber wenn man sich nicht ändert, nimmt man seine Probleme überallhin mit. Und dann hat man nach kürzester Zeit auch wieder Ärger an der Backe.

Das klingt logisch. Also bringt es nichts, jetzt einfach aufzugeben. Außerdem will ich auch weiter mit Teresa und Holly befreundet sein. Und Charlotte und Baschira näher kennenlernen. Und der doofen Dakota nicht einfach das Feld überlassen. Und ich meine: Hat Herr Ackermann überhaupt schon angerufen? Stand er wutentbrannt vor unserer Tür und hat mit dem Finger auf mich gezeigt und geschrien: »Du warst es!«

Nein. Hat er nicht.

Deswegen schreibe ich lieber einen neuen Tipp mit der Nummer 6: *Solange du nicht erwischt wurdest, wurdest du nicht erwischt. Und solange man nicht erwischt wurde, besteht Hoffnung, dass man noch mal davonkommt.*

Montag, 31. Juli, 22:01 Uhr

Habe ganz viel nachgedacht. Folgendes ist dabei rausgekommen.

Möglichkeit 1:

Der Schulleiter gehört vielleicht zu der Spezies der digitalen Neandertaler. So nennt mein Krav-Maga-Cousin Julius die Erwachsenen, die keine Ahnung von Computern haben. In dem

Fall weiß Herr Ackermann überhaupt nicht, wie man so eine GoPro an den Computer anschließt!

Möglichkeit 2:

Der Schulleiter hatte noch gar keine Zeit zum Filmgucken, weil er ja ein unheimlich wichtiger Schulleiter ist, der unheimlich viel wichtiges Schulleiterzeug machen muss!

Möglichkeit 3:

Die Kamera ist schrottgegangen, als er sie mir vom Kopf gefegt hat. Vielleicht sind die Aufnahmen futsch!

Das wäre natürlich die beste Lösung. Aber ich weiß, wie robust die Kamera ist, deswegen schließe ich Möglichkeit 3 aus. Und konzentriere mich auf 1 und 2. Denn bei beiden gibt es eine Lösung für mein Problem. Ich muss mir die Kamera zurückholen. Ganz einfach. Und zwar so schnell wie möglich. Bevor Herr Ackermann dazukommt, sich die Aufnahmen anzusehen.

Hm. Knifflige Sache. Denn wie heißt es im *Handbuch für Mädchen, die keinen Ärger machen?*

Tipp Nr. 7: Spuren verwischen und Beweise vernichten

Wenn man Beweise vernichten muss, sollte man darauf achten, dies unauffällig zu tun. Wenn man nämlich dabei erwischt wird, wie man Beweise vernichtet, macht man die ganze Sache erheblich SCHLIMMER!!!!

Dienstag, 1. August, 6:32 Uhr

Schluck. Warum habe ich das geschrieben! Das macht mich ja noch nervöser! Wo ich doch zur Beweisvernichtung in das Büro des Schulleiters ~~einbrechen~~ … ~~eindringen~~ … kommen muss.

Dienstag, 1. August, 6:47 Uhr

Welche Möglichkeiten gibt es, in das Büro des Schulleiters zu gelangen? Bisher habe ich drei gefunden.

1. Einbrechen. Nach Schulschluss. Papa hat ein Brecheisen in seiner Werkstatt. Hab ich einmal benutzt, um im Winter eine Eisplatte vom Teich hochzuhebeln. Das war schon ziemlich schwer.
2. Irgendwas Schlimmes anstellen, weswegen ich zum Direktor geschickt werde, und dann in seinem Büro einen Ohnmachtsanfall vortäuschen, sodass er Hilfe holen muss und ich Zeit habe, mich nach der Kamera umzusehen.
3. Einen Termin mit ihm machen und ganz normal mit ihm plaudern und ihn dann mit einer harmlosen Bemerkung ablenken, um die Kamera zu suchen. (»Schauen Sie, da draußen landet gerade ein Ufo! O Gott, wir werden von Aliens angegriffen!«)

Hm.

Dienstag, 1. August, 7:09 Uhr

Ahh, musste aus der Küche flüchten! Habe behauptet, ich müsste noch was für die Schule machen, und bin mit meinem Brot ins Wohnzimmer gegangen, um mich mit jemandem zu unterhalten, der nicht durchgedreht ist. Damit meine ich natürlich dich, mein liebes Tagebuch.* In der Küche sind auf jeden Fall alle durchgedreht: Fi, die mir seit dem Aufstehen mächtig auf die Nerven geht. Und natürlich Hedi, die wegen

* Andererseits ist es vielleicht auch ein bisschen durchgedreht, sich mit seinem Tagebuch zu unterhalten. Aber was soll's! Bei uns ist offensichtlich der galoppierende Wahnsinn ausgebrochen.

eines wichtigen Pressetermins von Fi schon so früh gekommen ist. Stell dir vor, liebes Tagebuch, Hedi nippt nur an einem Orangensaft, weil sie der Meinung ist, Frühstücken ist überflüssig. Hast du so was Verrücktes schon mal gehört? Ich jedenfalls bin ohne Frühstück nur ein halber Mensch. Aber das Schlimmste an Hedis Besuch ist, dass sie Fi so anstachelt. Fi ist schon wieder im *Starmodus,* weil heute irgendwelche Presseheinis zu einem Fototermin in die Schule kommen. Und Hedi begleitet sie, weil Mama ja in den Salon muss. Und natürlich hat Hedi sofort angefangen, Fi zu loben, wie hübsch sie heute aussieht, sie müsse nur noch ein bisschen Puder auftragen und sollte sich vielleicht doch ein anderes Top anziehen und so weiter. Und die Haare sollten auch anders sein. Und dann fummelte sie in Fionas Haaren rum, obwohl Mama doch der Frisurenprofi ist.

Mama hat Fi dann gefragt, ob alles okay sei. Sie hat bestimmt (wie ich) gedacht, dass Fi total genervt sein muss. Aber Fi meinte, es wäre alles bestens, woraufhin Hedi ganz triumphierend geguckt hat. Und ich, ich musste da raus, weil mir sonst vielleicht eine UNFREUNDLICHE Bemerkung rausgerutscht wäre.

Fi hat jetzt übrigens zwei schmale Zöpfe, die wie ein Haarband um ihren Kopf gelegt wurden. Darin sind Perlen eingeflochten, die schimmern richtig wertvoll, du liebes Schnitzel. Als wäre sie die ***Kaiserin von China!*** Aber Hedi schwärmt lautstark, was für einen guten Ruf die Schule durch Fiona bekommen und wie stolz Herr Ackermann auf sie sein wird und überhaupt wie toll und großartig Fi ist. Dazu lächelt meine Oma, als wäre das alles ihr Verdienst … *würg!* Dabei macht Fi doch die ganze Arbeit mit dem Schauspielern und so weiter. Von so einem Angebergelaber wird mir jedenfalls immer schlecht. Wobei ich heute Morgen gar nicht weiß, ob meine Übelkeit nicht vielleicht doch davon kommt, dass ich mir vorgenommen habe, heute die Kamera wiederzuholen. Alleine, natürlich. Weil Fi mir ja nicht helfen will! Echt, Fi sieht so hübsch aus, dass man ihr gar nicht zutraut, dass sie so fies sein kann.

Dienstag, 1. August, 7:18 Uhr

Ganz schnell, bevor ich zum Bus sprinten muss! Voll die gute Idee! **TARNUNG**. Tarnung ist wirklich der Schlüssel zum Erfolg.

Und deswegen werde ich mich überhaupt nicht heimlich in das Büro des Schulleiters schleichen. Oder gar einbrechen. Oder irgendwas Dummes anstellen, bei dem ich mich erwischen lasse, um mir eine Strafpredigt bei ihm abzuholen. Ha!

Nein, ich werde mir durch einen ***total guten Grund*** offiziell Zutritt verschaffen. Durch irgendeine ***STREBERHAFTE*** Sache, für die ich gelobt werde. Und die ihn so begeistert, dass er sofort rausrennt, um seine Kollegen zu informieren. (Oder so was in der Art. Jedenfalls werde ich ihn mit meiner Streberhaftigkeit so blenden, dass mir Zeit bleibt, mich in seinem Büro umzuschauen.)

Genau! Das ist es doch!

Ich habe meinen Plan insgeheim auf den Namen »Genialer Schleimplan« getauft und auf meinen Supereinfall eben noch einen großen Schluck Milch getrunken. Dabei habe ich ein bisschen gekleckert und Hedi hat auf ihre Hedi-Art sofort das Gesicht verzogen, als wäre ich ein Fall für die Schule der Vollidioten.

Mama hat mich dazu verdonnert, was Sauberes anzuziehen, dabei hat sie die Augen in Richtung von Oma verdreht, damit ich weiß: Wenn ich jetzt protestieren würde, würde Mama echt ausflippen. Und deswegen bin ich noch mal in mein Zimmer gegangen und so ist mein genialer Schleimplan erst richtig genial geworden … als ich nämlich meinen Kleiderschrank aufgemacht habe! Endlich ist mir klar geworden, warum ich mich beim Shoppen nicht gegen den Faltenrock gewehrt hatte. Da hatte nämlich das Schicksal seine Finger im Spiel (genau wie beim Kleckern eben in der Küche*)! Denn wie heißt das alte Sprichwort?

Der allergrößte Schleimerschock
ist und bleibt der Faltenrock!**

Dienstag, 1. August, 7:38 Uhr

Jetzt habe ich vor lauter Geschreibe aus Versehen eben mein Tagebuch eingepackt. Und weil ich es nun mal dabeihabe, schreibe ich hier im Bus weiter. Deswegen auch die Krakelschrift.

Fi fährt heute nicht mit, weil sie ja gleich mit Hedi zum Fototermin fährt. Ist natürlich schade, weil Quinn sie so nicht in ihrer Kaiserin-von-China-Aufmachung sieht.

Tja. Und jetzt er redet wieder mit der Blau-Schwarz-Haarigen, die neben ihm im Gang steht und sich in jeder Kurve an ihn lehnt. Sie trägt heute himbeerroten Lippenstift, eine glänzende enge Hose und ein weißes T-Shirt, auf dem steht »Call me boss«.

Upps. Gerade hat Quinn zu mir nach hinten geguckt, aber ich habe so getan, als wäre mir der Stift hingefal-

* Was nur wieder beweist, dass man nur unabsichtlich kleckern kann!

** Sagt natürlich kein Mensch. Hab ich mir gerade ausgedacht … hihi! Aber stimmt doch wohl! Einem Mädchen mit Faltenrock traut man keine Unartigkeiten zu.

len, und bin schnell abgetaucht. Und wie ich da auf dem Boden hocke, kommt Maxim, beugt sich über mich und sagt: »Jetzt weiß ich endlich, warum du keine Angst vor mir hast. Du bist ganz offensichtlich wirklich total verrückt.«
Da könnte was dran sein.

Immer noch am Dienstag, 1. August, 15:08 Uhr

Ich bin stinksauer auf Fi!!! Weil sie gar nicht auf die Idee gekommen ist, mir heute in der Kamerasache zu helfen!

Eben stand sie bei mir in der Tür – keine Ahnung, was sie wollte. Ich glaube nicht, dass sie sich entschuldigen wollte … dafür sah sie viel zu schmollend aus. »Ich will kein Autogramm von dir«, habe ich sie deswegen nur angeblafft. Sie hat mit den Schultern gezuckt, sich umgedreht und die Tür zugeknallt.

Dann sind wir eben beide eingeschnappt und sauer aufeinander. Ist mir jetzt einfach mal egal!*

Jedenfalls: Puh! Was für ein Tag. Kann nur sagen: Mein **genialer Schleimplan** war nicht so einfach durchzuführen. (Eine Komplizin wie Fiona hätte ich gut gebrauchen können, aber nö!!)

Mit streberhaften Ideen ist das ja so eine Sache. Wenn man nämlich kein Streber ist, ist es gar nicht so einfach, sich was Streberhaftes einfallen zu lassen. Ich kann ja nicht plötzlich

* Ist es natürlich nicht. Ich würde mich wie immer am liebsten sofort mit ihr versöhnen, aber ich habe dringendere Probleme. Zum Beispiel, dass ich heute vom Schulleiter beim Schnüffeln erwischt wurde und meine Kamera immer noch nicht wiederhabe.

wie ein Streber denken. Ich kann ja auch nicht Französisch sprechen, nur weil ich beschließe, eine Französin zu sein.

In der ersten Stunde überlegte ich die ganze Zeit, ob mir für das Klassenzimmer irgendwelche Verbesserungen einfallen würden, mit denen ich beim Direktor Eindruck schinden könnte. Aber mir fielen nur Sofas ein. Mit vielen Kissen, mit denen man auch mal eine Kissenschlacht machen könnte, um sich zwischen den Stunden abzureagieren. Und vielleicht eines von diesen bunten Discolichtern, von denen man gute Laune bekommt. Und ein Süßigkeitenautomat, der in jeder Fünfminutenpause eine Runde Schokoriegel und Gummibärchen ausspuckt. Genau! Die Idee ist ja wohl super. Nur leider nicht unbedingt aus der Abteilung »Streber«. Selbst wenn alle Schüler bei so einem Klassenzimmer natürlich viel lieber in die Schule kommen würden! Aber ich weiß nicht, ob Herr Ackermann das einsieht. Erwachsene sind ja manchmal schwer von Begriff!

Nein, ich brauchte was Besseres.

Denk wie ein Streber, Leni. Denk wie einer, der besessen davon ist, bessere Noten zu haben. Und da fiel mir plötzlich was Gutes ein! Ich hatte mal was von einer Klasse gelesen, die auf Trimmrädern radelte, während sie Englisch lernte. Die Schüler schrieben tatsächlich bessere Noten als die Vergleichsklasse, die auf ihren Stühlen hockte. Radeln im Unterricht fände ich natürlich einerseits ziemlich cool. Andererseits sollte ich vielleicht nicht unbedingt einen Vorschlag machen, der was mit Fahrrädern zu tun hätte. Puh! Gar nicht so einfach.

In der Fünfminutenpause vor der zweiten Stunde starrte ich aus dem Fenster, in der Hoffnung, dass mir zum Schulhof ein Strebervorschlag einfallen würde. Aber dann sah ich die Ansammlung von Presseheinis mit Fi und Hedi. Na gut. Vielleicht waren es auch nur zwei Presseheinis. Aber einer hatte eine Kamera, die war so groß, dass man damit bestimmt auch den Mars fotografieren könnte. Zu meiner Erleichterung entdeckte ich auch Herrn Ackermann dort. Gut. Wenn der Schulleiter den Fototermin begleitete, hatte er keine Zeit, die Kamera auszuwerten!

Fi machte einen Riesenzirkus. Sie riss die Arme hoch, als wäre es das Schönste auf der ganzen Welt, an einem Dienstag in die Schule zu gehen. Sie lachte und ihre Zähne blitzten bis nach oben in unseren Klassenraum. Zwischendurch tupfte Hedi immer wieder mit einem Schwämmchen an ihr rum oder strich ihr mit einem Kamm über die Haare. Als wäre Fi wirklich eine Hollywoodschauspielerin. Plötzlich hörte ich eine Stimme neben mir. Es war Dakota, die neben mir aufgetaucht war. Und dann sprach sie mich in einem Ton an, als ob wir Freundinnen wären. Sie meinte, es sei ja nicht leicht mit großen Schwestern. Dabei lächelte sie mich freundlich an. Was sollte das denn werden? Wollte sie etwa … *nett* sein?

Aber eines war klar: Mit ihr würde ich doch nicht über meine Schwester reden. Und schon gar nicht schlecht!

Sie schleimte weiter, dass sie sich das ganz schwer vorstellen würde, mit so einer berühmten Schwester, weil man dann ja immer so im Schatten stehen würde. Dabei warf sie einen komischen Blick auf meine Haare, wobei mir einfiel, dass ich heute Morgen eventuell das Kämmen vergessen hatte. (Und da sieht man mal, wie abgelenkt Mama war, dass sie es nicht bemerkt hat!)

Ich glaubte Dakota keine Sekunde, dass sie auf einmal nett geworden war, und sagte ihr nur, dass sie sich mal keine Sorgen machen müsse. Und dass ich kein bisschen im Schatten stehen würde. Und da klopfte sie mir auf die Schulter und meinte, ja, so was würde man sich ja gerne einreden. Dabei klang sie irgendwie ganz schön erwachsen und hochnäsig.

»Ich rede mir gar nichts ein«, habe ich zurückgegeben, aber

dann sah ich, wie Hedi Fi ganz stolz über den Rücken strich, und da musste ich schlucken. Und setzte mich schnell an meinen Tisch, wo Teresa natürlich sofort wissen wollte, was Dakota gesagt hatte. Ich erklärte ihr, dass sie mit mir über meine große Schwester reden wollte. Und weil Holly das wunderte, klärte ich sie über meine Starschwester auf. Holly und Teresa stürzten zum Fenster, um Fis Pressegehampel zu beobachten. Sie konnten kaum glauben, dass Fi meine Schwester war. Sie meinten, ich würde ganz anders aussehen. Das hatte ich natürlich schon oft gehört und sagte schnell, dass Fi wirklich hübsch wäre. Und da wechselten Teresa und Holly einen Blick. Und Holly sagte, dass ich ihr aber besser gefallen würde. Das konnte ich ja kaum glauben! Aber Teresa fand das auch und ich freute mich irgendwie ein bisschen, wo ich doch sonst immer nur zu hören bekam, wie hübsch Fiona war!

Aber meine Freude krachte gleich wieder in sich zusammen, als es auf einmal im Lautsprecher knackte und eine blecherne Stimme sagte: »Leni Behrens, bitte ins Sekretariat.«

Okay. Die Stimme sagte das nur in meinem Kopf, weil ich doch so angespannt war wegen der Kamera und weil ich wusste, dass ich jeden Moment als Fahrradfahrer enttarnt werden könnte. In echt war es nur eine Durchsage des Hausmeisters, dass wegen eines Wasserschadens heute die Turnhalle gesperrt wäre. Ich atmete so hörbar auf, dass Holly gleich fragte, was los sei und ob es mir gut ginge. Und da beschloss ich, sie in die Sache mit der Kamera einzuweihen … aber da kam unsere Lehrerin rein. Und während Frau Heinke uns Übungen zum Kürzen der Zehnerpotenzen machen ließ, wurde mir erst klar, wie unangenehm es ist, wenn man jede Minute eines Verbrechens überführt werden kann. Mir ist richtig heiß geworden und ich fühle mich immer noch ganz elend. Fast so schlimm, als wäre ich krank!

Ich nehme mir hiermit vor, NIE NIE NIEMALS wieder irgendwas Verbotenes anzustellen. Also natürlich bis auf das Stehlen meiner Kamera aus dem Direktorzimmer.

Auch noch Dienstag, 1. August, 16:23 Uhr

Musste kurz Pause machen, um die Spülmaschine ausräumen. (Die ***Kaiserin von China*** hat es befohlen!)

Ich zermarterte mir also schon den ganzen Vormittag das Hirn nach einem guten Vorwand, mit dem ich ins Direktorzimmer gehen konnte. Zum Glück bestritt Johann-Friedrich den Unterricht heute fast allein und ich konnte in Ruhe nachdenken. Bei jeder Frage hat er regelrecht darum gebettelt, antworten zu dürfen. Aber wie ich ihn so beobachtete, dachte ich mir, vielleicht kann er mir ja Strebernachhilfe geben.

Als es zur vierten Stunde klingelte, sagte ich Teresa und Holly, dass ich im Sekretariat was zu erledigen hatte. Ich passte es so ab, dass ich beim Rausgehen auf Johann-Friedrich stieß. Er hatte sein Pausenbrot in der einen, das Mathebuch in der anderen Hand.

Ich: »Das war toller Unterricht, oder?« (Das war das Streberhafteste, was ich jemals gesagt habe. Vielleicht hilft es schon, mich in der Nähe von Johann-Friedrich aufzuhalten, damit ich wie ein Streber denke!)

Er: »Und wie. Ich hätte nur lieber noch mehr Kopfrechenaufgaben bekommen.«

Ich nickte, als wäre mir diese Idee selbstverständlich auch gekommen. Dann fragte ich: »Was würdest du eigentlich hier an der Schule verbessern, wenn du der Direktor wärst?«

Johann-Friedrich überlegte nicht eine Sekunde und hat jede Menge Sachen runtergerattert: Handys verbieten. Schuluniformen einführen. Das Spielen eines Musikinstrumentes für alle Schüler obligatorisch machen. Dann erklärte er mir das Wort »obligatorisch«.* Als ob ich nur wegen des Fremdworts verdutzt geguckt hätte! Ach du liebes Schnitzel, jetzt wusste

ich, was mich von einem Streber unterschied. Auf so was wäre ich ja im LEBEN nicht gekommen! Dann erklärte er mir, dass er anstatt Sport Schach anbieten würde. Oder – ACHTUNG! TOTALER STREBERALARM – »einen anderen komplexen** Denksport«. Weil man mit so vielen lustigen Übungen seine Hirnzellen auf Trab bringen könnte. Als er das gesagt hatte, lachte er und es klang, als wäre er nach einem langen Tauchgang aufgetaucht und würde hektisch nach Luft schnappen. Und dann gab er mir ein Beispiel für das Gehirnjogging. »Vier Kühe geben jeweils achtzehn Liter Milch am Tag«, legte er begeistert los, ehe ich ihn davon abhalten konnte. »Nur sonntags nicht. Wie kann das sein?« Er kicherte hechelnd.

»Äh. Weil da der Bauer keine Lust hat zu melken?«

»Falsch!«

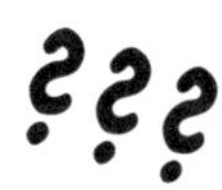

»Weil die Kühe da einen Ausflug machen?«

»Falsch!«

Spätestens jetzt hätte ich die Lust an dem Spiel eigentlich verloren, wenn ich denn überhaupt jemals welche gehabt hätte. Andererseits wollte ich schon gerne wissen, warum die doofen Kühe sonntags keine Milch gaben. (Das nächste Mal weiß ich, dass ich mir meine Neugier bei Johann-Friedrichs Witzen schenken kann!) »Also, los. Sag schon.«

»Nein, nein, nein, so geht das nicht«, hat er protestiert. Und gemeint, es sei doch gerade das Interessante am Gehirnjogging, dass man nicht mogeln darf.

* Das bedeutet »verpflichtend«.

** Das bedeutet »vielschichtig« oder »vielseitig«.

(Und das Interessante an einem Gespräch mit einem Streber ist … äh … ist … äh … Nee, auch nach langem Überlegen fällt mir nichts ein.)

»Ich nehm aber trotzdem die Abkürzung«, habe ich dann irgendwann gemeint. »Weil ich jetzt dringend was erledigen muss. Also, sag schon. Wieso geben die Kühe sonntags keine Milch?«

»Echt jetzt?«

Ich habe nur genickt und ihn herausfordernd mit einer hochgezogenen Augenbraue angesehen. (Hab ich mir von Papa und Fi abgeguckt.)

»Also gut.« Er hat dann endlich eingesehen, dass ich nicht lockerlassen würde. »Aber du bist dir wirklich sicher?«

»Jaahaaa, verdammt«, sagte ich und hatte mich schon abgewendet und wollte zu Holly und Teresa auf den Schulhof flüchten, da hat er mir hinterhergerufen: »Weil es doch heißt, am siebten Tag sollst du muhen!«

Das ist die Lösung.

Im Ernst. Ist das zu fassen?! Ich starrte ihn noch einen Moment an. Das war das UNLUSTIGSTE, was ich jemals gehört habe! (Bisher war auf Platz 1 der unlustigsten Witze folgender: *Ich habe im Traum ein Brötchen gegessen. Als ich aufwachte, war mein Kissen weg.)* Und weil ich immer noch nichts gesagt und kein bisschen gelacht habe, hat Johann-Friedrich mir dann noch seinen Witz erklärt. »Ja, super, was?«, ereiferte er sich richtig. »Weil in der Bibel steht, am siebten Tag sollst du ruhen. Womit der Mensch gemeint ist, aber die Kühe haben natürlich verstanden ›muhen‹. Hehehehe, das ist doch wohl total lustig!« Er kicherte wieder los. Und ich wollte ihm gerade die traurige Wahrheit überbringen, dass das leider gar nicht witzig ist …

Aber da erzählte mir Johann-Friedrich, dass er sich den »Witz« selbst ausgedacht hatte, und weil er so stolz aussah dabei, habe ich nur stumm einen Daumen hochgezeigt, woraufhin Johann-Friedrich übers ganze Gesicht gestrahlt hat.*

Damit war mein Problem aber noch nicht gelöst, sich besonders streberhafte Ideen auszudenken. Und ich beschloss, jetzt einfach trotzdem zum Direktor zu gehen. Vielleicht würde mir ja spontan was einfallen, mit dem ich mir Zutritt verschaffen könnte.

Erst nachher (und daher viel zu spät!) fiel mir ein, dass ich das letzte Mal, als mir spontan was eingefallen war, versprochen hatte, mit dem Rad durch die Schule zu fahren.

Tatsächlich immer noch Dienstag, 1. August, 17:12 Uhr

Kurze Pause eingelegt. Ich muss ja auch irgendwann mal Hausaufgaben machen! Außerdem habe ich mitbekommen, dass Fi für die Filmrolle in der engeren Auswahl ist. Hedi hat angerufen und es ihr gesagt. Sie hat eben mit Mama deswegen telefoniert. Und jetzt ist Fiona natürlich megastolz! Aber sie macht sich auch Sorgen wegen der Schule. Weil die Dreharbeiten im Dezember sind und sie ganz viel Unterricht verpassen wird. Dann muss sie nämlich vorher vorarbeiten und danach nacharbeiten. Tja. Auch Stars haben Probleme!

Während die Welt sich also nur um Fiona Behrens, Starschauspielerin, drehte, merkte niemand etwas von dem Drama im Leben der Leni Behrens, Einbrecherlehrling, die mit klopfendem Herzen zum Sekretariat lief, von wo aus man in das Direktorenzimmer kommt. Wobei ich mich glatt verlau-

* Ich stelle langsam fest, dass Ironie manchmal wirklich ganz praktisch ist.

fen hätte, wenn mir nicht Maxim begegnet wäre. Er wusste, wo das Sekretariat war. (Natürlich wusste er das, vermutlich ist er da schon Stammgast!)

Und so kam ich nach der Streberunterhaltung mit Johann-Friedrich heute zu meinem zweiten äußerst MERKWÜRDIGEN Gespräch. Denn Maxim lobte mich für die Sache mit dem Rad. Er meinte, das wäre wirklich Erste-Sahne-Scheiße gewesen. Ich ließ ihn dabei keine Sekunde aus den Augen, für den Fall, dass er vielleicht auf die Idee kam, mir ein Bein zu stellen oder mich sonst wie zu attackieren. Tat er aber nicht. Denn plötzlich schwärmte er richtig los, wie gut ich es hätte, weil mich jetzt alle bewundern würden und ich vielleicht erwischt werden würde.

Häääää? Das kapierte ich ja mal gar nicht. Was soll daran gut sein? Aber Maxim erklärte, dass es total aufregend wäre, wenn einem jemand auf den Fersen ist. Als ich sagte, dass ich es supernervig fände, verblüffte er mich erneut mit einem ziemlich bescheuerten Vorschlag. Er wollte, dass wir einfach behaupten, **er** wäre es gewesen!

Ich bin überrascht stehen geblieben. »Wieso solltest du das wollen?«, hab ich ihn gefragt. Und er gab eine eher verblüffende Antwort: »Wenn sie mir auf den Fersen wären, wäre diese Scheißschule vielleicht nicht so langweilig.« Er haute im Vorbeigehen feste gegen einen Glaskasten, in dem Pokale und Urkunden des Ruderclubs ausgestellt waren. Das Glas klirrte richtig. Damit er nicht noch wütender wurde, sagte ich ausweichend, dass ich es mir überlegen würde.

»Aber nicht zu lange. Ich bau nämlich sonst eigene Scheiße!«, hat er mir hinterhergerufen, bevor er abdrehte. Ich schaute ihm einen Moment hinterher. Er ging federnd, die Schultern hochgezogen, die Fäuste geballt, als warte er nur darauf, dass sich ihm einer in den Weg stellte, den er umtreten könnte. Was für ein seltsamer Typ!

Und dann war ich da: am Sekretariat. Ich habe mich zu der Traube von Schülern im Sekretariat gequetscht. Die meisten waren viel älter als ich. **SCHLUCK!!!** Das hat mich irgendwie total eingeschüchtert und abgesehen davon hatte ich immer noch keine Ahnung, welche Ausrede ich benutzen sollte, um einen Termin beim Direktor zu bekommen. Während ich also darauf wartete, dass ich an der Reihe war, überlegte ich fieberhaft. Dabei fiel mir auf, dass die Tür zum Direktorzimmer offen stand. Sperrangelweit. Man konnte aber nicht sehen, ob jemand im Zimmer war. Geräusche waren daraus jedenfalls nicht zu hören.

Da kam mir ein Gedanke. Ich könnte doch einfach mal in das Zimmer des Schulleiters schauen. Und wenn er da wäre, direkt mit ihm reden. Und wenn er nicht da wäre, hm ... das wäre natürlich sowieso das Allerbeste. Dann könnte ich mich ja ganz unauffällig mal umschauen in seinem Büro und wenn mich einer erwischte, würde ich so tun, als hätte ich mich verlaufen. Schließlich bin ich neu an der Schule, da verläuft man sich doch andauernd!

Wahrscheinlich, so dachte ich, war er sowieso noch mit dem Star der Schule (also Fiona) und den Fotoheinis unterwegs. Gerade als die eine Sekretärin zum Kopierer ging und die andere einen Ordner aus dem Schrank holte, nahm ich all meinen Mut zusammen und spazierte in das Direktorenbüro. Und ... es war leer!!! Vielleicht würde alles doch noch gut ausgehen!

Jetzt musste ich nur schnell die Kamera finden. Am Fenster stand sein Schreibtisch. Da lagen viel Zeug und vermutlich total wichtige Papiere rum, aber natürlich würde er die Kamera nicht auf seinem Schreibtisch liegen lassen. So was Wichtiges steckt man in eine Schublade. Ich schielte zur Tür, ging einen Schritt auf den Schreibtisch zu. Ich hatte das Gefühl, mein Herz würde zerspringen vor Aufregung. Man konnte für alles eine Ausrede finden, aber bestimmt nicht dafür, im Schreibtisch des Direktors rumzuwühlen! ☠☠☠!!!!!!!!

Ich hörte ein Geräusch und drehte mich erschrocken zur Tür um. War das seine Stimme gewesen? Kam er da? Würde er mich finden, wie ich in seinem Büro rumschnüffelte? Ich erstarrte vor Schreck. Und da entdeckte ich sie. Die Kamera. Sie lag auf einem Regal rechts von der Tür! Nicht in einer Schublade, nicht weggeschlossen, nein – dort war sie, auf dem Präsentierteller! Ich musste sie mir nur noch nehmen. **PIFF PAFF KONFETTI!!!!**

Ich machte einen Schritt auf das Regal zu, streckte die Hand nach der Kamera aus und dann …

PONGPONGPONGPONG*

♫ 💣 ♫ 💣 ♫ 💣 ♫ 💣 ♫

… kam er herein.

Der Schulleiter höchstpersönlich!

ERWISCHT!

Dienstag, 1. August, 17:53 Uhr

Ich musste grad erst mal meine Hand ausschütteln, es ist wieder soo viel passiert! Ich kann gar nicht so schnell schreiben, so aufgeregt, wie ich bin! Ich stand also heute Vormittag in der Höhle des Drachen …**

* Dröhnende und total gruselige Trommelmusik, die einem Schauer über den Rücken jagt!

** Herr Ackermann sieht natürlich nicht aus wie ein Drache. Aber wenn man was ausgefressen hat und vor dem Direktor steht, kann es einem schon mal so vorkommen, als stünde man einem Drachen gegenüber, der einen gleich verschlingt … **SCHLUCK!!!**

»Was machst du denn hier?«, fragte Herr Ackermann argwöhnisch.

Ich wurde knallrot, weil ich plötzlich sicher war, dass er mir an den Augen ablesen konnte, dass ich die Radfahrerin (und Kamerabesitzerin!) war. Und deswegen hatte ich auch nicht viel Zeit, mir eine tolle Ausrede zurechtzulegen, und meinte: »Äh … Ich hab mich verlaufen?«

Er schüttelte ärgerlich den Kopf. Er glaubte mir nicht, das sah man ihm auf hundert Meter an! Schnell schob ich hinterher, dass ich mich auf dem Weg zum Sekretariat verlaufen hätte. Und dass ich das Klassenzimmer am ersten Tag auch nicht sofort gefunden hätte, weil die Schule so groß und unübersichtlich ist. Herr Ackermann kniff die Augen zusammen. Er war immer noch skeptisch. Ich musste ihn schnell überzeugen, dass ich ein Streber war! »Und deswegen wollte ich mit Ihnen sprechen«, fand ich plötzlich meinen Text wieder, denn ich hatte eine Idee (eine gute sogar!). »Damit Sie … ähm … was machen, dass die Fünftklässler die Wege schneller kennenlernen.« Sein Gesichtsausdruck wurde etwas versöhnlicher und ich erklärte ihm, dass Hinweisschilder sinnvoll wären. Oder eine Art Schnitzeljagd in der Schule für die neuen Schüler, damit sie sich schneller zurechtfinden. Er nickte und meinte, das wäre keine schlechte Idee. Dann erkundigte er sich noch nach meinem Namen. Als ich ihn sagte, hellte sich seine Miene sofort auf und dann sagte er, er hoffe, ich werde auch mal so berühmt wie meine Schwester. Pfff!

Ich hätte ihm am liebsten gesagt, dass ich lieber jeden Tag Spinat löffeln würde, als berühmt zu sein. Aber da ich ja als Streber getarnt war, lächelte ich einfach nur und sagte, dass ich das auch hoffen würde. Dabei schielte ich zu der Kamera, die nur eine Armlänge entfernt war, aber trotzdem unerreichbar. Jedenfalls solange Herr Ackermann hier rumlungerte. Ich überlegte, wie ich ihn mit einem Trick aus seinem Büro schaffen könnte. Vielleicht mit:

Auf dem Flur habe ich eben diese riesige frische Blutlache gesehen! Ich glaube, da ist etwas SCHRECKLICHES passiert! Sie müssen sofort nachsehen!

Nein, viel zu dramatisch. Besser so:

Mein geheimer Peilsender schlägt Alarm! Er meldet GIFTIGES GAS hier drin! Schnell, raus mit Ihnen!

Na ja. Wenn er nicht ganz bescheuert ist, würde er mich natürlich zuerst rausschicken und ich hätte keine Chance mehr, an die Kamera zu kommen. Andererseits: Wenn er wirklich nicht ganz bescheuert ist, würde er mir diesen Schwachsinn sowieso nicht glauben. Nein, es musste etwas Normales sein. Etwas Harmloses und Freundliches.

Ach, Herr Ackermann, bei einem schönen Getränk lässt es sich noch viel angenehmer plaudern. Wären Sie wohl so freundlich und würden mir eine kühle Apfelschorle holen?

Hm. Das wäre vielleicht eine Möglichkeit. Aber noch bevor ich dazu kam, beim Direktor die Bestellung aufzugeben, platzte auch schon das Presseteam herein. Und natürlich der Star der Schule: Fiona Behrens. Als sie mich erblickte, verzog sie spöttisch den Mund und fragte, was ich denn hier mache.

Zu meiner Erleichterung beantwortete Herr Ackermann die Frage. Er erklärte, dass ich ihm einen sehr interessanten Vorschlag unterbreitet hätte und wie toll es wäre, wenn sich neue Schüler von Anfang an Gedanken über Verbesserungen machen würden. Fiona war aber eher weniger beeindruckt von mir und bohrte ihren Blick in mich hinein und dann … entdeckte sie die Kamera im Regal. Sie hat natürlich sofort gecheckt, was Sache war. Dass ich natürlich keineswegs hier war, um tolle Verbesserungsvorschläge anzubringen, sondern um meine Kamera zurückzustehlen. Sie hat total genervt die Augen verdreht, und als der Schulleiter gefragt hat, ob ich mit auf das Foto wollte, haben Fi und ich wie aus einem Mund gerufen: »Nein!« Darin waren wir uns wenigstens mal einig.

Mittwoch, 2. August,
morgens auf der Fahrt zur Schule

Bin im Bus. Wollte eigentlich nur ganz schnell was aufschreiben, was heute Morgen vor dem Frühstück passiert ist. Und jetzt ist schon noch mehr passiert und es war ganz offensichtlich GOLDRICHTIG, mein Tagebuch mitzunehmen! (Muss natürlich HÖLLISCH aufpassen, dass es niemand in die Finger bekommt. Ich meine, hier steht ja alles drin über meine Radfahraktion!)

Also: Irgendjemand hat meine Fahrt gefilmt und ins Internet gestellt. 25.000 Clicks hat das Video schon!!! Und fast 1000 Likes! Fi hat es mir wortlos vor dem Frühstück auf ihrem Handy gezeigt und mir ist ganz heiß und kalt geworden und auch ein bisschen schlecht. In dem Clip sieht man, wie ich durch den Eingang brettere, wie Herr Ackermann mich abfangen will (und dabei ziemlich bescheuert glotzt) und wie ich die Treppe runterdüse.

Die Tür, aus der ich dank Quinn rausgekommen bin, ist verdeckt von einer Mauer. Man sieht mich erst wieder durch die Scheibe über den Schulhof wegflitzen. Und darunter stehen Kommentare wie: Saugeil! Und: Wer ist der schwarze Ritter?

GRÜNE GRUSELGRÜTZE!!! Das wird ja wohl nicht

mehr lange dauern, bis alle Welt weiß, dass ich das war. Und dann: GUTE NACHT!!!

Fi weiß das natürlich und zieht quer durch den Bus eine hämische Grimasse in meine Richtung, während irgendein Mitschüler auf sie einredet. Aber dann kommt Quinn in den Bus und sie lächelt wieder zuckersüß.

Ich sitze fast ganz hinten, während ich das hier alles schnell aufschreibe. YouTube und ALLE haben meine Spritztour gesehen! UND ALLE IM BUS REDEN ÜBER DIE SACHE MIT DEM RAD! Oskar »Sticky« Piontek und Linus grinsen mich von der letzten Sitzreihe verschwörerisch an, aber ich habe echt keine Lust, mit denen zu reden. Die verraten mich sonst noch! Hier sind so viele Ohren im Bus!*

Deswegen erschrecke ich mich auch, als Maxim sich zu mir durchdrängt, auf dem Gesicht ein lauernder Ausdruck, als wollte er mich überfallen. Auweia, hoffentlich posaunt er jetzt nicht rum, dass ich der schwarze Ritter bin!!

Mittwoch, 2. August, kurz vor Unterrichtsbeginn

Nur ganz schnell noch zu Ende schreiben, was im Bus los war. Maxim hat mich nicht verraten. Er wollte mich bloß noch mal überreden, zu behaupten, *er* sei der schwarze Ritter. Aber

* Also, ich meine natürlich, *Leute mit Ohren*. Ohren alleine natürlich nicht. Das würde sicher lustig aussehen!

ich meinte, das ginge nicht, weil einfach zu viele Leute wissen, dass ich es war. Da war er richtig enttäuscht. Ich habe ihn gefragt, warum er eigentlich unbedingt immer Scheiße bauen will. Und da hat er gesagt: »Na, weil ich das am besten kann!«

So was BEKLOPPTES habe ich selten gehört!

Mittwoch, 2. August, große Pause

Gut, dass ich mein Tagebuch mitgenommen habe, um sofort die neuesten Wendungen im ~~unglaublichen~~ ~~extrem bescheidenen~~ **total feenstaublosen** Leben von Leni Behrens aufzuschreiben. Kladderadatsch und Zitroneneis, es ist passiert. Ich bin **verpetzt** worden!!!! Direkt in der ersten Stunde!

Ich war noch ganz in Gedanken bei Maxim und seinem Scheiße-bauen-Hobby, da hat Dakota aufgezeigt und mit einem triumphierenden Grinsen im Gesicht gesagt: »Ich weiß, wer mit dem Rad durch die Schule gefahren ist.« Herr Lehmann wurde natürlich sofort aufmerksam und Dakota drehte sich zu mir um und zeigte mit dem Finger auf mich: »Leni war's.«

PIFF PAFF, NIX KONFETTI.

Ich merkte, wie ich rot wurde. Wie Holly neben mir die Luft anhielt. Wie Herr Lehmann seinen Blick auf mich richtete, sein Mund zu einem erstaunten kleinen O geformt. Wie seine buschigen Augenbrauen sich zusammenzogen wie zwei Gewitterwolken. Fieberhaft überlegte ich, was ich sagen sollte, wie ich es erklären könnte, wie ich aus der Nummer vielleicht irgendwie rauskam, aber mir fiel NIX ein! Ich sackte ein bisschen auf meinem Stuhl zusammen, da hat Teresa neben mir plötzlich gerufen: »Ich habe gehört, Lars aus der 7 b war es!«

»Nee, ein Typ aus der Neunten namens Simon behauptet, er wäre es gewesen!«, hat Linus gesagt.

»Genau«, hat Kilian gemeint, der neben Linus saß. »Simon war's!«

»Im Internet steht aber, es wäre ein Jascha gewesen«, meldete sich Charlotte und hielt ihr Smartphone hoch.

»Nee. Die waren das alle nicht. Ich war das nämlich!«, brüllte Maxim und sprang so heftig von seinem Stuhl auf, dass der umkippte.

»Ja, das glaube ich sofort!«, hat Herr Lehmann gesagt und geseufzt. Maxim hat breit gegrinst und alle anderen haben wild durcheinandergeredet. Als Dakota noch mal wiederholte, dass ich es war, stöhnte Herr Lehmann und erklärte die Diskussion für beendet. Teresa und Holly zwinkerten mir verschwörerisch zu.

Ich kann es immer noch nicht fassen. Jetzt war rausgekommen, dass ich es war. Und es ist nichts passiert!!*

Außer dass ich jetzt weiß, dass Dakota superdoof und eine Vollblutpetze ist. Das wusste ich natürlich schon vorher, aber jetzt weiß ich es *noch mehr!* Und alle anderen wissen es auch! Umso besser, dass ihre Petzattacke ins Leere gelaufen ist. Aber ich muss echt dringend die Kamera in meine Finger kriegen!

Mittwoch, 2. August, 15:49 Uhr

Endlich zu Hause! Was für ein Schultag! Wie eine ACHTERBAHNFAHRT. Auf und ab und hoch und runter! Erst Dakotas Petzaktion, dann die Rettung durch meine Freunde. Aber

....

* Da ist doch tatsächlich mal eine klitzekleine Spur Feenstaub an mir vorbeigesegelt …

das Schlimmste sollte noch kommen. Hier die weiteren Nachrichten im Überblick:

1. Die Kamera mit den Beweisen, dass ich der schwarze Ritter bin, ist weg!*
2. Mit dem Rad durch die Schule fahren, scheint der neueste Trend zu sein. (Irgendein Idiot aus der 8a hat es heute gemacht und ist dabei gefasst worden! Keine Ahnung, ob er bestraft worden ist. Aber das macht die Sache bestimmt nicht besser, dass es jetzt Nachahmer gibt!)
3. Jetzt wird es richtig lustig.**

Denn in den Kommentaren unter meinem Clip werden schon Spekulationen angestellt. Weil irgendwelche Schlaumeier die Helmkamera entdeckt haben und auf einmal schreiben: *Wer die Aufnahmen hat, der war's!* Als wir das lasen, legte uns Teresa atemlos die Hände auf die Schultern und meinte, das wäre ja total romantisch! Wie bei Cinderella! Wo nur der Schuh beweisen konnte, dass Cinderella mit dem Prinzen getanzt hatte.

Ähhh. Jaaaa. Ich habe sie dann vorsichtig darauf hingewiesen, dass hier aber kein Prinz nach der Prinzessin sucht, mit der er getanzt hat. Sondern der Schulleiter nach dem Kamerabesitzer, den er verknacken will.

Teresa sah dann richtig enttäuscht aus und Holly und ich prusteten los, weil Teresa so ins Schwärmen geraten war. Holly fragte, ob ich denn die Aufnahmen der Helmkamera posten wollte, und da beichtete ich den Mädels, dass ich total im Schlamassel steckte. Weil Herr Ackermann die Kame-

* Ich betone noch mal, dass ich mich NIEMALS selbst schwarzer Ritter nennen würde. Höchstens beknackter Ritter, der echt blöde Ideen hat, um Klassensprecherwahlen zu ~~mannipuhlen… mahn…~~ beeinflussen.

** IRONIE!!! Es wird natürlich nicht richtig lustig, sondern richtig blöd!

ra hätte. (Wie ich da noch dachte!!!) Holly und Teresa haben mich mit großen Augen angeschaut. »Auweia«, flüsterte Holly. »Dann könnte also jede Minute eine Durchsage kommen, dass du ins Sekretariat kommen sollst?«

Ich nickte und war auf einmal wieder total nervös.

Aber erst mal musste ich mit Johann-Friedrich nach der zweiten großen Pause zur SV-Sitzung.* Wenn ich vorher gewusst hätte, dass da auch Herr Ackermann auftauchen würde, wäre ich insgesamt noch nervöser gewesen! **Schluck!** Aber ohne dieses Wissen hielt ich die SV-Sitzung für eine prima Sache, die einen vor dem Musikunterricht bewahrte. Was Johann-Friedrich natürlich doof fand. Er maulte rum, dass es viel besser wäre, die SV-Sitzungen in der Freizeit abzuhalten, weil man ja sonst wertvolle Unterrichtszeit verlieren würde. Da fingen alle an zu kichern und Maxim warf einen Stift nach ihm. Johann-Friedrich rieb sich den Hinterkopf, sagte aber nichts.

Die SV-Sitzung fand im Besprechungsraum in der Nähe des Sekretariats statt. Erst war ich ein bisschen nervös zwischen all den älteren Schülern, aber dann tauchte Herr Ackermann auf. HÖCHSTPERSÖNLICH! Und er zog ein ganz ernstes Gesicht!

Ich war mir sicher, dass er mich gesucht hatte. Aber dann wollte er nur wissen, welche Ideen wir für die große Jubiläumsfeier vor den Herbstferien hätten. Ich war so erleichtert, dass ich gar nicht richtig zuhörte, was da für Vorschläge kamen.

Erst, als sich die Stufensprecherin der zwölften Jahrgangsstufe zu Wort meldete und fragte, was die Lehrer denn gegen

* SV bedeutet Schülervertretung. Und alle Klassensprecher, die ja Vertreter ihrer Klasse sind, treffen sich ab und zu zur SV-Sitzung.

den »gemeingefährlichen Trend des Radfahrens durch die Schule«* machen wollten, wurde ich aus meinen Gedanken gerissen. Herr Ackermann sagte, dass das wirklich eine Entwicklung sei, die ihnen Sorgen bereiten würde, und dass die Schule »entsprechende Maßnahmen ergreifen würde, die den Radfreunden die Flausen aus dem Kopf treibt«. Was er damit meinte, sagte er nicht. Und ich wollte es lieber auch gar nicht so genau wissen. Zum Glück wechselte Herr Ackermann das Thema und bat zwei von uns, eine Kiste mit irgendwelchen Flyern aus seinem Büro zu holen. Als er mich sah, lächelte er. »Leni, du weißt doch, wo das ist. Gehst du eben?«

Ich sprang sofort auf und zog Johann-Friedrich mit. Der stöhnte, als ob ich ihn zum Hochklettern am Seil abkommandiert hätte, schlurfte dann aber mit. Die Sekretärin schloss uns die Tür zum Direktorenzimmer auf, als wir sagten, Herr Ackermann hätte uns gebeten, die Kiste zu holen. In dem Moment klingelte ihr Telefon und die Sekretärin deutete nur kurz auf den Karton auf dem Tisch, dann ging sie zurück an ihren Platz.

»Nimm du den Karton«, sagte ich zu Johann-Friedrich und spähte zum Regal.

Aber bevor ich richtig hingucken konnte, maulte Johann-Friedrich los, dass er nicht so schwer heben soll, weil er einen runden Rücken hat oder so.

Da habe ich sogar einen Moment die Kamera vergessen. »Verarschst du mich jetzt?«

Er schüttelte den Kopf und rollte mit den Schultern, als ob er mir damit beweisen könnte, dass er nicht mal so einen Fuzzikarton heben könnte. »Das ist eine Diagnose vom Arzt.«

* Was soll denn daran gemeingefährlich sein? Wirklich, dass immer alle so ÜBERTREIBEN müssen!

»Ich gebe dir auch eine Diagnose«, habe ich ihm gesagt. »Wenn du andauernd solche seltsamen Sachen sagst, lässt Maxim dich nie in Ruhe!«

»Der muss aber damit aufhören«, meinte Johann-Friedrich auf einmal ganz jammerig, »sonst verklagt mein Vater ihn.« Er ließ sich erschöpft auf einen Stuhl sinken und legte den Kopf auf die Arme. Ach du liebes Schnitzel. Streber können echt *anstrengend* sein! Aber immerhin gab mir sein Jammeranfall die Gelegenheit, unbemerkt zum Regal zu gehen.

Aber … Dort, wo die Kamera gelegen hatte, WAR SIE NICHT MEHR!!

Ich schob ein paar Bücher beiseite, um zu sehen, ob sie dahinter versteckt war. Aber: NICHTS! Sie war nicht mehr da. Sie war weg!!! **Kackexplosion 3000!!!**

»Was machst du denn da?«, hörte ich da Johann-Friedrichs leise Stimme.

»Ach, ich habe Herrn Ackermann was geliehen … wo hat er es denn nur?« Ich bin schnell zum Schreibtisch gelaufen und Johann-Friedrich wurde auf einmal total nervös. »Aber, aber, aber …«, moserte er. »Willst du etwa den Schreibtisch des Direktors *durchwühlen*?«

Nein. *Wollte* ich natürlich kein bisschen. Ich musste! Jedenfalls fiel mir in meiner Panik nichts anderes ein. Johann-Friedrich linste zur Tür rüber und flüsterte dann, ob ich eigentlich total verrückt geworden wäre.

»Ich glaub schon«, murmelte ich und streckte die Hand nach der Schreibtischschublade aus. Wie beim Pflasterabziehen riss ich sie auf. Nix drin! »Was macht ihr denn so lange da drin?«, erklang auf einmal die Stimme der Sekretärin.

»Wir haben die Flyer gesucht!«, rief Johann-Friedrich mit sich überschlagender Stimme, schnappte sich den Karton vom Tisch, den er plötzlich mit Leichtigkeit tragen konnte, und stürzte der Sekretärin entgegen. In letzter Sekunde rannte ich vom Schreibtisch weg und huschte hinter Johann-Friedrich hinaus. Die Sekretärin warf noch einen prüfenden Blick ins Zimmer des Direktors, bevor sie die Tür wieder abschloss.

Oh du grüne Gruselgrütze! So eine Einbrecherkarriere ist echt nix für mich!

Fest steht jedenfalls seit heute:

Punkt 1: Johann-Friedrich ist cooler, als ich dachte. Er war zwar stinksauer, aber er hat keine Anstalten gemacht, mich zu verpetzen. Was mich zu der Schlussfolgerung bringt: Ein Streber ist nicht automatisch eine Petze.

Punkt 2: Trotzdem bleibt das alles eine einzige gruselig-grüne Gruselgrütze! Da hatte ich *die* Gelegenheit, die Kamera wiederzukriegen – und dann ist sie **WEG!!!** Ich muss dringend mit jemandem darüber sprechen.

Fi ist gerade da. Sie hatte eben ziemlich gute Laune. Vermutlich, weil sie heute mal so richtig Star sein durfte. Ich gehe mal zu ihr rüber, weil ich DRINGEND mit jemandem reden muss! Auch wenn ich gestern noch stinksauer auf sie gewesen bin und sie mir ja gestern schon nicht geholfen hat. Sie ist halt die Einzige, die eingeweiht ist!

Mittwoch, 2. August, 19:27 Uhr

Also. Ich war bei Fi drüben und sie war zwar eigentlich ganz nett (jedenfalls hat sie mich nicht rausgeschmissen), aber sie hat echt nur die weltmiesesten Ratschläge überhaupt. ***Nicht. Hilfreich!*** Ich hab mich in ihren Sitzsack plumpsen lassen und bin sofort rausgeplatzt mit: »Die Kamera ist weg!«

Aber ich glaube, sie bekam das gar nicht mit. Sie lächelte nämlich nur, während sie auf dem Handy rumwischte. Plötzlich dröhnte es so scheppernd aus Fionas Bluetooth-Box, dass ich mich total erschreckt habe. Der Krach entpuppte sich als

Quinns Band. Sie heißt The Starhunters und klingt wie eine Mischung aus Autobahnlärm und Musik.

Während Fi total verzaubert auf ihr Handy gestarrt hat, habe ich laut herumüberlegt, was passiert sein könnte. Dass Herr Ackermann die Kamera mit nach Hause genommen haben könnte, wo ihm vielleicht sein Sohn dabei half, die Aufnahmen anzusehen. Fi sah aus, als ob sie was sagen wollte. Damit sie mir nicht wieder Vorwürfe machen könnte, redete ich weiter: »Ich glaube aber, dass irgendjemand anders die Kamera gestohlen hat. Wenn Herr Ackermann immer seine Tür offen stehen hat, kann ja jeder dort reinspazieren.« Und da fiel mir was ein. Heute war die Tür verschlossen gewesen! Könnte das ein Zeichen gewesen sein, dass er vorsichtiger geworden ist, weil ihm die Kamera tatsächlich aus seinem Büro geklaut worden war? Ich biss mir auf die Lippe und habe Fi gefragt, was ich denn jetzt bloß machen soll.

Und da hat Fi doch endlich was gesagt. Sie riet mir, zu Mama und Papa zu gehen und ihnen alles zu erzählen. Dann sei es nicht mehr so schlimm, wenn es doch noch rauskommen würde.

Hm. Wenn ich jetzt noch mal drüber nachdenke, war das einerseits zwar nicht der Ratschlag, den ich mir erhofft hatte. Andererseits klang sie vorhin echt nett. Und ehrlich. Und natürlich finde ich es auch besser, Mama und Papa alles zu erzählen, bevor sie es von einem wütenden Schulleiter erfahren. Allerdings weiß ich, dass Fi manchmal auch echt bescheuerte Ratschläge auf Lager hat. Ich sag nur: Faltenrock! Und Erdnussbutter auf Käse! (Ich mag zwar Erdnussbutter und Käse, aber doch nicht *zusammen!*)

Das Lied von Quinns Band wurde mit einem ziemlichen Getöse beendet, man hörte noch Stimmen aus dem Proberaum und dann lachte jemand ziemlich laut. Jemand, der sehr nah am Mikro der Kamera gestanden hatte. Und da veränderte sich auf einmal Fionas Miene. »Verdammt«, sagte sie. »Das ist diese Olivia.«

»Ist das die mit den blau-schwarzen Haaren?«

»Ja, die aufgedonnerte Mistkuh!« Und schwupps war ihre gute Laune weg. Sie hat mich mürrisch aus dem Zimmer gescheucht, um Mareike anzurufen.

Und nun sitze ich hier und weiß mal wieder nicht weiter. Soll ich wirklich zu Mama und Papa gehen und alles beichten?? Was wird dann passieren? Werden mich meine Eltern an den Ohren zum Direktor schleifen und ihm sagen, er solle mich mit der ganzen Härte des Gesetzes bestrafen? Werden SIE mich ganz ohne Hilfe des Direktors mit der ganzen Härte des Gesetzes bestrafen und mir für ein Jahr Fernsehverbot geben? Wird diese Beichte etwa Lenis Untergang bedeuten?

Dubidubiduuuu – pingpingpingpaaaaaaang!*

♫?♫?♫?♫?

Sehen Sie mehr in der nächsten Folge von: Mein Leben voller Feenstaub und Konfetti – schön wär's! **

Mittwoch, 2. August, 20:18 Uhr

Puh. Ich habe die besten Eltern überhaupt! Ich fühle mich ungefähr 800 Kilo leichter. Irgendwie stimmt das ja doch: Wenn man die Wahrheit sagt, geht es einem besser. Und ich habe es tatsächlich getan. Ich habe gebeichtet. Und kein Fernsehverbot bekommen. Nicht mal Nachtischverbot!

Ich bin runtergegangen. Hatte mir extra die Haare brav ge-

* Spannende Musik, die einen total neugierig macht und dafür sorgt, dass man sofort weiterguckt … äh -liest!

** Okay. Ich muss zugeben, ich gucke gerne Fernsehen. Besonders Serien! Weswegen ein Jahr Fernsehverbot echt MEGAMIES wäre!!!!

kämmt und gecheckt, dass ich keine Flecken auf den Klamotten hatte. Kurz hatte ich überlegt, noch mal den Faltenrock anzuziehen, um meine Bravheit zu betonen, ließ es aber dann sein. Ich meine, wem soll ich was vormachen? Meine Eltern kennen mich ja. Zumindest ein bisschen.

Mama saß an ihrem Schreibtisch, um noch was für die Arbeit zu machen. Dabei darf man sie ja nicht stören. Das war mir ganz recht. Irgendwie finde ich es einfacher, mit Papa über so was zu reden. Besonders wenn er in seiner Werkstatt ist. Als ich reinkam, rief er, dass ich gerade recht käme, denn er wollte mir was zeigen. »Guck mal hier!« Er hockte in einer Ecke, wo er Kartonstücke aufbewahrte, die er manchmal zum Unterlegen brauchte. An einer Ecke war der Karton ein bisschen kaputt. Und zwar so, als ob ein Hamster dran genagt hätte. Flummi! Vielleicht ist er doch noch hier irgendwo?

Papa meinte aber, dass es auch eine Maus sein könnte. Und dass von meinen Leckerlis ein paar weg wären. Um zu überprüfen, wer die gemopst hat, hatte er eine Mausefalle gekauft! Erst hab ich mich etwas erschrocken, weil es ja auch so ganz fiese Fallen gibt, aus der die Maus nicht mehr lebend rauskommt. Aber Papa würde so was niemals kaufen, meinte er.

Es war eine Korbfalle, in die die Maus (oder ein Hamster) rein-, aber nicht mehr rausklettern kann! Also eine, in der der Maus (oder dem Hamster) nichts passiert. Das fand ich super von Papa.

Wir hockten ein paar Minuten vor dem Regal und spähten in alle Ecken. Und auf einmal ist es einfach aus mir rausgeplatzt und ich hab Papa gebeichtet, dass ich Mist gebaut hatte. Dann habe ich ihm alles erzählt, von der blöden Dakota und der Klassensprecherwahl und meiner Idee, wie ich die Jungs überrede, mich zu wählen. Und dass das mit dem Rad jetzt schon ein paar andere nachgemacht hätten und dass ich

Angst habe, von der Schule zu fliegen, wenn rauskommt, dass ich die Erste war, die damit angefangen hat.

Papa hat erst mal nur geseufzt, als ich zu Ende erzählt hatte. Dann hat er gemeint: »Es ist dir hoffentlich klar, dass das keine gute Idee war.« Ich habe ganz heftig genickt, damit er sah, wie zerknirscht ich war. Und dann ist er zu Mama gegangen, um sie einzuweihen. Das war mir erst gar nicht so recht, weil ich Angst hatte, dass sie ausflippt. Aber Papa meinte, er könne keine Geheimnisse vor Mama haben, und überhaupt, wir wären eine Familie und in einer Familie bespricht man Sachen gemeinsam, auch wenn es mal unangenehm ist. Und dann musste ich in Mamas Arbeitszimmer antreten und die beiden schauten mich ganz ernst an.

Mama hat sich von mir noch mal erklären lassen, warum ich das gemacht hatte. Sie schimpfte gar nicht, sondern sagte nur, ich solle mich nicht von anderen dazu bringen lassen, Mist zu bauen. Ich versprach, das natürlich nicht mehr zu machen. Und dann meinte Papa, das Wichtigste sei, dass ich eingesehen hätte, dass es ein Fehler gewesen ist. Denn Fehler würde jeder machen. Schlimm wäre aber nur, nicht zu merken, wenn man was falsch gemacht hat. Und dann sagten sie, weil niemandem etwas passiert sei und nichts kaputt gegangen war, würden sie jetzt erst mal abwarten und mich nicht zur Beichte zum Direktor schicken, weil das sonst auch Fi betreffen und vielleicht belasten würde.

Da war ich natürlich erleichtert, weil ich Fi an der neuen Schule ja keinen Ärger machen wollte. Und überhaupt! Meine Eltern sind soooo nett! Sie haben gar nicht geschimpft. Ich war so froh, dass ich ein bisschen geweint habe.* Und ge-

* Ich weiß, dass das bescheuert klingt. Ich kapiere das auch gar nicht. Aber Mama meint, das wäre normal, dass man auch mal weinen muss, wenn man besonders froh ist. Seltsam, oder?

schworen habe, absolut brav zu sein und mich total aufs Lernen zu konzentrieren. Dann kam Fi herein. Als sie sah, dass ich geweint hatte, lächelte sie erst ganz komisch. Aber als sie merkte, dass ich keinen Ärger bekommen habe, wurde sie auf einmal richtig wütend. Das wäre überhaupt nicht fair, meinte sie: »Die darf machen, was sie will, und kriegt nicht mal Ärger?«

Hä?

Was war denn jetzt los?

Jetzt ist sie sauer auf mich, weil Mama und Papa *nicht* sauer auf mich sind??!!??

Mittwoch, 2. August, 21:23 Uhr

Mir geht es soooo viiiiel besser, seit ich Mama und Papa alles erzählt habe. Ich bin nur traurig wegen Fi. Warum ist sie manchmal total nett und dann auf einmal so BIESTIG? Das ist ja fast so, als ob man mit einem bissigen Hund zusammenwohnt! Aber jetzt, wo ich so drüber nachdenke, fällt mir was auf: Immer wenn Quinn nett zu ihr ist, ist sie gut drauf und nett zu mir. Und immer wenn diese blau-schwarz-haarige Olivia sich einmischt, sackt ihre Laune in den Keller.

Hm. Das würde ja bedeuten: Wenn Quinn IMMER nett wäre zu Fiona und diese Olivia sich NIE MEHR einmischen würde, dann hätte Fi *nur noch* gute Laune. Wenn Quinn also in Fi verliebt wäre, dann wäre sie so glücklich, dass sie nur noch nett zu mir ist.

Und plötzlich weiß ich, was ich tun muss. Ich, Leni Behrens, werde dafür sorgen, dass Quinn und Fiona ein Paar werden. Bei dem Gedanken wird mir ganz warm im Bauch! Fi wird so glücklich und beeindruckt sein von mir, dass sie mir ewige Dankbarkeit schwört und mich nie mehr von oben herab wie ein Insekt behandelt oder mich Nervkröte nennt. Ich mache einen Plan zum Verlieben und löse nebenher auch noch all meine anderen Probleme! **PIFF PAFF KONFETTI!**

Hier die offizielle Problemlösungsliste von Leni Behrens:
1. Quinn in Fiona verliebt machen
2. Rausfinden, wo meine Kamera abgeblieben ist
3. Nicht durchdrehen vor Angst, doch noch als schwarzer Ritter enttarnt zu werden
4. Flummi suchen und alle Fallen checken, die ich mit Papa aufgestellt habe
5. Dakota von ihrer Petzerei kurieren

Hab ich noch was vergessen? Mir kommt's vor, als hätte ich was vergessen. Ach ja!!!!
6. Superbrav sein und mich total aufs Lernen konzentrieren!

Donnerstag, 3. August, 7:13 Uhr

Fi ist heute Morgen mal wieder grummelig zu mir. Ich beschließe, ihr nicht zu sagen, dass ich ihr mit Quinn helfen werde. Ich befürchte nämlich, dass sie GAR nichts davon hält, wenn ich mich einmische. Deswegen muss das mein Geheimprojekt bleiben.

Es gibt nur ein Problem: Ich habe keine Ahnung von dieser ganzen Verliebtseinsache! Weil ich sie natürlich noch nie ausprobiert habe. (Wenigstens eine Sache, in der ich *total vernünftig* bin.) Ich meine, Jungs sind okay. Zum Fahrradfahren und Zombieball spielen. Aber wer will schon einen küssen? Oder was man sonst noch so macht, wenn man in jemanden verliebt ist.

Igitt!

Das Einzige, was ich dazu sagen kann, ist, dass in der Grundschule manche über Lina und Moritz gesungen haben: »Eieieiei, was seh ich da, ein verliebtes Ehepaar.«

Ich wusste aber nicht, wie die drauf gekommen sind, dass die beiden verliebt waren. Ich meine, nur weil man mit einem Jungen redet oder spielt, heißt das noch nicht, dass man verliebt ist. Oder doch? Lustig war es trotzdem ein bisschen, weil der Spruch so weiterging: »Noch ein Kuss, dann ist Schluss, weil die Frau nach Hause muss. Warum kommt der Mann nicht mit? Weil er in die Scheiße tritt.« Dann haben immer alle gelacht. Außer Lina und Moritz.

Und da stellt sich mir natürlich die Frage: Wie kann ich Quinn in Fi verliebt machen, wenn ich selbst gar nicht weiß, wie das geht?

Das ist mir noch ein totales RÄTSEL!!!

Donnerstag, 3. August, 17:05 Uhr

Holly und Teresa sind nach der Schule mit zu mir gekommen. Was soll ich sagen: Es war **EKLIG**, aber auch *lustig*! Und zwar weil … Oh. Mama ruft. Ich glaube, sie hat das leere Glas Erdnussbutter entdeckt!

Und immer noch Donnerstag, 3. August, 17:21 Uhr

Ja. Mama war tatsächlich ein bisschen sauer, weil die Erdnussbutter alle war, die wir erst am Wochenende angebrochen hatten. Aber nur, weil sie dachte, ich hätte die aufgegessen! Da konnte ich sie glatt beruhigen. Ich habe ihr das ganz genau erklärt: »Ach, Mama. Ich habe die doch nicht gegessen. Ich hab mir die Erdnussbutter in die Haare geschmiert.« Aber anstatt erleichtert zu sein, bekam Mama richtig Schnappatmung. Dabei war das die gute Nachricht des Tages!!! Denn ohne Erdnussbutter hätte ich jetzt ein Loch in den Haaren.

Mama hat mich angeglotzt, als würde ich auf einmal Japanisch reden. Und ich musste ihr erst mal alles erklären. Wobei ich ihr natürlich die Elternerklärversion gab. Denn wenn ich ihr alles ganz genau erzählt hätte, hätte sie sich vielleicht wieder Sorgen gemacht. Weil schließlich einiges schiefgelaufen ist, wo ich doch gerade (mal wieder) beschlossen habe, jetzt aber wirklich keinen Ärger mehr zu machen. Aber was kann ich dafür, wenn der Ärger mich immer wieder findet?

Ich fürchte echt, ich habe so eine Art Antisuperkraft. Man könnte sie sogar eine Katastrophenkraft nennen. Eine geheime Anziehungskraft für Schlamassel. Ich glaube wirklich, ich bin so eine Art Magnet für Chaos. Oder wie sonst ist es zu erklären, dass ausgerechnet mir ein **Kaugummi in den Haaren** klebte?!? Und dass Holly und Teresa denken, ich wäre VERLIEBT! Und dass ich eine neue Erzfeindin habe. Na ja, eigentlich ist es noch die alte, aber unsere Feindschaft hat heute eine neue Stufe erreicht! Obwohl ich mich mit ihr versöhnen wollte! Aber ich merke, ich komme langsam selbst durcheinander mit all dem, was passiert ist, deswegen hier mal alles der Reihe nach.

Heute Morgen im Bus unterhielt sich Quinn im Gang mit einem Typen. Diese Olivia stand auch bei ihnen. Sie hatte eine hellgrüne Lackjacke an, was krass aussah zu ihren blauschwarzen Haaren. O* hatte Fi den Rücken zugedreht, die sich

* Weil ich so viel schreiben muss, kürze ich Olivia jetzt ab. Ich finde den Namen eh doof. Klingt wie Olive.

auf ihrem Sitz total hätte verrenken müssen, um Quinn anzuschauen. Stattdessen tat meine Schwester so, als ob sie das alles nicht interessieren würde. Und bis sie aus dem Bus ausgestiegen war, war Quinn schon lange raus. Keine Gelegenheit für sie, mit ihm zu sprechen. Da wird ihre Laune mal wieder im Sinkflug sein!

Kaum waren wir auf dem Schulhof, sah ich, wie Dakota sich auf Fi stürzte. Die beiden unterhielten sich und liefen zusammen in die Schule hinein. Was mir gar nicht gefiel. Ich muss Fi unbedingt sagen, dass Dakota kein bisschen nett ist, sondern eine echt miese Petze. Dabei fiel mir ein, wie sauer ich auf Dakota war, weil sie mich gestern beim Lehrer hatte anschwärzen wollen. Und dass ich ihr das heimzahlen sollte, damit sie merkte, dass sie sich mit der Falschen angelegt hatte. Allerdings hatte ich sooooo viel zu erledigen, dass ich dazu jetzt mal gar keine Zeit hatte.

Deswegen beschloss ich, einen Versuch zu wagen und Dakota ein Friedensangebot zu überbringen. Ich fing sie auf dem Weg ins Klassenzimmer ab, sie war mal wieder umringt von ihren Mädels. Ich sagte ihr, dass wir keine Freundinnen werden müssten, aber dass sie mich in Ruhe lassen soll. Dann würde ich auch vergessen, dass sie mich verpetzt hätte.

Da ist sie ganz hochnäsig geworden. Und hat gemeint, wenn ich so sehr drum betteln würde, würde sie mir eine Chance geben – und: Ich solle als Klassensprecherin zurücktreten. Dann würde sie mich in Ruhe lassen. Und wenn ich nicht zurücktreten würde, würde ich schon sehen, was ich davon hätte. Das geht natürlich gar nicht!

Ich habe es noch einmal freundlich probiert und ihr gesagt, ich würde natürlich nicht zurücktreten von meinem Amt und sie solle trotzdem Abstand halten. Da lachte sie schnaubend und nannte mich eine arme Fritte und rauschte mit ihren Freundinnen tuschelnd ab.

Ich sollte Dakota unbedingt das *Handbuch für Mädchen, die keinen Ärger machen* zu lesen geben, wenn es fertig ist. Tipp Nr. 8 wird nämlich heißen: *Nimm Friedensangebote an, wenn sie sich bieten! Sonst wird der Streit nur noch schlimmer!*

Was sich im Laufe des Tages beweisen würde. Aber das wusste ich da noch nicht. Da wusste ich nur: Ich muss die Fiona + Quinn-Sache vorantreiben.

Die Pause habe ich mit Teresa und Holly auf einer der Bänke in der Nähe der Fahrradständer verbracht und da habe ich gesagt, dass ich sie etwas sehr Peinliches fragen müsste. Und zwar, was man machen kann, damit sich jemand in einen verliebt. Teresa und Holly kicherten sofort los.

Dann haben sie ~~mir geholfen~~ mich total durcheinandergebracht. Teresas Tipp war: Man muss viel Zeit mit dem anderen verbringen, am besten allein. Holly widersprach sofort: »Man muss so tun, als ob der andere einen gar nicht interessiert und ganz viel Abstand halten!«

»Hä?«, machte Teresa. »Das klingt total unlogisch.«

»Hat meine Mutter gesagt.« Holly hat mit den Schultern gezuckt und dann so ein altes Sprichwort gesagt. »Willst du gelten, mach dich selten.« Wir haben uns kaputtgelacht, was Erwachsene manchmal für einen *Unsinn* von sich geben! Ja, was denn nun – Rarmachen oder viel Zeit mit einem verbringen? Teresa und Holly warfen sich einen Blick zu, als ich da noch mal ganz genau nachgefragt habe, und prusteten los. Dann fragten sie, in wen *ich* denn verliebt wäre!!!

GRÜNE GRUSELGRÜTZE!!!

Die beiden dachten, ICH wäre verliebt!!!!

Ich meinte natürlich sofort, dass es gar nicht um mich ginge. Aber ich weiß nicht, ob sie mir geglaubt haben. Sie haben sich die ganze Zeit die Ellbogen in die Seiten gestoßen und mir dauernd zugezwinkert. Oh Mann, und da musste ich ihnen ja wohl gestehen, dass es um meine Schwester geht. Aber vorher ließ ich sie schwören, es nicht weiterzuerzählen. Das taten sie auch. Also habe ich von meinem Plan berichtet, Fi und Quinn zusammenzubringen, damit Fi bessere Laune bekommt und nicht mehr fies zu mir ist. Teresa war sofort begeistert von der »romantischen Verschwörung« und damit steht jetzt fest, dass ich für meinen Plan zwei Verbündete gefunden habe!

Die restliche Pause war noch echt schön … aber dann. Dann schlug meine neue/alte Erzfeindin zu! Nach dem Klingeln stiegen wir die Treppe hoch. Eine halbe Treppe über uns gingen Dakota und Rosalie und Anouk. Sie schauten auf uns runter und lachten. Wir haben sie nicht weiter beachtet … bis … bis ich ein paar Stufen später auf einmal spürte, dass mich etwas am Kopf getroffen hat und dort hängen blieb. Ein Kaugummi! Igitt!! Mir klebte ein Kaugummi in den Haaren! Als ich zu Dakota und ihren Freundinnen hochschaute, kicherten die gehässig. Sie hatten mir echt ein Kaugummi in die Haare geschmissen! Ein klebriges, fieses Kaugummi, das nie mehr rausgehen würde!!!

Dachte ich natürlich. Ich war richtig verzweifelt und Holly und Teresa auch. Aber dann hat Oskar mitbekommen, dass ich da ein klebriges Haarproblem hatte. Und kam sofort rüber und hat mir den Tipp mit der Erdnussbutter gegeben. Erst dachte ich, der wollte mich reinlegen. Aber er beteuerte, dass er ohne Erdnussbutter schon lange eine Glatze hätte. Dabei hat er mich ganz ernst angesehen. Und da ich ihn und seine verhängnisvolle Verbindung zu allem Klebrigen ja seit der ersten Klasse kenne, habe ich ihm sofort geglaubt.

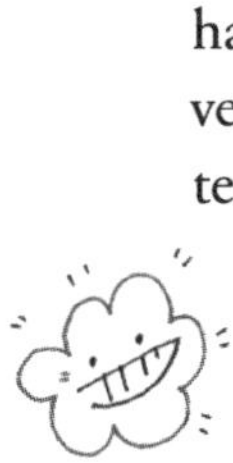

Einen Versuch war es wert. Deswegen sind Holly und Teresa mit zu mir nach Hause gekommen. Um die verklebte Strähne einzuschmieren. Beim Warten und Einwirken haben wir auch ein bisschen Erdnussbutter genascht. Aber das Beste war: Am Ende ging das Kaugummi tatsächlich raus! Ich konnte es mit der schmierigen Erdnussmatsche abziehen. »Erdnussbutter. »Ein Wundermittel! Nicht nur lecker auf Brot, sondern auch lecker in den Haaren!«, verkündete Teresa mit so einem schwärmerischen Tonfall, als würde sie Werbung machen. Dann musste ich mir nur noch die Haare waschen, weil die echt übel stanken. Erdnussbutter auf Brot riecht lecker, aber in den Haaren will man das Zeug nicht unbedingt haben. Aber ich war stolz auf mich, dass ich das Problem ohne Schere gelöst hatte!

Mama meinte eben zwar ganz grummelig, dass es Creme auch getan hätte. Oder normales Öl. Oder Eiswürfel. Aber ich glaube, sie wollte nur beweisen, dass sie die Haarexpertin ist. Schließlich war das mit der Erdnussbutter viel lustiger! Sie machte ihr typisches Ach-Leni-was-stellst-du-immer-an-Augenverdrehen, aber dann grinste sie und lobte mich, dass ich das Problem immerhin eigenständig gelöst hätte. Genau!

Und ich habe noch dazu einen sehr schönen Nachmittag gehabt. Holly, Teresa und ich haben nämlich noch ein bisschen zum Thema Verlieben im Internet recherchiert. Da gibt es tatsächlich Anleitungen »Wie mache ich ihn in mich verliebt?«.

Erstaunlicherweise scheint das eine Frage zu sein, die ziemlich viele Leute interessiert. Da waren Tipps dabei, die einleuchtend klangen. Der erste Ratschlag war, dass man zufällig da auftauchen sollte, wo der Schwarm ist, und ihn mit irgendeiner coolen Aktion auf sich aufmerksam machen. Man solle dem anderen zum Beispiel tief in die Augen schauen.

Wieso das cool oder romantisch ist, würde ich gerne mal wissen.

»Wenn mir einer tief in die Augen schauen würde, würde ich denken, das wäre eine Herausforderung zum Glotzduell«, habe ich zu Holly und Teresa gesagt und die beiden fanden das auch.

Außer dem Tief-in-die-Augen-Schauen könnte man mit dem anderen auch irgendeinen Spaß treiben. Weil, es ist anscheinend nämlich so: Was sich liebt, das neckt sich. Die Leute von der Internetseite taten so, als ob dieses Motto weltberühmt und total logisch wäre. Aber Teresa meinte nur, dass das bescheuert wäre. Denn wenn das stimmen würde, müsste das ja heißen, dass Maxim in Johann-Friedrich verliebt ist, weil er ihn dauernd ärgert. Klare Sache, dass wir sofort wieder lachen mussten!!

Dann schrieben die Leute auf dieser Internetseite auch noch, dass man nach der coolen Aktion wieder verschwinden soll, damit man nicht aufdringlich wirkt, sondern interessant und geheimnisvoll. Denn es gäbe nichts Schlimmeres, als wie eine Klette zu wirken. Man solle viel besser bei den Jungs den »Jagdinstinkt wecken«.

Hallo?!?!

»Wie, den *Jagdinstinkt?*« Holly fand das besonders komisch und wir haben uns dann vorgestellt, dass ich Fi überreden müsste, vor Quinn in einem Hasenkostüm wegzulaufen. Haha! Wir mussten total loslachen!

Als wir uns wieder beruhigt hatten, wunderte sich Teresa über all diese bescheuerten Tipps. Wieso die eigentlich so hirnrissig klingen müssen!

Da meinte ich, dass das einfach daran liegt, dass sich verlieben auch total bescheuert ist.

»Wirklich, wer kommt nur auf die idiotische Idee, sich zu verlieben?«, fand Teresa auch. Und da merkten wir, dass Holly auf einmal ganz still und rot geworden war.

Oh, Papa ruft zum Abendessen. Muss aufhören!

Immer noch Donnerstag, 3. August, 19:23 Uhr

Es gab Fischstäbchen mit Reis und Apfelmus. Ich hatte von der ganzen Aufregung mit meiner neuen Erzfeindin und der Liebesrecherche richtig Hunger bekommen. Und von dem ganzen Schreiben, was heute alles passiert ist. Eine Sache muss ich noch erzählen. Etwas wirklich Unglaubliches! Holly ist verliebt! In jemanden aus unserer Klasse!!!

Sie hat nur leider nicht verraten, in wen. Wir haben geraten und geraten, aber sie hat immer nur die Lippen zusammengekniffen und den Kopf geschüttelt, als wir die Namen durchgegangen sind. Teresa konnte es gar nicht glauben, dass Holly verliebt ist. Und dann auch noch in einen *echten* Jungen!

Ich fand das komisch, dass sie das mit dem »echt« so betont hat, und fragte sie, ob man sich denn auch in *unechte* Jungs verlieben könnte. Teresa hat da erst mal nachdenken müssen und meinte dann, ja, man könne sich natürlich auch *in unecht verlieben.* Ihre Wangen haben da auch auf einmal geleuchtet wie bei Holly davor und ich habe mal wieder nix kapiert.

Auch Holly hat nur fragend mit den Schultern gezuckt.

»Ich meine halt solche Jungs, die man nur von Postern oder YouTube kennt«, hat Teresa dann gesagt. Die wären irgendwie echt, aber auch unecht. Weil man sie persönlich niemals treffen wird. Und deswegen zählt das nicht, wenn man in einen Star verliebt ist. Dazu nickte sie, als wäre das die logischste Erklärung der Welt. Teresa zeigte auf meine Poster von Marcus & Martinus und von Fabio Wibmer und fragte, wen von denen ich am besten finden würde.

Da habe ich geantwortet, dass ich Fabio Wibmer total cool finde, weil er mit seinem Bike echt unglaubliche Stunts bringt. Aber damit hat sich Teresa nicht zufriedengegeben und noch mal nachgebohrt, wen ich denn nun *am besten* finden würde. Ich guckte mir noch mal die Poster an und auf einmal wurde mir ganz warm. Weil mir plötzlich auffiel, dass mein Blick magisch von Martinus angezogen wurde. Immer wenn ich die Poster anschaue, gucke ich eigentlich nur ihn an. Weil ich finde, dass er echt super aussieht. Abgesehen davon mag ich natürlich auch, wie er singt. Marcus ist auch cool, weil er der Zwillingsbruder von Martinus ist und die beiden immer zusammen auftreten. Aber Martinus hat irgendwas an sich, das ich nicht richtig erklären kann – jedenfalls habe ich auch schon ein Martinus-T-Shirt auf meine Geburtstagswunschliste geschrieben. Und ganz plötzlich wusste ich: Ach du liebes Schnitzel! Sollte ich vielleicht schon die ganze Zeit *unecht verliebt* gewesen sein, ohne es bemerkt zu haben?

»Ich finde Marcus am besten«, verkündete Holly da.

Ich sagte natürlich sofort: »Nein, Martinus ist viel besser!«, und ich musste plötzlich loskichern. Teresa war auch meiner Meinung, dass Martinus besser aussieht. Dann hörten wir noch *Guitar* und *Bae*, meine beiden Lieblingslieder von den beiden, und überlegten, wie super das wäre, wenn wir sie mal in echt treffen könnten. Bei dem Gedanken kribbelte es in meinem Bauch und ich musste wieder kichern, und meine Hände fühlten sich auf einmal feucht an.

Auch noch Donnerstag, 3. August, 20:01 Uhr

Tja. Scheint, als ob ich vom Verlieben mehr Ahnung habe, als ich dachte. Erstaunlich. (Schade, dass das bei den Englischvokabeln nicht auch so geht, dass man denkt, man kennt sie nicht, und dann weiß man auf einmal doch, was »without« oder »strange« auf Deutsch heißt.)

Ich liege auf meinem Bett und schaue Martinus an und denke mir, dass es hilfreich wäre, wenn Quinn mehr Gelegenheit bekommen würde, Fi anzuschauen. Und zwar so, dass es nicht auffällt. Im Bus ist es ja peinlich, einen anzustarren, wenn man eigentlich keinen Grund dazu hat und der andere das mitbekommt. Nein. Besser wäre, wenn sie irgendwas zusammen machen würden. Oder Fi müsste mit einer coolen Aktion auf sich aufmerksam machen. Oder beides. Hm. Ich muss nur noch überlegen, was das sein könnte.

Donnerstag, 3. August, 20:48 Uhr

Ich glaube, meine Haare riechen immer noch nach Erdnussbutter. Auch Scooter schaut mich ganz aufmerksam an und seine kleine rosa Nase zuckt, als er in meine Richtung schnuppert. Wahrscheinlich würde er gerne mal an einer Strähne knabbern. Stattdessen stecke ich ihm ein Leckerli zu, dass er sich mit seinen kleinen Pfoten schnappt und anknabbert. So putzig sieht das aus! Ich hoffe, dass Flummi, wo immer er ist, auch was zu fressen findet! Wer weiß, vielleicht locke ich ihn mit dem Erdnussgeruch meiner Haare an!?! Dann hätte Dakotas Attacke wenigstens eine gute Sache bewirkt. Ich meine, im *Handbuch für Mädchen, die keinen Ärger machen* habe ich im Tipp Nr. 2 geschrieben, dass man sich nicht provozieren lassen soll. Aber mal ehrlich: Wenn einem jemand *Kaugummi in die Haare wirft*, muss man doch was unternehmen! Auch wenn Dakota gestern nicht zugeben wollte, dass sie das Kaugummi geworfen hat. Sie hat einfach so getan, als hätte sie damit nicht das Geringste zu tun! Pff! Auch noch feige, diese blöde Petze. Ich *weiß*, dass sie es war! Und eine Kaugummiattacke ist so schlimm, dass ich dafür sogar ein Extrakapitel im Handbuch schreibe: *Tipp Nr. 9: Schluss mit lustig. Wann ein Mädchen sich wehren muss!*

Denn wenn man sich nicht gegen Blödmänner, Zicken und andere Nervkröten wehrt, lädt man seine Gegner ja geradezu ein, einen immer weiter zu attackieren!

Und ich habe keine Lust, jetzt dauernd auf der Hut vor Dakota zu sein. Wer weiß, was ihr als Nächstes einfällt, wenn ich ihr nicht beweise, dass ich zurückschlagen kann. Sie muss einfach merken, dass sie sich mit der Falschen eingelassen hat.

Mal überlegen. Was könnte ich ihr denn an den Kopf werfen? Eine Puddingbombe wäre nicht schlecht. Das ist das Gleiche wie eine Wasserbombe, nur dass in dem Ballon Schokopudding drin ist. Hihi, das sähe bestimmt lustig aus, wenn der platzt und überall Schokomatsche wäre. So wie bei Fi auf dem Fuß!

Freitag, 4. August, 6:21 Uhr

Irgendwie bin ich über der Vorstellung, wie blöd Dakota mit triefender Puddinghaube aussehen würde, eingeschlafen. Das wäre zu schön, wenn ich das machen könnte! Aber ich glaube, dass Mama vermutlich was dagegen hätte, wenn ich versuchen würde, Pudding in einen Luftballon zu füllen.

Klar, es wäre eine Sauerei und Essensverschwendung. Aber wenn man auf dem Gebiet der Schülerstreiche Großartiges leisten möchte, muss man eben auch mal Opfer bringen! Leider sehen Erwachsene so was ja nicht ein.

Abgesehen davon gibt es noch andere Gründe, weswegen eine Puddingbombe nicht infrage kommt. Zum Beispiel ist sie sehr schwierig zu transportieren. (Wer schon mal eine Wasserbombe in der Hand hatte, weiß das! Ich sag nur: Brallon hoch zehn!!!!) Und eventuell ist diese Art Rache auch ein bisschen zu auffällig. Ich meine, wie redet man sich raus, wenn man vom Lehrer erwischt wird, wie man eine Puddingbombe wirft?

Ups, mir ist mein Mittagessen aus der Hand gerutscht. Was für eine blöde Idee von meiner Mutter, den Pudding so zu verpacken.

Oder vielleicht:

In der Anleitung stand, dass es Zauberpudding wäre, der sich sofort in Luft auflöst und keine Flecken hinterlässt. Ich kaufe nie wieder Scherzartikel im Internet.

Oder auch:

Ich bin Aktionskünstlerin. Das ist mein neuestes Kunstwerk. Es heißt »Der begossene Puddel«. Ja, das ist eine geniale Kombination aus den Wörtern Pudding und Pudel. Autogramme gebe ich später.

Das sind natürlich Top-Deluxe-Ausreden. Aber ich will mich nicht ganz drauf verlassen, dass die Lehrer sie auch verstehen. Und da ich ja ein Mädchen bin, das keinen Ärger macht, werde ich mich in der Öffentlichkeit klug zurückhalten und mich leise und unauffällig, aber umso wirkungsvoller rächen.

HAHAHAHAHAHAHAHA!!!*

Freitag, 4. August, morgens im Bus

Ich sitze im Bus hinter Fi und krickele in mein Tagebuch. Denn heute wird es spannend! Ich hatte nämlich eine geradezu BLENDENDE Idee, wie ich Dakota einen Schrecken einjagen kann. Die ist mir eingefallen, als ich vorhin vor dem Haus auf Fi gewartet habe und einen Kieselstein weggetreten habe, der gegen das Brett knallte, das Papa als Schneckenfalle benutzt.

Auf dem Weg zum Bus wollte Fi natürlich wissen, was ich dabeihabe, aber ich sagte nur – wahrheitsgemäß: »Ein Geschenk für Dakota«, und steckte schnell das alte Marmeladenglas ein.

»Gut, dass ihr euch angefreundet habt«, meinte Fi dann

* Diabolisches Lachen, bei dem einem das Blut in den Adern gefriert!!!

und ich habe gesagt, dass ich uns nicht als Freundinnen bezeichnen würde.
»Sie ist nämlich echt eine Petze«, habe ich Fi dann erklärt. Aber bevor ich ihr erzählen konnte, dass Dakota mich wegen der Fahrradaktion verraten hat, kam der Bus angefahren und wir mussten rennen. Im Bus sitze ich jetzt genau hinter Fi. Das passt mir ganz gut, dann kann sie mich nicht wieder verjagen, wenn Quinn kommt. Und ich kann in Ruhe noch etwas Tagebuch schreiben.
Außerdem wollte ich noch was für Physik vorbereiten. Denn unsere Lehrerin hat uns aufgefordert, Fragen aus dem Alltag zu stellen. Und ich frage mich schon immer, wie Seifenblasen eigentlich entstehen und wieso sie so bunt schillern und automatisch rund werden und warum sie platzen. Ich finde das jedenfalls megaspannend. Seifenblasen sind echte kleine Wunder. Und schön!!! Und jeder mag Seifenblasen. Sogar Erwachsene! Und die haben bekanntermaßen sonst nicht unbedingt einen guten Geschmack.
Jedenfalls habe ich extra meine Seifenblasenpistole eingepackt, um meine Frage zu veranschaulichen. Ich bin sicher, Frau Finkeldey freut sich darüber. Und die Klasse bestimmt auch.
Dabei fällt mir ein, dass die Pistole irgendwann mal nicht funktioniert hat. Ich sollte besser testen, ob sie überhaupt noch geht. Nur einmal kurz draufdrücken ...

Aaah! Sie funktioniert! Kleine runde schillernde Blasen schweben vor mir nach oben.
Ääääaaahh! Mist!!

Freitag, 4. August, kurz vor Unterrichtsbeginn

Ganz schnell, bevor der Lehrer kommt. Puh, die Pistole hat eben gar nicht mehr aufgehört, Seifenblasen abzulassen! Der Hebel hat geklemmt! Und wer schon mal eine Seifenblasenpistole in Fahrt gesehen hat, der weiß: Da können eine Menge Blasen rauskommen! Aber irgendwie hatte das dann auch wieder was Gutes, denn immerhin wurde so Quinn auf Fi aufmerksam! Die Blasen schwebten vorhin nämlich in Scharen über Fionas Kopf und der ganze Bus hat geguckt, was da los war. Und bevor mich Fi anmotzen konnte, drängte sich Quinn zu ihr durch und blieb an ihrem Platz stehen und sagte, dass sie sich ja viele Gedanken machen würde. Ich hab's auch erst kapiert, als er seinen Spruch erklärt hat (und ich glaube, Fi ging es genauso): wegen der vielen Gedankenblasen um Fiona herum. Blablabla, finde ich, aber Fi hat sein Witz auf jeden Fall gefallen. Sie hat total gegrinst und dann mit einem Seitenblick auf mich gesagt, dass Nachdenken eine tolle Sache ist. Besonders für nervige kleine Schwestern, die viel mehr nachdenken sollten. Pffff! Quinn hat mich dann auch gesehen, die Augenbrauen hochgezogen und gegrinst, weil er mich natürlich erkannt hat von der Radfahraktion und so weiter. Jetzt weiß er, dass ich Fis Schwester bin. Na ja. Aber immerhin … *ta-da!* – die beiden haben sich unterhalten! Es war nicht geplant, aber vielleicht war so was in der Art gemeint mit »den Schwarm mit einer coolen Aktion auf sich aufmerksam machen«.

Seifenblasen sind halt einfach unschlagbare kleine Wunder!

Und noch was: Maxim, Oskar »Sticky« Piontek und Linus haben die Seifenblasenaktion im Bus mitbekommen – und mir einen Spitznamen verpasst!!! Und zwar … BUBBLES. Ich glaube, das war Oskars Idee. Vielleicht wollte er nicht mehr alleine sein mit einem seltsamen Spitznamen. Einerseits ziemlich bescheuert. Andererseits kann ich froh sein, dass sie mir keinen noch beknackteren Namen gegeben haben. Wie zum Beispiel: Chewing Gum (wegen der Kaugummisache). Oder: Peanut (weil meine Haare immer noch nach Erdnussbutter riechen, jedenfalls bilde ich mir das ein). Oder Horst. (Was wirklich am allerschlimmsten wäre.)

Freitag, 4. August, 16:08 Uhr

Bin wieder zu Hause und muss sagen: Ich hatte weiter Glück an diesem Tag. Weil: Mein Glück ist Dakotas Pech. (Und Pech für sie, dass sie sich mich als Erzfeindin ausgesucht hat.) HIHIHIHI!

Meine Rache war erfolgreich! Ich muss jetzt noch lachen, wenn ich an Dakotas Gesichtsausdruck denke! Du liebes Schnitzel, das war sooooo lustig. Und für alle Fans der Serie **Mein Leben voller Feenstaub und Konfetti – schön wär's!** kommt sie jetzt hier, live und in Farbe: Folge 78 »Schleimige Rache« …

DIDIDEIDADUMDADUMDADA*

♫ ☺ ♫ ✹ ♫ ☺ ✹ ♫

Als ich in die Klasse kam, lächelte Dakota mich mit zusam-

* Lustige Musik, bei der man schon ahnt, dass die doofe Gegnerin der Hauptfigur eins reingewürgt bekommt!

mengekniffenen Augen an. Wahrscheinlich suchte sie nach Löchern in meiner Frisur. Aber die würde sie nicht finden! Ich fuhr mir lächelnd durch die Haare und schüttelte sie wie in einer Werbung. Dakota zog eine Grimasse und tuschelte mit Rosalie und Anouk. Vielleicht schmiedete sie gerade fiese Pläne. Aber das tat ich auch. Doch natürlich tat ich so, als ob alles ganz normal wäre.

Ich erzählte Teresa und Holly von meiner Seifenblasenaktion, die die beiden auch super fanden. Holly wollte gerne die Pistole sehen. Damit zielte sie dann auf Oskar und kicherte: »Hände hoch!« Oskar rührte sich aber nicht, sondern sagte nur: »Na, da bibbere ich ja richtig vor Angst.«

Holly drückte ab und Oskar stand in einem Seifenblasenschauer.

»Seht mal. Oskar hat sich ausnahmsweise heute gewaschen!«, schrie Maxim. »Er schäumt immer noch!«

Oskar riss Holly die Pistole aus der Hand und ballerte ein paar Blasen auf Maxim. Der fing an, nach ihnen zu boxen. Linus ließ sich nicht lange bitten und schlug ebenfalls in die Luft und schrie was von »die Killerblasen greifen an«. Auf jeden Fall gab es ein ziemliches Getümmel, bis Frau Finkeldey reinkam und erfreut feststellte, dass wir uns ja mit Begeisterung auf physikalische Experimente stürzen würden.

Ich fand's super, dass sie so gelassen blieb bei dem ganzen Chaos. Und noch besser fand ich, dass sie uns dann alles zu den Seifenblasen erklärte. Zum Beispiel die Sache mit der Oberflächenspannung, die dafür sorgte, dass die Seifenblasen rund werden. Und warum sie platzen: nämlich weil das Wasser verdunstet und dann der Seifenfilm reißt. Das war wirklich eine interessante Physikstunde!

So, aber DANN wurde es noch VIEL interessanter. Es klingelte zur großen Pause und ich holte mein Pausenbrot raus. Und das Marmeladenglas, das ich in ein Tuch gehüllt hatte, damit es niemand sah. Teresa und Holly wollten wissen, was das ist – und ich zeigte es ihnen. Sie quietschten richtig! Kein Wunder. Denn … wer quietscht nicht angesichts von **NACKTSCHNECKEN!?!?!**

Dann musste ich nur alles vorbereiten. Aus dem Süßigkeitenautomat zog ich mir M&Ms (nach denen Dakota süchtig war!). Die Packung schnitt ich ganz vorsichtig auf. Zum Glück hatte ich Schere und Klebestift dabei. (Und in dem Kleber war sogar noch genug drin. Schuljahresanfang halt!) Die M&Ms aßen wir einfach auf … und dann bekam die Verpackung eine neue Füllung. Drei dicke, fette, schleimige Nacktschnecken ließ ich aus dem Glas in das gelbe Tütchen fallen. Richtig schön eklig!!! Dann klebte ich die Tüte wieder zu. Wenn man genau hinschaute, konnte man schon erkennen, dass sie ein bisschen anders aussah als eine normale. Der obere Rand war ein bisschen schief geraten. Außerdem **BEWEGTE** sich die Tüte … Voll der **GRUSELEFFEKT!!!**

Jetzt musste ich die Tüte nur noch unauffällig in Dakotas Schultasche befördern, bevor der Unterricht wieder losging. Das klappte ganz gut, weil Maxim vorne im Eingang der Klasse mit einem Stock, den er über zwei Stühle gelegt hatte, eine Hürde aufgebaut hatte, über die jeder, der in den Raum wollte, springen sollte. Als Teresa, Holly und ich als eine der Ersten kamen, sah ich ihn nur scharf an und er hob den Stock hoch. »Bubbles darf durch«, bestimmte er, sodass ich und meine Freundinnen durchgehen konnten. Ich nickte ihm zu. Hinter mir hörte ich, wie Johann-Friedrich irgendwas von möglichen Verletzungen und Krankenhauskosten rief, für die Maxim aufkommen müsste … danke, Johann-Friedrich!

Denn die Diskussion sorgte für einen ziemlichen Stau im Eingang. So konnte ich im Vorbeigehen ganz schnell die M&M-Packung in Dakotas Schultasche legen, ohne dass es jemandem auffiel. Mit klopfendem Herzen setzten wir uns auf unsere Plätze.

Im Eingang wurden Maxim, seine Hürde und der nölende Johann-Friedrich von der hereindrängenden Masse der Schüler einfach zur Seite gedrückt. Mitten unter ihnen: Dakota, Anouk und Rosalie, die auf ihre Plätze zustolzierten. Ich versuchte, nicht so auffällig hinzustarren, aber das fiel mir natürlich schwer. Auch Holly und Teresa konnten kaum den Blick abwenden.

Und dann ging es auch schon los. »Hey«, rief Dakota, als sie ihr Mathebuch rausholte, »da sind ja noch M&Ms!« Schon riss Dakota die Packung auf und es dauerte ungefähr eine Nanosekunde, da kreischte sie im allerhöchsten Dramaqueen-Kreischton los und schleuderte die Packung von sich.

»Iiiiiiihhhh!!«, kreischten auch Rosalie und Anouk und klammerten sich aneinander fest, als ob sie von einer Armee Kakerlaken angegriffen würden. Natürlich zogen sie mit ihrer Schreierei sofort die Aufmerksamkeit auf sich. Oskar schnappte sich die M&M-Packung und schaute hinein.

»Früher sahen Lakritzschnecken anders aus«, meinte er grinsend und reichte die Packung an Maxim weiter, der natürlich auch neugierig war, warum Dakota und ihre Freundinnen so hysterisch rumschrien.

»Uaargh!«, rief Maxim und warf die Tüte zurück zu Dakota, die sofort aufschrie, als würde sie skalpiert. Sie schmiss die Packung erneut von sich, aber da kam gerade Frau Heinke rein und sagte: »Du hebst bitte sofort deinen Müll auf.«

»Das ist nicht meiner«, protestierte Dakota.

Aber Frau Heinke blieb hart und meinte, sie solle den Müll aufheben. Murrend schlich Dakota zu der Schleimschneckentüte und hob sie mit spitzen Fingern auf. Als sie sich hinsetzte, warf sie mir einen giftigen Blick zu. Ich zuckte nur unschuldig mit den Schultern und grinste sie an. Ätsch!

Ein recht erfolgreicher Tag, würde ich sagen. Abgesehen von dem ganzen Chaos gefällt mir die neue Schule übrigens ziemlich gut, die Lehrer sind bisher alle okay. Dazu haben sich Fi und Quinn heute dank mir gut unterhalten, Dakota hat einen richtig schönen **Nacktschneckenschreck** bekommen. Heute ist Freitag, der sowieso mein OFFIZIELLER Lieblingstag ist, weil man da das ganze Wochenende vor sich hat! Was soll ich sagen: Ich bin *seifenblasenschillernd* happy!

Samstag, 5. August, 11:09 Uhr

Fi hat in ihrem Zimmer gerade wieder Sprechübungen gemacht. Erst hat sie gegurgelt, danach hat sie gesungen. Klang gar nicht so schlecht, fand ich (also das Singen, nicht das Gurgeln!). ☺

Samstag, 5. August, 11:23 Uhr

Große Nachrichten: Fi hat eine Rolle in dem Film bekommen, für den sie sich beworben hat! Allerdings nicht die Hauptrolle. Die geht wieder an Lola Uhlenbruck. Aber Fionas Rolle ist auch wichtig und toll, meinte Mama. Zur Feier von Fionas Erfolg machen wir heute ein Picknick, Papa hat vorgeschlagen, dass wir später dafür zum Kletterfelsen fahren!

Ich finde das super, aber Fi hat gestöhnt und wollte gar nicht erst mit. Sie wirkte richtig genervt davon und überhaupt scheint sie gar nicht glücklich. Bestimmt weil diese doofe Lola ihr die Hauptrolle vor der Nase weggeschnappt hat. Oder liegt es an ihrer unerfüllten Liebe zu Quinn?

Samstag, 5. August, 18:09 Uhr

Wir sind wieder zurück von unserem Picknick. Die Meldung des Tages: **Ein Star zu sein, ist MEGASTRESSIG** (Gut, dass ich keiner bin!!!)

Das fing vorhin schon damit an, dass Fi ein schickes hellgelbes Kleid angezogen hat, obwohl wir doch zu einem Picknick unterwegs waren. Wo man auf der Erde sitzt! Aber Fi meinte, sie müsste halt immer gut aussehen, falls sie jemand erkennt und ein Foto machen will. Und bevor sie eine Ewigkeit im Bad verschwand, um sich zu schminken, meinte sie, sie könne es sich eben nicht leisten, so »nachlässig« rumzulaufen wie ich. Pfff! Dazu habe ich eigentlich nur zwei Dinge zu sagen:

Erstens hatte ich total praktische Picknickkleidung an (mein Fun-Police-Shirt und die abgewetzten Jeans)!

Zweitens hatte Fiona da fast geklungen wie Hedi. ⚡☂☠

Mama wunderte sich ein bisschen, weil ihr einfiel, dass sie meine T-Shirts aussortiert hatte. Aber sie sah natürlich ein, dass sie für den Ausflug okay wären. Dann lief sie in die Küche, um die Sandwiches einzupacken. Wobei ihr auffiel, dass die blaue Brotdose fehlte. Ich flunkerte, ich wüsste nicht, wo die ist.*

Als wir dann auf diesem Picknickplatz angekommen waren, stellte Fi sich total an, weil ein paar Krümel Erde auf der Picknickdecke waren. Aber dann hat sie sich doch hingesetzt, während Papa und ich an einer Felswand geklettert sind. Papa bis ganz nach oben! So weit, dass Mama gar nicht hinschauen wollte. Ich bin nur zur Hälfte gekommen, aber das war auch schon ganz schön hoch.

....

* Dabei ~~hatte ich so eine Ahnung~~ … wusste ich es genau. Sie lag immer noch irgendwo in meinem Zimmer.

Mama und Fi haben sich gesonnt und Fotos geknipst. Fi hat mal wieder Selfies geschossen, als wollte sie einen Rekord knacken. Wenn ihr eines besonders gut gelungen war, hat sie es Mama gezeigt und dann an Hedi geschickt. Mama hat auch ein paar Bilder von mir gemacht. Ich mag ja am liebsten Quatschbilder, wo man richtig ulkige Grimassen zieht. Aber Mama meinte, sie hätte nicht nur lustige, sondern auch ein paar schöne Bilder gemacht. Fi hat da aber auch gleich wieder einen Kommentar abgelassen, von wegen, wie man denn in *diesen* Klamotten gut aussehen kann. Und dabei hat sie so richtig die Nase gerümpft. Dabei laufe ich doch immer so rum. Na ja. Früher jedenfalls. In letzter Zeit bemühe ich mich ja um bravere Outfits. Zumindest in der Schule.

Aber Mama hat Fionas gemeine Worte gar nicht gelten lassen und hat ihr das Bild von mir gezeigt. Sie meinte, meine Haare würden total schön glänzen und da habe ich vom Felsen rübergerufen, dass das ja nur an der Erdnussbutter liegen würde. Ist doch klar!

Mama hat gelacht und gemeint, das müsste sie ihren Kunden mal als Geheimtipp sagen. Fi hat nur aufgestöhnt und gesagt, auf so eine Idee könne echt nur ich kommen. Sie war wirklich schräg drauf – dabei haben wir doch ihren Castingerfolg gefeiert!

Als wir gegessen haben, hat Fi nur Gurkenstücke und Möhren geknabbert, aber sehnsüchtig auf die Chips geguckt, die wir dabeihatten. Dicke geriffelte Salzchips, nach denen Fi süchtig ist. Als ich sie fragte, was mit ihr los sei, zog sie eine Grimasse und behauptete, es wäre nichts. Aber Mama erklärte, dass Fi für die Rolle noch ein bisschen abnehmen müsste. Das hätte der Produzent gesagt.

Dieser blöde Produzent! Abnehmen?? Fi??? Da war ich echt geschockt, bin ich immer noch! Weil: Fi ist total dünn. Aber Fi meinte dann, dass man vor der Kamera viel dicker aussieht als normal, deswegen müssten Schauspielerinnen noch viel dünner sein als normale Leute. Wie bescheuert ist das denn?!! Da hätte ich ja keinen Bock zu! Auch Papa sagte, dass man für so eine Karriere ganz schön Opfer bringen müsste. Mama meinte aber betont fröhlich, es könne uns allen nicht schaden, ein bisschen auf die Figur zu achten.

Papa und ich warfen uns einen Komplizenblick zu und griffen gleichzeitig nach den Chips. Also echt: Bevor ich Diät mache, würde ich lieber noch zehn Mal mit dem Rad durch die Schule fahren und im Lehrerzimmer eine Runde auf dem Hinterrad drehen. Aber zum Glück muss ich weder das eine noch das andere. Bin ja auch keine berühmte Schauspielerin. Deswegen kann ich Chips essen, wann immer ich will!

HIHIHIHIHIHIHIHI*

Fi dagegen klappte ihre Sonnenbrille runter, machte einen Schmollmund und knipste noch ein Selfie. Klare Sache: Nächste Woche musste ich dringend die »Romantische Verschwörung« in Gang bringen! So geht das nicht weiter mit Fis Laune!!! Und die doofe Diät macht das sicher nicht besser!

Sonntag, 6. August, 10:09 Uhr

Holly hat angerufen und gefragt, ob ich mit ihr auf den Flohmarkt gehen will. Natürlich will ich! Ich finde Flohmärkte toll, weil man nie weiß, was es dort gibt. Und wenn man Glück hat, findet man total überraschend etwas, was man unbedingt braucht und was

* Unbeschwertes Kichern, das andere sofort ansteckt. (Zumindest die Leute, die Chips essen dürfen!)

gar nicht viel kostet. Teresa kommt auch mit! Und ihr Hund Luna. Was für eine schöne Überraschung, wo ich doch gerade fast beschlossen hatte, Englischvokabeln zu üben. Ich meine, ein Mädchen hat zwar seine Pflichten zu erfüllen, wie zum Beispiel die Schwester mit ihrem Schwarm zu verkuppeln und ihrer Erzfeindin Streiche zu spielen und gelegentlich die eine oder andere Hausaufgabe zu machen, aber Freizeit ist natürlich auch EXTREM wichtig.

Ich holte mir bei Papa mein Taschengeld ab, damit ich mir irgendwas Tolles kaufen kann. »Nach was suchst du denn?«, wollte Papa wissen.

»Das weiß ich erst, wenn ich es sehe«, habe ich gesagt und Mama hat gelacht. Das sagt sie nämlich auch immer, wenn sie shoppen geht.

So, und den Rest schreibe ich später, jetzt muss ich los!

Immer noch Sonntag, 6. August, 15:38 Uhr

Bin wieder da. Es war super. Ich habe **ganz tolle Schnäppchen** gemacht! Das Buch *Die Duftapotheke 2* habe ich für nur drei Euro gekauft. Es ist noch so gut wie neu! Und dann habe ich noch eine Hamsterschaukel gefunden. Für einen Euro!!! Ist das nicht ein SPITZENPREIS? Sie sieht aus wie eine Nestschaukel, wie man sie auf dem Spielplatz findet, nur eben in winzigklein und ganz aus Holz. Ich bin sicher, dass sie Flummi super gefallen wird. Aber da er ja noch nicht wieder aufgetaucht ist, stelle ich sie erst mal in Scooters Käfig. Bin gespannt, wann er sie ausprobiert! Er schläft noch. Deswegen habe ich Zeit zum Schreiben.

Der Flohmarkt fand neben dem Skaterpark statt, wo ich mich ja gut auskenne. Holly, Teresa und Luna waren schon da. Die drei guckten den Fahrradfahrern auf der Skaterbahn zu.

Auch Luna schien sehr interessiert daran, denn sie saß ganz aufmerksam neben Teresa. Ich klingelte zur Begrüßung. Die drei drehten sich um und Luna wedelte mit dem Schwanz. Darüber habe ich mich natürlich gefreut, weil das ja wohl nur bedeuten kann, dass sie mich mag. Nachdem ich Luna eine Weile gestreichelt hatte, wollten wir los, aber dann bemerkte ich, warum Holly und Teresa wie gebannt auf die Skaterbahn glotzten. Da waren nämlich Oskar, Linus und Maxim. Mit ihren Rädern. Sie fuhren über die Wellenbahn hin und her.

»Hey Bubbles!«, rief Maxim, der gerade freihändig fuhr und mir mit beiden Händen winkte, aber bei der nächsten Welle das Gleichgewicht verlor und beinahe hingeknallt wäre. Bekloppter Heini!

Die drei kamen angebraust, bremsten ganz knapp vor uns und Oskar fragte, ob wir mitfahren wollten. Aber wir wollten ja auf den Flohmarkt, daher hat Holly dann zurückgefragt, ob sie mitkommen würden. Aber Maxim meinte, dass er keinen Schrott vom Speicher anderer Leute brauchen würde. Er fuhr los und versuchte, seinen Lenker vorne hochzuziehen und auf dem Hinterrad zu fahren, aber er hatte die falsche Technik. Er beugte die Arme und schob den Oberkörper nach vorne. Das konnte nicht funktionieren. Ich weiß das, weil ich den Wheelie monatelang geübt habe.

Holly kramte aus ihrer Umhängetasche eine Tüte Gummibärchen und bot sie allen an. Linus und Oskar griffen zu und drehten dann auch ab. Und da ist mir aufgefallen, dass Holly ihnen so lange hinterhergeguckt hat und ihre sonst so blassen Wangen waren auf einmal ein bisschen rosa. Teresa und ich warfen uns einen verschwörerischen Blick zu. Dann stöberten wir über den Flohmarkt. Teresa wollte unbedingt eine Kiste für ihren Schmuck finden und Holly suchte nach einem Spiegel für ihr Zimmer und nach Büchern. Aber wie das auf dem Flohmarkt so ist: Man entdeckt jede Menge! Wir kramten eine Ewigkeit in einer Kiste mit Squishies rum, Holly überlegte, ob sie eine Tasse mit einem Lama drauf haben wollte, und Teresa schlich eine Viertelstunde um eine Lampe rum, die aussah wie ein Aquarium, kaufte dann aber einen Stapel Pferdezeitschriften.

An einem Stand gab es alte Pelzmäntel und Hüte. Teresa meinte, das wären totale Omasachen. Ich erklärte, dass meine Oma so was niemals anziehen würde. Hedi hat sich letztens sogar eine Lederjacke gekauft. Holly hat so einen großen orangefarbenen Strohhut mit grüner Filzblume anprobiert, der ihr super stand.

Und dann entdeckte Teresa: Quinn! Er hatte eine Reihe weiter einen eigenen Stand und verkaufte Sachen! Mit einem anderen Jungen, den ich auch schon mal an unserer Schule gesehen habe. Holly legte den Strohhut zurück und wir schlichen uns näher heran. Damit er uns nicht entdeckte, haben wir uns hinter einem Bratwurststand versteckt und giggelten plötzlich herum, als hätte man uns unter Strom gesetzt.

»Das ist *die* Gelegenheit für Fi, ihm näherzukommen!«, fand Teresa. »Flohmärkte sind doch so romantisch!«

»Besonders die, wo es tierisch lecker nach Bratwurst riecht«, sagte ich und wir mussten wieder kichern. Ich lugte um die Ecke und Holly fragte, warum wir uns eigentlich verstecken würden. Das war natürlich eine gute Frage. Aber wir hatten auch eine gute Antwort: Weil es viel lustiger ist! Daran kann man sehen: Es muss nicht immer alles logisch sein und andere Leute können vielleicht kein bisschen verstehen, warum es so witzig war, aber wir haben total gelacht, weil wir so geheim taten und uns versteckten. Als ich nach dem ganzen Gekicher wieder Luft bekam, rief ich Fi an, dass sie unbedingt herkommen müsste. Und weil ich dachte, es wäre besser, wenn sie gar nicht merken würde, welche Hintergedanken ich habe, behauptete ich, dass ich eine süße Tasche gesehen hätte, die sie schon immer haben wollte. Und zwar eine ~~Vintit Wintidge~~ Vintage-Tasche.* Fiona war erst ziemlich mürrisch und fragte, seit wann ich wissen würde, was Vintage ist. Dabei hatte sie sich doch mit Mama letztens darüber unterhalten, als wir zusammen shoppen waren. Und deswegen konnte ich Fi genau erklären, dass Vintage Sachen sind, die man nicht wegschmeißt, weil man nie weiß, ob sie nicht irgendwann wieder total angesagt sind. So wie mein Fun-Police-Shirt. Das sagte ich ihr dann auch.

Fi hat aber nur gelacht (immerhin nett gelacht und nicht hochnäsig!) und wollte trotzdem nicht kommen.

Da habe ich ihr schnell gesagt, dass Quinn hier wäre, und aufgelegt.

Um uns die Zeit zu vertreiben und weil wir von dem Bratwurstduft Hunger bekommen hatten, beschlossen wir, was zu essen. Es war zwar erst kurz nach elf. Aber es waren ja zum Glück keine Erwachsenen dabei, die einem vorschreiben konnten, wann Zeit zum Mittagessen ist. Also holten wir uns jeder eine Portion Pommes, die es auch beim Bratwurststand gab, und setzten uns auf eine Bank, von der wir Quinn unauffällig beobachten konnten. Er und sein Freund saßen auf Campingstühlen hinter ihrem Tapeziertisch, auf dem, soweit wir das von unserem Platz aus sehen konnten, Spielzeug und Sportgeräte und eine Gitarre lagen.

Holly, die in der Mitte von uns saß, schien nach was ande-

* Das musste ich erst mal kurz nachgucken, wie es geschrieben wird. Es ist ein ziemlich bekloptes Wort, das »Winntitsch« ausgesprochen wird. Das bezeichnet Mode, die früher mal in Mode war und es jetzt nicht mehr ist, solange sie nicht irgendeiner ausgräbt und behauptet, dass sie doch wieder in ist. Ziemlich komplizierte Sache, finde ich.

rem Ausschau zu halten. Sie guckte sich dauernd um und da fragte Teresa neckend, ob sie nach Oskar gucken würde. Holly wurde richtig rot. Teresa und ich mussten kichern, weil Holly ganz verzweifelt fragte, woher wir das wissen, dass sie Oskar mag. Teresa meinte nur, dass man das unter Freundinnen eben merken würde.

Ich wollte wissen, warum sie sich ausgerechnet *Oskar* ausgesucht hatte. Ich verstand das wirklich nicht. Holly seufzte und meinte dann, dass sie ihn einfach ... süß findet.

Teresa fand das lustig und sagte: »So süß wie Honig!«

»Mit besonderer, klebriger Anziehungskraft«, habe ich ergänzt und Holly freundschaftlich den Ellenbogen in die Seite geknufft, um ihr zu zeigen, dass wir das niemandem verraten würden.

Da musste Holly dann auch ein bisschen lachen.

Wirklich, langsam ändere ich meine Meinung über das Verliebtsein. Es ist zwar vielleicht *bescheuert,* aber irgendwie auch spannend und lustig. Und aufregend! Sogar wenn es nur die Freundin (oder die Schwester) ist, die verliebt ist, gerät man plötzlich in so eine Kribbelstimmung, sodass man irgendwie dauernd kichern oder Sachen machen muss, die man sonst niemals machen würde, weil sie einem zu verrückt erscheinen. Wie zum Beispiel auf einem Flohmarkt den Schwarm der Schwester beobachten und darauf hoffen, dass Fi endlich auftaucht. Ich fragte mich wirklich, wieso sie sich so lange Zeit ließ. Eine bessere Gelegenheit, sich »zufällig« über den Weg zu laufen, gab es doch wohl nicht!

Wir überlegten noch eine Weile, wie Holly Oskar mal unauffällig zu sich einladen könnte, damit sie in Ruhe mit ihm reden könnte, ohne dass immer so viele Leute um sie rum wären wie in der Schule, und vor lauter Quatscherei vergaßen wir fast unsere eigentliche Mission. Die fiel uns erst wieder ein, als direkt vor unserer Nase Fionas Konkurrentin entlanglief:

Olivia! Sie war mit einer Freundin unterwegs und mal wieder ziemlich auffällig angezogen. Ihre Haare hatte sie zu einem Dutt hochgesteckt, sie trug eine rote Sonnenbrille, ein bauchfreies weißes Top und Jeansshorts, die an der Taille ziemlich weit hochgezogen war, dafür aber an den Beinen so kurz war, dass hinten fast die Arschbacken rausguckten. Das sah vielleicht bekloppt aus! Aber ihre Freundin neben ihr hatte genauso eine Hose an. Iiiihhh! Holly meinte, dass die Jungs das bestimmt gut finden, und ich sagte, dass das sehr wahrscheinlich daran liegt, dass Jungs einfach bescheuert sind.

Leider ist dann Holly eingefallen, dass Quinn ja auch ein Junge ist und da wurde uns klar, dass wir eingreifen mussten!! Denn die zufällige Begegnung auf dem romantischen* Flohmarkt sollte Fi mit Quinn haben. Nicht die doofe O in ihrer doofen Hose!

Oh, ich muss aufhören zu schreiben. Papa ruft! Uns ist was in die Falle gegangen!!!!

Hoffentlich ist es Flummi! Bitte, es muss Flummi sein!

Sonntag, 6. August, 20:18 Uhr

KEIN FLUMMI! ☹

Puh! Da war ich einen Moment wirklich aufgeregt. Es war aber nur eine kleine Maus. Sie ist auch süß, aber eben nicht mein Zwerghamster! Wir haben sie über Nacht in eine Box gesetzt, aus der sie nicht entwischen kann. Ich habe Papa versprochen, dass ich sie morgen in die Freiheit entlasse.

Als ob er merkt, dass ich gerade Aufmunterung gebrauchen

* Haha, **romantischer** Flohmarkt! Teresa hat mich offensichtlich schon angesteckt mit ihrem Romantikgerede!!!

kann, kommt Scooter aus seiner Heuhöhle. Er klettert über die Leiter auf die Plattform in seinem Käfig und rutscht auf der anderen Seite wieder runter. Dort knabbert er an der Papprolle, die ich ihm hineingelegt habe. »Geh auf die Schaukel«, sage ich und Scooter schaut mich einen Moment aufmerksam an, seine Schnurrhaare zittern. Dann geht er tatsächlich zu der Schaukel und schnuppert wieder. Ich feuere ihn an, dass er draufhüpfen soll, aber er läuft einfach an der Schaukel vorbei und kriecht in sein kleines Holzhäuschen in der Ecke.

Hm. Schade. Ich dachte, er würde sich auf sein neues Spielzeug stürzen. Ich bin irgendwie enttäuscht. Nicht nur weil Scooter mein tolles Geschenk meidet und Flummi immer noch nicht aufgetaucht ist.

Sondern auch weil unsere Flohmarktmission schiefgegangen ist. Zumindest, was Fi und Quinn angeht. Obwohl Teresa, Holly und ich uns jede Menge Mühe gegeben haben! Als Olivia an uns vorbeigegangen war, haben wir überlegt, dass wir sie irgendwie ablenken müssten, damit sie Quinn nicht entdeckt.

Während sich O und ihre Freundin über eine Kiste mit Wii-Spielen beugten, haben wir sie hinter ihrem Rücken überholt, und da beim Flohmarkt die Tische meistens in Reihen stehen mit Gängen dazwischen, beschlossen wir, O einfach den Blick zu Quinn zu verstellen, damit sie ihn nicht über die Gänge hinweg schon entdecken konnte. Wir platzierten uns auf der anderen Seite von Quinns Tisch vor so einem Tisch mit Porzellan und alten Gläsern und gingen wie eine wandernde Trennwand nach links, wenn O nach links lief. Dabei guckten wir scheinbar total interessiert die Sachen an. (In diesem Teil des Flohmarkts gab es aber nur olles Porzellan und alte Telefone mit Wählscheiben und so langweiliges Zeug! Ganz schön schwer, sich so was lange und interessiert anzugucken!)

Eins war klar: Fi musste bald anrücken. Falls sie überhaupt

kam! Schon war O am Ende des Ganges angekommen und bog in unseren ein. Das war auch der, in dem Quinn war! Und zwar im Moment auch noch alleine. Nicht mehr lange und sie würde ihm zwangsläufig in die Arme laufen. Und wenn sie ihn erst einmal in Beschlag genommen hatte, würde es für meine Schwester sehr schwer werden, an ihn heranzukommen.

In der anderen Richtung erspähte ich auf einmal eine Gestalt, die mir bekannt vorkam: Fiona!

O war zwanzig Meter von Quinn entfernt, Fi noch hundert. Olivias Freundin stieß sie jetzt in die Seite und deutete auf den Stand von Quinn. Sie hatte ihn also entdeckt! Quinn zeigte einem Mann eine Gitarre, die er verkaufen wollte. Richtig begeistert sah er aus, wie er da über die Gitarre redete. Als er O bemerkte, winkte er ihr zu. O setzte ein strahlendes Lächeln auf und schlenderte powackelnd auf Quinns Stand zu. Mist. Mein Blick fiel auf Luna, die friedlich an der Leine neben Teresa hertrottete. Und da hatte ich eine wirklich gute Idee.*

Mein Plan war, spontan mit Lunas Leine den Weg abzusperren, sodass O sich darin verheddert. Erst wäre sie kurz genervt, aber dann würde sie Luna sehen, wie sie treuherzig guckt, und dann würde sie lachen und Luna streicheln, weil *jeder* doch so einen süßen Hund streicheln will, wenn sich die Gelegenheit ergibt. Es war also eine Mischung aus Blockade und Tierliebe, die sie aufhalten würde. Und in der Zwischenzeit wäre Fi längst bei Quinn, und die beiden wären schon so in eine Unterhaltung vertieft, dass O nur unbeachtet danebenstehen würde. Da konnte nichts schiefgehen! *Dachte ich.*

* Mal wieder! Aber Ideen sind bekanntermaßen nicht immer so toll, wie sie auf den ersten Blick scheinen. Vor allem, wenn es um Froschglücksbringer geht oder eben Hundeleinen.

Weil wir nicht mehr viel Zeit hatten, konnte ich meinen Plan nicht mit Teresa und Holly besprechen. Ich musste handeln. Gerade waren auch keine anderen Leute hier, die über meine kleine Straßensperre stolpern könnten. In dem Moment, als O mit ihrer Freundin heranschlenderte, den Blick fest auf Quinn gerichtet, lockte ich Luna zu mir, sodass die Leine sich über den Weg spannte. Teresa, die gerade mit Holly eine alte Keksdose anguckte, bemerkte nichts davon. O auch nicht. Sie giggelte mit ihrer Freundin, die irgendwas auf dem Smartphone zeigte.

Hatte ich eigentlich schon erwähnt, dass O hochhackige Schuhe trug? Ich glaube nicht. Also: Sie hatte so kurze Stiefel mit *ziemlich hohen Absätzen* an. (Was ich, wenn ich mal eine persönliche Anmerkung machen darf*, immer für eine *schlechte Idee* halte.)

Dann ging alles ganz schnell: Die Freundin sah die Leine. Sie zog O am Arm. O entdeckte die Leine ebenfalls. Sie lachte. Und sprang ab. Sie wollte einfach über mein Hindernis hüpfen! Ich war beeindruckt, damit hatte ich nicht gerechnet. Es sah elegant aus. Und gekonnt. Bis zu dem Moment, wo sie mit dem rechten Absatz an der Leine hängen blieb, weswegen ihr bei der Landung dann ein Fuß fehlte, weil der ja noch in der Luft war.

Padabummklatsch! O ist auf Knien und Händen im Schotter gelandet. Ja, das hat genauso tollpatschig ausgesehen, wie sich das anhört. (Ein bisschen wie ein bockiges Pony!) Und ja, so eine unsanfte Landung im Schotter tut sicher weh. **Aber es ist kein Drama.** Kein Grund zum Heulen und Zähneklappern. (Im Vergleich zum Beispiel zu einer Verbrennung durch Heißkleber!) Ein paar Schrammen, na und? Das Prob-

* Natürlich darf ich eine persönliche Anmerkung machen. Hallo?! Das hier ist mein Tagebuch!!!

lem war aber: Olivia hat ein echtes Drama draus gemacht. **Und was für eines!**

Teresa hatte die Leine durch den Ruck losgelassen, sodass weder ihr noch Luna was passiert war. »Oh nein!«, hat Teresa gerufen und ist zu O gerannt und hat ihr die Hand gereicht, um ihr hochzuhelfen. Teresa hat sich ganz ausgiebig bei O entschuldigt und Luna hat dazu zaghaft mit dem Schwanz gewedelt, als ob sie das bestätigen wollte.

O aber wollte nichts davon wissen. Hat Teresa total mies angezischt (»Hau ab!«) und dann auch noch Luna beleidigt! (»Doofer Köter.« – Das hat sie echt gesagt!) Und da tat es mir ja auf einmal überhaupt nicht mehr leid, dass ich sie zu Fall gebracht hatte! **Wie kann man nur einen so süßen Hund anschimpfen!?!**

Os Freundin kniete sich neben sie und legte ihr tröstend die Hand auf die Schulter. O schluchzte total rum und betrachtete ihre leicht aufgeschürften Handflächen und hob dann den Blick. »Quinn!«, rief sie wie eine Schiffbrüchige auf hoher See. (Wirklich wahr! Sie tat total dramatisch!) »Quiiiinnnnn!«

Ach du liebes Schnitzel! Sie machte ein Gesicht, als ob sie gleich sterben würde. Das war so was von geschauspielert, dass sie damit zu jedem Casting hätte gehen können. Ich meine, das waren nur Schürfwunden und tief ist sie ja auch nicht gefallen und überhaupt … ich bin einfach so enttäuscht, dass mein toller Plan nicht funktioniert hat!

Und Quinn kam dann leider auch tatsächlich hinter seinem Stand hervor und half ihr hoch, indem er die Hand um ihre Taille legte und sie ihren Arm um seine Schulter. Dann humpelte sie neben ihm zu seinem Stand, wo sie sich auf seinen Stuhl gleiten ließ und herumjammerte, als wäre sie gerade von einem Dach gestürzt. Quinn schaute stirnrunzelnd auf das aufgeschürfte Knie und reichte ihr eine Flasche Wasser, damit sie ihre Wunde abspülen konnte.

In dem Moment erreichten Fi und Mareike den Stand. »Frag nach der Gitarre«, schrieb ich Fi schnell auf WhatsApp, weil ich dachte, damit könnte sie Quinns Aufmerksamkeit und Begeisterung wecken. Quinn begrüßte Fi auch lächelnd. Aber als er zu ihr gehen wollte, hielt O ihn fest. Sie flehte ihn an, sie nach Hause zu bringen, weil ihr *schlecht* wäre! Dabei ist sie doch nur hingefallen, davon wird einem doch nicht *schlecht!!!*

Quinn hatte auch gar keine Lust dazu und fragte, ob das nicht ihre Freundin machen könnte, weil er ja beim Stand bleiben müsse und so weiter. Aber O klimperte ihn aus aufgerissenen Augen an und meinte, Tina wäre nicht »stark« genug, »so wie du«. Dabei strich sie ihm bewundernd über den Oberarm. **WÜRG hoch 20!**

Es nutzte dann auch nichts mehr, dass Fi ihn nach der Gitarre fragte. Quinn wandte sich zwar zu ihr um und lächelte sie nett an, doch in dem Moment kam Quinns Freund zurück zum Stand und schob sich einen letzten Zipfel Bratwurst in den Mund und … so was Blödes: Ihm gehörte die Gitarre! Er wischte sich die Hand an der Jeans ab, reichte sie Fi und stellte sich als Nico vor. Dann erklärte er Fi ausführlich die Akustik der Gitarre und dass er damit spielen gelernt hätte, jetzt aber eine professionellere Gitarre hätte, weil er ja in einer Band spielen würde, bei den Starhunters. »Zusammen mit dem Loser da!« Er zeigte auf Quinn, hängte sich die Gitarre um und fing an, darauf zu spielen.

Fi und Mareike lachten, als er ein selbst gedichtetes Lied anstimmte, das um die unterschätzten inneren Werte der Wurstpelle ging. Ich hätte sogar auch gelacht, wenn sich währenddessen O nicht so doof und weinerlich an Quinns Arm festgeklammert hätte. Sie redete die ganze Zeit auf ihn ein, sodass er Fi gar nicht richtig anschauen konnte, und schließlich erklärte Quinn sich seufzend bereit, O zur

Straße zu bringen,* wo sie dann von ihrem Vater abgeholt würde.

Bevor er mit ihr wegging, drehte er sich noch mal zu Fi um, die in das Gespräch mit Nico vertieft war und ziemlich laut lachte. Quinn sah dabei irgendwie traurig aus – fand ich zumindest, und Holly und Teresa meinten das später auch! Und er bekam leider nicht mit, dass Fi ihm noch hinterherschaute. Was für ein Kuddelmuddel! Es kam mir vor wie bei Memory, wenn man immer die falschen Karten aufdeckt, obwohl man sicher war, die richtigen zu wissen.

Es wäre doch alles viel einfacher, wenn man demjenigen, den man mag, einfach sagen würde, dass man ihn mag. So würde man erfahren, wie der andere fühlt, und dann wäre die Sache geritzt – oder eben nicht. Aber als ich das auf dem Rückweg zu Teresa und Holly sagte, winkte Teresa ab. Sie meinte, das dürfe man niemals machen! Ihre Schwester hätte eine Klassenkameradin, die ihrem Schwarm ein Zettelchen geschrieben hatte, und dann wurde der in der ganzen Klasse vorgelesen. Alle hatten gelacht, das Mädchen war im Boden versunken vor Scham und musste am Ende sogar die Schule wechseln, weil sie gemobbt wurde. Wir starrten Teresa entsetzt an. Das war ja so fies!

Holly wurde wieder rot und ließ uns schwören, dass wir niemandem verraten, dass sie in Oskar verliebt ist. Natürlich schworen wir ihr das, mit dem heiligen Freundinnenehrenwort!

Was bin ich froh, dass ich allerhöchstens ein kleines biss-

* Warum ist der bloß so schrecklich hilfsbereit? Er öffnet irgendwelchen gemeingefährlichen Radfahrern in der Schule die Tür, macht sie auf ihre verräterischen Helme aufmerksam und … na klar: hilft Tussis, wenn sie sich wehgetan haben … ich hätte es wissen müssen! Er ist einfach ein netter Typ.

chen *unecht verliebt* bin! Macht die ganze Sache bedeutend einfacher, weil es in echt gar *keine Möglichkeit gibt*, Martinus irgendwo zu treffen. Ich kann ihn anschauen, wann immer ich will, und mir vorstellen, wo er mir in meiner Fantasie über den Weg läuft. Zum Beispiel: Wir fahren zusammen mit dem Aufzug und dann bleibt der Aufzug stecken. Aber das wäre nicht schlimm, weil wir uns total gut unterhalten würden. In der Zeit, bis Rettung kommt, würden wir uns super kennenlernen. Ich würde ihn fragen, was seine Lieblingstiere sind und welche Fernsehserien er mag und was er am liebsten isst. Und gerade als der Aufzug wieder losfährt, haben wir uns verabredet, zusammen Pizza zu backen. Das nenne ich ein super Treffen. Und jetzt fällt mir fast schon der Stift aus der Hand, so müde bin ich.

Montag, 7. August, 7:14 Uhr

Bin aber gerade so sauer, dass ich schnell noch was aufschreiben muss, bevor ich gleich zum Bus renne. Fi ist so doof! Sie meinte, ich solle mich *nicht in ihr Leben einmischen!* Hä? Es war doch voll nett von mir, dass ich ihr gestern Bescheid gegeben habe wegen Quinn. Ich verstehe echt gar nicht, wieso sie so biestig ist. Als sie eben aus dem Bad kam, hat sie mich total angemotzt. Ich wusste echt nicht, was ich antworten sollte. Lag aber vielleicht auch daran, dass sie so komisch geschminkt war. Sie hatte über dem Augenlid dicke schwarze Striche, die an der Seite spitz wurden. Wie bei einer Eule!

Sie meinte so ganz knurrend, ich solle mich gefälligst raushalten. Da habe ich mir vorgestellt, vielleicht ist sie eine Gestaltwandlerin, die sich nachts in eine Eule verwandelt? Verwirrt fragte ich sie, ob die schwarzen Striche auch wieder weggingen, und wollte ihr gerade von meiner Gestaltwandler-

Theorie erzählen, weil sie das sicher auch lustig finden würde. Aber Fi fauchte einfach nur: »Halt. Dich. Einfach. Aus. Meinem. Leben. Raus. Klar?« Also bitte. Wie soll ich mich denn aus ihrem Leben raushalten, wo sie *doch meine Schwester* ist?!

Montag, 7. August, in der zweiten Pause

Habe heute mein Tagebuch mit in die Schule genommen und das ist auch gut so. Denn es gibt

SUPER NEUIGKEITEN!!!

1. Ich kriege keinen Ärger! (Für die Radfahrsache!)
2. Ich habe *die* Lösung! (Für das Quinn-Fiona-Projekt!)

Jetzt aber in echt! Quinn und Fi werden in den nächsten Wochen VIEL Zeit miteinander verbringen. Weil: Fi wird die Hauptrolle in dem Musical spielen, das bei der Jubiläumsfeier aufgeführt wird. Und … tatatatataaaaa … Quinns Band macht die Begleitmusik dazu.

Das heißt: Quinn und Fi werden dauernd zusammen proben!!! Und das ist – um mal wieder Teresa zu zitieren – so romantisch, dass die beiden gar nicht anders können, als sich unsterblich zu verlieben, und dann wird Fi MEGASUPERDUPERHAMMERGELAUNT sein.

Und das Beste ist: Ich kann mein Versprechen an Fi einhalten, denn ich *brauche* mich gar nicht einmischen. Sie wird schon selbst dafür sorgen, dass alles glatt läuft. Überall in der Schule hängen nämlich seit heute Plakate mit dem Programm der Jubiläumsfeier. Und es gab Flyer mit dem Programm zum Mitnehmen. Ich klebe gleich mal einen hier rein.

Minimusical »School's cool«
mit: The Starhunters

»Schulwelten früher und heute«
Ein Film der Film-AG

Poetry-Slam
Schüler am Mikrofon

»Klasse Räume«
Kunstausstellung der Kunst AG

»Die Straße der Wissenschaft«
Schüler stellen ihre Projekte aus dem Unterricht vor

Großer Bike-Contest
Geschicklichkeitsparcours auf dem Schulhof

Kaffee & Kuchen in der Cafeteria
Bücherflohmarkt

Klar, dass ich beim Bike-Contest kullerrunde Augen bekam. Am Schwarzen Brett hing dazu ein Infozettel und darauf stand, dass die Schule sich angesichts der »Ereignisse der zurückliegenden Wochen« entschlossen hat, das Mountainbiken aktiv zu unterstützen und den Schülern eine Möglichkeit zu geben, ihre Fahrkünste unter Beweis zu stellen, *ohne andere in Gefahr zu bringen.* Deswegen wird es bei der Jubiläumsfeier einen Geschicklichkeitsparcours für alle begeisterten Fahrradfahrer an unserer Schule geben!! Und im nächsten Jahr auch eine Bike-AG!

Ist das zu fassen?

KEIN ÄRGER!!!

Im Gegenteil!

Ich bin bester Laune. Natürlich werde ich selbst nicht an dem Bike-Contest teilnehmen. Ich bin ja nicht blöd! Wer weiß, vielleicht machen die das ja nur, um doch noch den schwarzen Ritter ausfindig zu machen. Nee, nee. Ich werde mich da schön raushalten und mich daran erfreuen, was Fi so macht. Den Zettel mit der Einladung zum Casting für das Musical habe ich eingesteckt, um ihn nachher Fi zu geben. Wobei das eigentlich überflüssig war, weil Fi den sicher sowieso mitgenommen hat. Ich meine, es ist ja wohl klar wie Kloßbrühe, dass meine Schwester

1. dorthin gehen wird und
2. die Hauptrolle ergattern wird. Sie ist schließlich Pro

Montag, 7. August, 14:09 Uhr

Profi wollte ich schreiben, aber da kamen kurz vor Ende der Pause Rosalie und Anouk zu mir und ich musste ganz schnell das Tagebuch zuklappen, bevor sie auch nur einen Blick hineinwerfen konnten! Jetzt bin ich wieder zu Hause und kann in Ruhe berichten, was die beiden von mir wollten. Also: Sie bauten sich vor mir auf und kamen ohne »Hallo Leni« oder »Sorry, dass wir dich stören« gleich zur Sache. Anouk meinte empört, ich solle mich bei Dakota entschuldigen für die Nacktschneckensache. Ich fragte einfach zurück, wieso.

»*Wieso?*« Rosalies Kinnlade fiel ihr fast runter vor Erstaunen. »Na, weil du sie echt traumatatisiert hast. Sie ist immer noch voll geschockt!«

»Du meinst, *traumatisiert*«, sagte ich und ja, ich weiß, Besserwisser mag keiner, aber ich konnte nicht anders!!*

»Was auch immer. Jedenfalls ist ihr total schlecht die ganze Zeit und sie kann gar nichts mehr essen.«

Pff! Was gar nicht stimmte, denn schließlich hatte ich Dakota eben ohne Probleme ihr Pausenbrot verputzen sehen. Aber Rosalie meinte, sie könne natürlich noch Brot essen, nur eben keine M&Ms mehr, weil ihr davon voll kotzig würde. Ach, du liebes Schnitzel! Ruft die Polizei! Und den Rettungswagen! Dakota kann nicht mehr haufenweise Süßigkeiten in sich reinstopfen, die Arme!**

Aber anstatt den beiden meine Meinung zu sagen, gab ich einfach nach und seufzte, dass ich mich entschuldigen würde. Die beiden klatschten sich schon triumphierend ab, da schob ich zuckersüß meine Bedingung hinterher: »Wenn sie sich für die Kaugummisache entschuldigt.«

Und da behauptete Rosalie glatt, dass Dakota das mit dem Kaugummi gar nicht war. Ich glaubte ihr natürlich kein Wort und zuckte nur bedauernd mit den Schultern. »Dann war ich das auch nicht mit den Schnecken.« Die beiden standen einen Moment ratlos vor mir, dann drehten sie ab, um mit Dakota zu tuscheln. Ich wollte gerade weiterschreiben, wie ich mir das mit Fi und der Hauptrolle vorstellte, da kamen sie auch schon wieder angedackelt.

Rosalie hat kämpferisch die Arme vor der Brust verschränkt und mir gedroht, dass Dakota den Lehrern sagen würde, dass ich sie mit Nacktschnecken geschockt hätte, und dann würde ich eine Klassenkonferenz bekommen und von der Schu-

* Traumatisiert bedeutet, dass man von irgendeiner Sache so geschockt ist, dass man noch ganz lange danach darunter leidet.

** So was von klar: IRONIE!!!

le fliegen. Anouk nickte dazu, als wäre mein Ende an dieser Schule jetzt schon besiegelt.

Mal im Ernst: Wenn jemand eine andere Schule besuchen sollte, dann ja wohl ein Mädchen, das beim Anblick einer Schnecke einen *Schreikrampf* kriegt. Irgendeine Waldschule wäre besser für sie, um ihren Schock zu überwinden. Ich meine, wie kann man sich so aufregen über eine Schnecke???!!! Selbst wenn es sich um eine ziemlich schleimige Nacktschnecke handelt. Als ich die beiden dann fragte, ob die Schnecken Dakota denn irgendwas getan hätten und ob sie sie mit ihren kleinen Kung-Fu-Hörnern verletzt hätten, sagten die beiden erst mal nichts mehr. Ich ließ aber nicht locker und fragte weiter: »Haben sie Dakota gegen das Schienbein getreten? Oder ihr Schleim ins Auge gespuckt, sodass sie erblindet ist?«

Da hat Rosalie gemault, dass ich aufhören sollte, mich lustig zu machen. Und dass Dakota *innerlich* verletzt sei und sogar Albträume hätte seitdem. Ich habe nur gesagt: »Albträume.« Pause. »Von Nacktschnecken?«

Rosalie und Anouk nickten heftig und ich habe schon gemerkt, dass wir da nicht weiterkommen würden. Ich meinte dann nur, dass ich mich entschuldigen würde. *Wenn* Dakota sich für die Kaugummisache entschuldigt. Und behauptete, dass ich jetzt immer, wenn ich Erdnussbutter rieche, an Kaugummis denken muss und davon traumatisiert wäre.

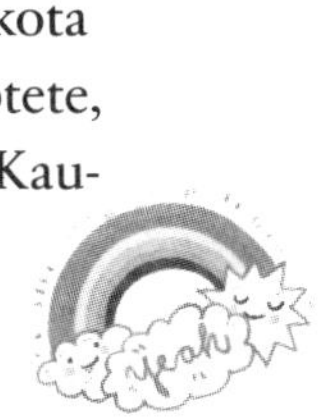

»Aber das war sie nicht«, hat Rosalie wieder gesagt und klang dabei ganz weinerlich.

Als ich ihnen gerade erklären wollte, dass wir so niemals weiterkommen, solange Dakota es nicht mal zugibt, klingelte es.

Danach hatten wir Sport und auf dem Weg zur Halle erzählte ich Teresa und Holly schnell von meinem Gespräch mit Dakotas Dienerinnen. Sie fanden das natürlich genauso doof wie ich! Ich meine, wieso sollte ich mich entschuldigen, wenn sie sich nicht entschuldigt? Hallo?!

Rosalie, Anouk und Dakota tuschelten natürlich auch in der Umkleide und schielten immer wieder zu uns rüber. Pfff! Doofe Hühner!

Wir gingen in die Turnhalle. Wo die Schüler schon waren. Aber der Lehrer nicht. Und ich weiß nicht, wieso das so ist, aber eine lehrerlose Turnhalle (oder ein Klassenraum) voller Schüler ist immer eine Brutstätte für idiotische Ideen aller Art. (Wenn das eine weiß, dann ja wohl ich!)

Und in meinem *Handbuch für Mädchen, die keinen Ärger machen,* wird darüber ausführlich berichtet. *Tipp Nr. 10: Geh nicht in lehrerlose Turnhallen (oder Klassenräume) voller Schüler. Es wird nicht lange dauern, bis dort das Chaos ausbricht. Und wo Chaos ist, lauert der Ärger!!!*

Leider konnte ich mich (mal wieder) nicht an meinen eigenen guten Ratschlag halten. Denn wir hatten gerade einen Schritt in die Halle gemacht, da ging es auch schon los. »Hey, Johann-Friedrich!«, hat Maxim geschrien. »Du musst dich unbedingt für das Musical bewerben. Ich hab gehört, die suchen eine Heulboje.«

Johann-Friedrich hat ihn böse angeguckt und gesagt, dass Maxim dafür ja nicht mal den Unterschied zwischen einem Säulen- und einem Balkendiagramm kennen würde.

Maxim weiß aber irgendwie immer eine Antwort und meinte daraufhin, dass Johann-Friedrich dafür denken würde, dass man mit einem Gymnastikball keinen Fußball spielen könne. Und schoss im selben Moment einen riesigen blauen Gymnastikball auf Johann-Friedrich, der nicht mal versuchte, dem Ball auszuweichen, sondern nur erschrocken die Hände hochriss. Weswegen ihm der Ball in den Bauch knallte. Weswegen er dann natürlich losheulte.

»Mann, Johann-Friedrich, das Casting ist doch erst übermorgen. Da kannst du heulen!« Maxim lachte sich schlapp und auch die anderen Jungs kicherten.

Und ich? Ich stellte fest: Maxim hatte schon wieder vergessen, dass man Schwächere in Ruhe lassen soll. Und habe es ihm noch mal erklärt. Auf meine Art.

Und das sah so aus … oder besser, klang so: »Haijajatschihei!« Dann sprang ich mit einem Kung-Fu-Sprung vor Maxim und hob kampfbereit die Hände. Maxim machte einen Satz zur Seite, weil er sich so erschrocken hatte. »Mann, Bubbles, was …?« Ich hatte mich gerade auf ihn stürzen wollen, aber da kam unser Sportlehrer Herr Schley rein und bellte, dass Kampfsport nicht auf dem Programm steht. Sondern Turnen. Da war Maxim ja noch mal ganz knapp davongekommen! Und ich auch. (Wobei *Turnen* fast so schlimm ist wie Ärger bekommen wegen einer Klopperei.)

Hey, ich habe Fi nebenan gehört! Da muss ich gleich mal rüber in ihr Zimmer. Sie ist bestimmt schon ganz aus dem Häuschen wegen der Musicalsache.

Montag, 7. August, 15:08 Uhr

HÄÄÄÄ????

Was ist denn jetzt los?

Bin mal wieder komplett verwirrt. So wie wenn Mama mir drei Aufträge gleichzeitig gibt. (Bring deinen Ranzen weg, zeig mir deine Hausaufgaben, ruf Tante Karin an, um dich für das Buch zu bedanken … da dreht sich einem doch der Kopf?!?!). Folgendes ist passiert: Meine Schwester, der Filmprofi, die berühmte Schauspielerin, sagt, **sie will gar nicht zum Casting gehen**! Dabei spielt sogar Quinn mit seiner

Band beim Musical mit und das ist doch DIE Gelegenheit für ihre große Liebe!

Aber was macht sie? Will nichts davon wissen. Als ich sie eben fragen wollte, hat sie mir sogar die Tür vor der Nase zugeknallt. Ich verstehe Fi nicht. Was ist mit ihr los? Sie benimmt sich völlig unlogisch.

Hm. **Grübel, grübel.**

Ist das vielleicht diese Pubertätssache? Da soll man ja auch ein bisschen neben der Spur sein. Und nicht mehr klar denken können. Hat mir Mama mal erklärt. Weil da die Hormone verrücktspielen und einen durchdrehen lassen. Ja, das muss es sein. Fiona hat Pubertätsprobleme. Und braucht dringend Hilfe! Sonst klappt das ja nie mit dem Verlieben! Wie gut, dass sie eine Schwester hat, die keine verrücktspielenden Hormone hat und in dem ganzen Durcheinander den Durchblick behält.

Das habe ich eben auch Martinus erzählt. Seit wir im Aufzug stecken geblieben sind, spreche ich manchmal mit ihm. Und als er mich dann so anschaute, war es fast so, als würde er sagen: »Denk dran, was du Fi versprochen hast.« Als ob ich vergessen hätte, dass ich Fi nicht mehr blamieren will!

Aber ich habe eine Idee … Gerade ist keiner zu Hause. Mamas Salon hat heute zu, aber sie arbeitet trotzdem und besucht irgendwelche Lieferanten. Papa ist noch bei der Arbeit. Also ist gar keiner da, den ich um Erlaubnis bitten *könnte.* (Selbst wenn ich wollte!) Und wie sagen meine Eltern immer? Kinder müssen selbstständig werden. Also werde ich jetzt selbstständig eine Entscheidung treffen.

Montag, 7. August, 19:57 Uhr

HAHAHAHAHAHAHAHA!!!!*

Fi geht zum Casting! Ich wusste, auf Hedi ist Verlass. Und auf meine ~~wie immer~~ fast immer genialen Einfälle auch!!

Mama war natürlich etwas verwirrt, dass Hedi zum Abendessen kam. Erst dachte sie, Papa hätte sie zum Essen eingeladen. Aber er war das nicht.

Das war nämlich ich!! (Was Mama noch mehr überraschte.) Als Mama wissen wollte, warum ich das getan hatte, da sagte ich, Hedi sei doch meine Oma und da bräuchte man ja wohl keinen extra Grund, um sie zum Essen einzuladen. Außerdem würde sie ja eh nichts essen, habe ich noch hinzugefügt. Mama hat nur die Augenbrauen hochgezogen und Papa eine Nachricht geschickt, damit er sich nicht erschreckt, wenn er heimkommt. Und dann saß Hedi bei uns am Tisch und während wir Haferbrei** aßen, nahm sie eine Tasse grünen Tee zu sich und sagte, dass abends essen gar nicht gut für die Figur sei, besonders nicht für Fi, jetzt wo die Dreharbeiten bald anstehen. Fi fing an, genervt in ihrem Haferbrei zu rühren, den sie eigentlich sehr liebt. Mama mahnte Hedi sanft, Fi nicht verrückt zu machen, aber von so was lässt sich Hedi nicht beeindrucken. Sie meinte: »Ich sag ja nur, man setzt schneller an, als man denkt.« Hedis Gerede hat mir zum Glück nicht den Appetit verdorben, aber Fi tat mir schon etwas leid. Mama hat dazu die Augen verdreht und alle waren einen Moment still, und das war meine Gelegenheit. »Sag mal Fi, wie ist das jetzt mit dem Casting?«, fragte ich. Fi ließ den Löffel mit einem

* Triumphierendes Lachen, das man nur lachen kann, wenn ein Plan perfekt funktioniert hat.

** Das einzige Gericht, das ich ganz alleine kochen kann!

Klonk! in ihre Schale sinken und starrte mich ziemlich böse an. Welches Casting, wollten Mama und Hedi sofort wissen.

»Für das Musical an unserer Schule«, posaunte ich munter heraus. »Das wird bei der Jubiläumsfeier aufgeführt und begleitet wird es von einer Band namens The Starhunters. Und da kommen jede Menge wichtige Leute und ganz viel Presse und so.« Das behauptete ich zumindest einfach mal. Aber bei solchen Veranstaltungen war das ja eigentlich immer so.

»Oh, Fiona, das ist ja wunderbar!« Hedi schlug ergriffen die Hände vor der Brust zusammen und Fi meinte sofort, sie wüsste noch gar nicht, ob sie da mitmachen wolle. Aber Hedi widersprach, da gäbe es nichts zu überlegen, eine Rolle in einem Musical sei wunderbar, weil: wer singen *und* schauspielern kann, hätte doch ein viel größeres Rollenangebot.

Mama meinte, Fi sollte das alleine entscheiden, woraufhin Hedi sie schnippisch fragte, ob sie Fi in ihrer Karriere etwa nicht unterstützen wollen. Und das nur, weil Mama ihre Schauspielerei aufgegeben hätte, doch Fi trotzdem alle Chancen bekommen sollte, die sich ihr bieten.

Mama bekam ihre Stressfalte zwischen den Augenbrauen und fing an zu erklären, dass sie Fi natürlich unterstützen würde, aber da klingelte ihr Handy und das lenkte sie ab. »Die Schule geht jedenfalls vor«, sagte sie noch, woraufhin Hedi schnell erwiderte »natürlich, natürlich«. Weil es eine ihrer Angestellten war, musste Mama das Gespräch annehmen und ging nach nebenan zum Telefonieren.

Und dann sagte Hedi zu Fi, dass sie natürlich zum Casting gehen und sich die Hauptrolle schnappen würde. Und wie stolz sie auf Fi wäre und dass sie meiner Schwester bald ihren ersten Diamanten (!) schenken würde, eine Kette, wie es eine Schauspielerin verdient. Und da lächelte Fi. Dabei saß sie ganz aufrecht, als würde sie an einem unsichtbaren Faden Richtung Decke gezogen. Irgendwie komisch, wie eine Marionette saß sie da. Ich bekam eine Gänsehaut und musste mich kurz schütteln. Aber ich tat das ja alles nur für Quinn und Fi, damit sie sich verlieben!

»Und wisst ihr, was noch toll ist?« Ich erzählte, dass es auch einen Radfahrwettbewerb geben würde. Hedi holte ihr Lippenstifttäschchen aus ihrer roten Lacktasche und malte sich die Lippen hellbraun an. »Einen Geschicklichkeitsparcours! Wo doch in letzter Zeit bei uns an der Schule Biken Trend ist.« Aber Hedi war da schon ganz abgelenkt und ich glaube, ich muss später Papa von dem Wettbewerb erzählen, der findet das wenigstens wirklich cool!

Fi hat mich dann jedenfalls auf einmal so musternd angesehen und tat ganz scheinheilig, als sie fragte, wie es denn bloß zu so einem Wettbewerb hatte kommen können. Aber Hedi hat das nicht mitbekommen, denn sie interessierte sich eh nicht die Bohne für irgendwelche Radfahrsachen. Außerdem kam Mama jetzt wieder rein und Hedi fragte sie irgendwas wegen einem Haarspray. Fi lächelte weiter süßlich und flüsterte mir zu: »Typisch Leni. Du machst, was du willst, und kommst immer damit durch.« Das sagte sie unheimlich freundlich. Ich bin sicher, sie hat jetzt schon gute Laune, weil sie weiß, dass sie bald mit Quinn zusammen sein wird.

Mittwoch, 9. August, 10:08 Uhr

Fi war auch heute Morgen immer noch sehr nett zu mir. Sie hat gesagt, ich solle nachher unbedingt zum Casting kommen und zugucken. Es findet direkt im Anschluss an die sechste Stunde statt. Ich bin sooo gespannt, wer sich alles bewirbt für das Musical! Teresa, Holly und ich sind uns einig, dass es **HORROR** ist, sich auf eine Bühne zu stellen und zu singen!

Umso besser, dass wir das nicht machen müssen. Also können wir ganz entspannt zugucken!!! Hihi!

Mittwoch, 9. August, 15:09 Uhr

Wenn das hier etwas krakelig ist, dann liegt das nur dran, dass meine Hand zittert. Heute ist was passiert und ich kann es immer noch nicht glauben. Ich weiß gar nicht, wo ich anfangen soll. Mein Plan hat funktioniert. Mit ein bisschen Hilfe. Aber gleichzeitig ist … ALLES SCHIEFGEGANGEN!!!

Vielleicht nicht alles, aber ZIEMLICH VIEL. Weil … grüne Gruselgrütze … ich will es gar nicht schreiben. Denn wenn es hier im Tagebuch steht, dann ist es richtig und in echt WAHR! Und ich will nicht, dass es richtig und in echt wahr ist!

Scooter steckt gerade seine Nase aus der Heuhöhle und schnuppert in meine Richtung. Und jetzt klettert er auf sein Laufrad. Die Schaukel hat er noch nie benutzt. Was ich blöd finde. Ich vermisse Flummi. Und überhaupt bin ich echt nicht gut drauf. Weil ich … nein, ich kann es nicht schreiben. Ich gehe erst mal eine Runde Rad fahren, um mich abzureagieren.

Sonntag, 13. August, 10:46 Uhr

Liebes Tagebuch,
es tut mir leid, dass ich eine ganze Weile nicht geschrieben

habe. Aber ich war zu geschockt!!! Ich fühle mich so ein bisschen, als wäre ich im falschen Film. So als wenn alles um einen rum gar nicht richtig ist, aber man kann nichts daran ändern, weil sich alle gegen einen verschworen haben.

So, und jetzt Schluss mit dem Gelaber und Drumrumgeschwurbel. Es ist mein Tagebuch und darin schreibe ich, was alles passiert ist. Die guten und die schlechten Sachen.

Und jetzt ist es also Zeit für eine total GRÜTZENGRUSELIGE Folge in der Serie Mein Leben voller Feenstaub und Konfetti – schön wär's! …

PANGPONGPINGPANGPANG*

♫ ♫ ♫ ♫ ♫

Die Folge heißt:

Das Horror-Casting
oder: Wie ich von meiner Schwester
so was von reingelegt wurde

Mittwoch war ich also mit Teresa und Holly beim Casting in der Aula. Vor der Glastür hing eine Traube neugieriger Schüler, die durch die Scheiben schielten. Die Tür war geschlossen und dahinter stand Frau Jansen mit einem Klemmbrett. Ich fragte ein Mädchen aus der Siebten, ob sie auch zugucken wollten. Das Mädchen meinte, sie würden schon gerne. Aber sie dürften nicht rein. Ich schaute bedauernd zu Holly und Teresa.

Da entdeckte ich durch die Glasscheibe Fiona. Sie winkte mir und ich hörte sie rufen: »Hey Leni! Komm rein. Frau Jansen, das ist Leni Behrens!« Frau Jansen schaute auf ihre Liste, hakte meinen Namen ab und machte die Tür auf. (Teresa und Holly mussten leider draußen bleiben!) Und da hätte ich

…………………………

* Dramatische Musik, bei der man weiß, dass die Hauptfigur in dieser Folge durch die Hölle gehen muss!

schon wissen müssen, dass hier irgendwas im Busch ist! Und zwar etwas ganz HINTERHÄLTIGES. 

Aber in dem Moment kam Olivia mit ihrer Freundin angerauscht. Sie hatte die blauen Haarsträhnen in Lila umgefärbt und trug passend dazu einen kurzen roten Rock und einen Schal aus lilafarbenen Federn* um den Hals, wie ich ihn schon mal beim Karneval gesehen habe. Dazu hatte sie Stiefel an, die bis übers Knie reichten. In diesem Tussi-Outfit wollte sie ganz wichtig an Frau Jansen vorbei in die Aula stöckeln. Was aber nicht funktionierte, weil Frau Jansen sagte, dass sie sich ja nicht eingetragen hätte und deswegen auch nicht reindürfte. Olivias blödes Gesicht war herrlich! (Passte gut zu der blöden Federboa!)

Triumphierend drückte ich mich an ihr vorbei. Fi erwartete mich schon. Sie lächelte. Neben ihr stand der Schuldirektor Herr Ackermann. Auch er lächelte, als bekäme er es bezahlt. Dann streckte er mir seine Hand hin und sagte: »Hallo Leni, ich finde es wirklich super, dass du mitmachst.«

Da war ich für einen Moment verwirrt, dachte aber, er meint, dass es super wäre, dass ich hier *zugucken* komme. Ich schüttelte also seine Hand und meinte, das fände ich auch. Das klang doch gut. Irgendwie erwachsen. Fi grinste mich immer noch so seltsam an. »Ich finde das auch ganz toll«, behauptete sie und ihre Stimme klang anders als sonst. Höher und irgendwie … falsch.

Dann ging Herr Ackermann auf die Bühne, die schon so richtig theatermäßig erleuchtet war, und begrüßte alle und bedankte sich, dass sich so viele bereit erklärt hätten, bei der

* Mama sagt, das nennt man Federboa. Eine Boa ist ja eine Schlange. Und so kann man sich eine Federboa auch vorstellen: eine Schlange aus Federn, die man sich um den Hals legt. Voll bekloppt, wenn man mich fragt!

Jubiläumsfeier mitzuwirken, und dass er sich schon auf die Darbietungen beim Casting freuen würde. Er meinte, dass es nicht schlimm wäre, wenn einer am Ende nicht genommen würde, weil er *allein schon die Bereitschaft und das Engagement* herausragend fände. Und dann sagte er: »Fangen wir doch an mit der jüngsten Teilnehmerin des Poetry-Slams. Leni Behrens. Bitte komm doch auf die Bühne.« Tja. Und das war der Moment, wo ich dachte, mich trifft der Schlag.

Wie angewurzelt hab ich dagestanden und mich gefragt, ob ich richtig gehört hatte. Hatte ich anscheinend.

»Na geh schon«, hat mir Fi nämlich ins Ohr gezischt. Aber ich stammelte nur leise, dass ich das nicht könnte. Kladderadatsch und Zitroneneis! Ich wusste nicht mal, was das ist, ein Poetry-Slam! Aber Fi sagte es mir: »Ein Poetry-Slam ist genau das Richtige für Mädchen mit großer Klappe!«

Herr Ackermann rief in dem Moment so ganz feierlich: »Das finde ich ganz besonders, dass schon in der fünften Klasse solche Talente zu finden sind.« Er applaudierte sogar! »Komm, Leni. Die Bühne gehört dir.« Aber ich konnte mich nicht bewegen. Ich konnte es nicht fassen, dass Fi das gemacht hatte! Als hätte sie meine Gedanken gelesen, hat sie gemein gefaucht: »Da siehst du mal, wie das ist, wenn sich andere in dein Leben einmischen!«

Aber sie *wollte* doch auf die Bühne! Und sie hätte hier die Gelegenheit, mit *Quinn zusammen zu sein.* Was war mit ihr los? Ich verstand die Welt nicht mehr. Aber in dem Augenblick war nicht die Zeit, darüber nachzudenken.

Herr Ackermann winkte noch mal und mir wurde klar, ich habe keine andere Wahl. Und das war der Moment, wo mich wirklich der Schlag traf. »Was macht man denn bei einem Poetry-Slam?«, fragte ich Fi verzweifelt.

»Erzähl einfach irgendwas. Das Thema ist völlig egal. Du

kannst auch ein Weihnachtsgedicht aufsagen«, murmelte Fi und dann schob sie mich nach vorne. Ich fühlte mich wie ausgehöhlt, als ich mit zitternden Knien die Stufen zur Bühne raufschlich. Herr Ackermann grinste mich an, als wäre er Osterhase und Weihnachtsmann in einer Person, und reichte mir das Mikrofon. »Keine Sorge«, sagte er. »Wir sind unter uns. Da kann dir gar nichts passieren.«

Der arme Mann. *Hat ja mal gar keine Ahnung!*

Ein Mädchen mit **Chaosmagnet** gehört nicht auf die Bühne!* Was da alles passieren kann!

Ich fühlte mich, als wäre mein Bauch voller Stacheldrahtmurmeln, als Herr Ackermann mir das Mikro in die Hand drückte und ... Oh, es klopft.

Sonntag, 13. August, 17:52 Uhr

Es war Mama. Sie sagte, dass da ein paar Jungs vor der Tür stehen würden. Ich schirmte schnell mein Gekrakel mit der Hand ab, damit sie ja nicht lesen konnte, was ich in mein supergeheimes Tagebuch geschrieben habe, und sagte ihr, dass die bestimmt wegen Fi da wären. Aber da meinte Mama, dass die Jungs zu mir wollten.

Hä???

Seit wann bekomme ich denn Besuch von Jungs????

Da war ich baff erstaunt. Aber tatsächlich. Vor der Tür auf der Straße standen Maxim und Oskar. Mit ihren Fahrrädern. Maxim war ein bisschen verlegen, als ich fragte, was sie denn

* Steht auch bald im *Handbuch für Mädchen, die keinen Ärger machen*. Falls ich das überhaupt jemals schreiben werde. Bisher scheint es ja nun wirklich keine guten Tipps zu enthalten.

hier zu suchen hätten. Er zog den Lenker zwischen seinen Beinen hoch und ließ ihn wieder los, sodass das Fahrrad nach unten fiel, wobei es vom Boden abfederte. Weswegen Maxim schmerzhaft das Gesicht verzog, weil ihm die Stange von unten in die … ~~Eier~~ (okay, ich weiß, das Wort soll man nicht benutzen. Aber Hoden klingt so nach Sexualkundeunterricht, iiiihhh) … okay, dann vielleicht so: weil ihm die Stange von unten dahin gesprungen war, wo es Jungs ziemlich wehtut. Aua!

Weil Maxim also gerade damit beschäftigt war, nicht vor Schmerzen zu wimmern, fragte Oskar, ob ich ihnen vielleicht ein paar Tricks zeigen könnte. Weil sie für den Parcours auf der Schulfeier üben wollten. Krass, oder?! Aber irgendwie fand ich es auch cool, dass sie mich fragten. Und natürlich würde ich keine Gelegenheit auslassen, Rad zu fahren! (Wenn ich schon nicht selbst beim Parcours mitmachen konnte – aus bekannten Gründen!)

Vorher stellte ich ihnen aber eine Bedingung. Erst dachten die Jungs, dass ich dafür Geld haben wollte. Pfff! Was für eine irre Idee. Als ob ich Geld fürs Radfahren nehmen würde! Ich habe zu Maxim gesagt, dass er Johann-Friedrich in Ruhe lassen soll. Maxim war total verblüfft und meinte, dass er doch voll das Opfer wäre. Als ob das ein Grund ist, ihn fertigzumachen! Ich habe meine Bedingung noch mal wiederholt und Maxim grummelte erst noch rum, aber da erklärte sich Oskar schon einverstanden und haute Maxim mit dem Helm auf den Rücken, damit auch er einlenkte. »Aua. Also gut. Wir sind einverstanden«, brummte Maxim.

Ich flitzte rein, um meinen Helm zu holen, und übte dann mit den Jungs in unserer Straße. Die waren erst enttäuscht, dass wir nicht sofort zur Skaterbahn fuhren, aber als ich ihnen »Stehen mit dem Rad« zeigte und sie merkten, wie schwer das ist, hörten sie auf zu motzen. Und dann fragte Oskar, ob Holly auch zur Skaterbahn kommen würde, und ich meinte, dass ich ihr beim nächsten Mal Bescheid geben würde. Holly ist bestimmt richtig BEGEISTERT, wenn sie erfährt, dass Oskar nach ihr gefragt hat!! Muss sie gleich mal anrufen und es ihr sagen!

Und immer noch Sonntag, 13. August, 19:30 Uhr

Wie ich schon vermutet hatte, freute sich Holly ein Loch in den Bauch, dass sie beim nächsten Bike-Training dabei sein soll. Auf Oskars Wunsch sogar! ☺ Das war's dann aber auch für den Tag mit guter Stimmung.

Eben beim Abendessen hing eine Wolke aus richtig schlechter Laune über dem Tisch. Weil – **ACHTUNG! TOTAL UNGERECHT UND BESCHEUERT** – Fiona immer noch sauer ist *auf mich.* Dabei habe ich viel mehr Gründe, stinkig *auf sie* zu sein!!

1. Sie hat es doch total gut, ist Filmstar und spielt mal wieder eine Hauptrolle – wo ist das Problem?
2. Ich dagegen habe mit Bühnenauftritten so wenig zu tun wie ein Affe mit Reiten und musste wegen ihr auf die Bühne!

Deswegen ist doch sonnenklar, dass *ich* auf *sie* sauer bin! Jedenfalls verstehen wir uns gar nicht mehr und seit dem Casting am Mittwoch haben wir kein Wort gesprochen. (Die paar Male, wo wir uns angeschnauzt haben, zählen nicht. *»Gib mir die Fernbedienung«* – *»Nö«* oder *»Hau ab«* – *»Hau selber ab«* sind ja keine Unterhaltungen.)

Das ist Mama und Papa heute aber zum ersten Mal aufgefallen. Papa fragte, ob alles okay wäre zwischen uns.

»Ja. Natürlich«, sagte ich zuckersüß.

»Selbstverständlich«, säuselte Fi. Papa und Mama warfen sich einen Blick zu und aßen weiter. Ich habe eben sogar auf den Nachtisch verzichtet, um so schnell wie möglich Fi aus dem Weg zu gehen. Und um aufzuschreiben, wie das mit dem Casting für den Poetry-Slam* am Mittwoch weiterging.

Wo war ich stehen geblieben?

Ach so: Ich habe also das Mikro genommen und mich zum Publikum umgedreht, das verstreut in der Aula herumstand. Ich sah Fi. Neben ihr entdeckte ich Nico, den Gitarrentypen vom Flohmarkt. Und Quinn stand auf der anderen Seite von Fi. Sie standen alle ganz nah beieinander, als wären sie an den Schultern zusammengeklebt, und glotzten mich an wie ein sechsäugiges Monster mit drei Köpfen. Überhaupt glotzten mich *alle* an. Da war noch ein Junge aus der Siebten und ein paar Mädchen aus der Achten, aber die anderen Bewerber waren alle *noch viel* älter.

Ich kam mir unheimlich klein vor, wie ich da oben auf der Bühne im Scheinwerferlicht stand. Einige Lehrer hatten sich an den Rand gesetzt, irgendwelche wichtigen Zettel auf ihren Knien. Mein Mund war trocken und ich schwitzte. Ich wünschte, ich könnte im Boden versinken oder mich unsichtbar machen. Herr Ackermann räusperte sich. Nico flüsterte Fi was ins Ohr. Fi lachte. Hinten klingelte ein Handy. Alle haben gewartet, dass ich etwas Poesiemäßiges sage.

Und um wie viel schlimmer wäre das wohl noch, wenn bei der Jubiläumsfeier die Aula voller Leute wäre??!!

Deswegen atmete ich dann irgendwann tief ein und stellte

* Ich habe den Begriff nachgeschlagen. Wörtlich übersetzt heißt es »Poesieschlacht«. Wenn man sich dabei mit Poesiealben abwerfen dürfte, wäre die Sache ja vielleicht noch lustig. Aber beim Poetry-Slam besteht der Wettbewerb darin, dass man einen selbst geschriebenen Text vorträgt. **Vor PUBLIKUM!!!** Und das Publikum kürt am Ende den Sieger. Das klingt ja schon für normale Leute SCHRECKLICH! Aber ganz besonders schrecklich ist es für ein Mädchen mit **KATASTROPHENKRAFT**.

mir vor, dass ich mit meinem Rad an einem ziemlich steilen Abhang stehe, den ich jetzt einfach runtersausen muss. Ich öffnete den Mund und hatte immer noch keine Ahnung, was rauskommen würde. »Ich kann das ja überhaupt nicht. Vor Leuten sprechen«, hörte ich mich dann sagen, zumindest so ungefähr (denn ich erinnere mich gar nicht mehr richtig, so sehr stand ich neben mir). »Ehrlich, ich würde mir lieber ein Loch in den Zahn bohren lassen, als so was hier freiwillig zu machen. Und es ist auch ein Missverständnis, dass ich hier stehe. Man könnte es fast als Unfall bezeichnen. Und ich kann euch nur warnen, mich auszuwählen. Ihr wollt nicht, dass ich bei der Jubiläumsfeier rede. Wirklich, ich versichere, das wollt ihr nicht. Weil dann unter Garantie was Schlimmes passiert. Beim letzten Mal, als ich auf einer öffentlichen Bühne stand, gab es einen Brand. Ja genau. Ich habe beim Krippenspiel den Esel in Brand gesetzt.«

Im Saal lachte jemand. Fi legte die Hand wie einen Schirm über die Augen, was sie immer macht, wenn sie etwas peinlich findet. Nico schmunzelte vor sich hin, Quinn hatte die Stirn amüsiert gerunzelt. Ich beeilte mich zu erklären, dass es keine Absicht gewesen war und dass ich mich einfach wegen des Türkostüms nicht hatte abfangen können, als Maria die Tür zugeschlagen hatte. Ich zeigte, wie meine Arme eingeklemmt gewesen waren und taumelte ein bisschen über die Bühne. Noch mehr Leute lachten.

»Das ist nicht zum Lachen!«, rief ich. »Das war voll peinlich.«

Keine Ahnung, wieso, aber mein völlig dämlicher Vortrag schien die Leute tatsächlich zu erheitern.

»Ich frage mich, wer auf diese Idee mit dem Türkostüm gekommen ist. Aber egal. Ich wollte nur klarstellen: Es ist keine Absicht, wenn ich Chaos veranstalte. Es passiert mir einfach so. Und deswegen höre ich jetzt auch lieber auf, bevor ich noch ins Stolpern gerate und aus Versehen das Kabel rausreiße und dann die ganze Technik zusammenbricht. Also echt, auf gar keinen Fall dürft ihr mich auf die Bühne lassen bei der Jubiläumsfeier! Ich warne euch! Wählt mich nicht. Nehmt alle anderen, aber nicht mich!«

Es gab Applaus und Gelächter. Sogar Quinn und Nico klatschten und grinsten und sagten was zu Fi, die ungläubig den Kopf schüttelte. Dann gab ich Herrn Ackermann das Mikro zurück, der übers ganze Gesicht strahlte und tatsächlich meinte, das hätte ich toll gemacht. Ich sag ja, der arme Mann hat überhaupt keine Ahnung!

Danach bin ich die Bühne runtergestakst und hatte ganz zittrige Knie und in meinem Kopf schwirrten immer noch Wörter umher wie bei einem Schneesturm, so durcheinander war ich. Fi kam grinsend auf mich zu, aber ich habe sie nicht mal zu Wort kommen lassen. Ich habe ihr sehr unfreundlich zu verstehen gegeben, dass sie mich bloß in Ruhe lassen soll. Und dass sie eine Verräterin ist.

Dann musste ich mich erst mal beruhigen, ließ sie stehen und setzte mich auf eine der Treppenstufen am hinteren Ende der Aula. Ich war so erschöpft, als hätte ich eine dreißig Kilometer langen Radtour hinter mir. Und Durst hatte ich auch. Mein Mund war total trocken und ich träumte von einem Swimmingpool voller Orangenlimonade. Nach mir kam eine Reihe anderer Bewerber. Die waren alle so cool! Sie wirkten so, als wäre es gar kein Problem, da oben auf der Bühne zu stehen. Was mich sehr beruhigte, weil damit klar war, dass ich an dieser Stelle aus dem Wettbewerb ausscheiden würde. (Tschakkalakkajippipijei! ♫☺♫☺♫)

Ihre Texte habe ich zwar nicht alle kapiert, aber das musste ich ja wohl auch nicht, als Fünftklässlerin! Ein Junge aus der Elften trug ein Gedicht über den *Horizont über dem Sternenmeer* vor! Er hätte meiner Meinung nach genauso gut die ganze Zeit Schwurbelschwurbelrhabarbersuppe sagen können, aber die Lehrer hörten total ergriffen zu. Ich schleppte mich zur Toilette, um aus dem Wasserhahn zu trinken. Was wirklich beweist, dass mein Durst riesig war! Die Toiletten sind nämlich ~~total eklig~~ … nicht so appetitlich. Mit jedem Schluck ging es mir besser. Ich hatte es hinter mich gebracht und zum Glück musste ich das nie wieder machen. Jetzt könnte ich beruhigt zusehen, wie sich Fi die Hauptrolle für das Musical schnappte. Wobei ich immer noch und weiterhin echt sauer auf sie bin, dass sie mich so reingelegt hat. Ich wollte nur ihr Bestes und sie haute mich voll in die Pfanne!*

Aber ich beschloss, das als Preis für meinen Superplan, Quinn mit Fi zu verkuppeln, hinzunehmen. Und total großzügig darüber hinwegzusehen. Und das hätte ich auch gemacht. Ehrlich! Das Dumme war nur, dass ich leider, leider das Casting bestanden habe (ich weiß gar nicht, ob man das so sagt). Jedenfalls: *Ich wurde ausgewählt.* Die Lehrer fanden mich **witzig!** Die haben gedacht, ich erzähle das **aus Spaß!!!** Und jetzt muss ich bei der Jubiläumsfeier mitmachen! (Der Junge mit dem Sternenmeergedicht übrigens nicht, der Glückliche! Warum habe ich nicht ein Schwurbelschwurbelrhabarbersuppengedicht aufgesagt?)

Pff! Wirklich, die Leute sind doch nicht ganz dicht! Aber sie sollen hinterher nicht behaupten, ich hätte sie nicht gewarnt.

Nach der Juryverkündung dachte ich natürlich, das wäre der größte Schocker des Mittwochs, aber da hörte ich, wie Fi plötzlich zu den beiden Jungs sagte, dass ihr nicht gut wäre und sie jetzt nach Hause gehen würde. Sie hustete dabei so herum. Nico hat sofort angeboten, sie nach Hause zu bringen,

* Ich finde schon immer, dass das eine seltsame Redewendung dafür ist, jemanden reinzulegen. Aber nach Fionas Aktion habe ich mich auch gefühlt wie ein Ei, das man in die Pfanne geschlagen hat.

und Quinn guckte verdutzt und ein bisschen angesäuert aus der Wäsche. (Das ist mir natürlich NICHT entgangen!)

Fi drehte sich um, um Frau Zimborn Bescheid zu geben, aber da stellte ich mich ihr in den Weg. *So nicht, meine Liebe. So nicht!* Sie hatte dafür gesorgt, dass ich mitmachen musste, und wollte sich selbst davor drücken! Das ging ja mal gar nicht. Ich baute mich vor ihr auf. Die Hände in die Hüfte gestützt, funkelte ich sie an. Fi zuckte mit den Schultern, zog den Schal enger um ihren Hals und hustete noch mal. Aber da kam die Rettung!

Fi fasste sich an die Stirn und wollte sich gerade verdrücken, da wurde ihr Blick auf einmal von etwas hinter mir angezogen und sie stöhnte leise auf. »Ich bin die Managerin von Fiona Behrens!«, hörte ich eine bekannte Stimme. »Lassen Sie mich durch.«

Natürlich war es Hedi, die sich mal wieder wichtigmachen musste. Das fand ich echt PEINLICH! Und ich war konfettifroh, dass sie nicht *meine* Managerin ist! Auch Fi sah nicht glücklich aus. Sie wurde richtig blass und ich dachte auf einmal, vielleicht ist sie wirklich ein bisschen krank. So, und jetzt habe ich so viel geschrieben, dass mir bald der Arm abfällt. Der Rest kommt morgen!

Dienstag, 15. August, 18:39 Uhr

Bin gestern gar nicht dazu gekommen, Tagebuch zu schreiben. Hausaufgaben und Biken standen auf dem Programm! Komme auch gerade erst zurück vom Skaterpark. Hab mit den Jungs wieder geübt. Und Holly und Teresa waren auch mit! Holly war sich erst nicht sicher, ob sie auch die Tricks lernen könnte. Aber ich habe ihr dann noch mal gesagt, was Papa immer sagte. Nämlich dass Mädchen alles können. Teresa kannte den Spruch schon und vollendete den Satz: »Zumindest versuchen!« Da haben wir gelacht!

Auf jeden Fall waren sie dabei. Teresa mit Rollschuhen! Und Luna! Nachher sind wir noch zu Teresa gegangen. Das war auch lustig. Teresa hat zwei kleine Brüder. Einer ist sieben und heißt Niklas, der andere heißt Miko und ist sechs. Die beiden machen entweder Saltos auf dem Trampolin oder sie hauen sich.

Teresa meinte, kleine Brüder wären die Pest. Aber da konnte ich mithalten. Denn große Schwestern sind nicht besser! Teresa und Holly finden das auch, wo Fi mich doch so hinterlistig für den Poetry-Slam angemeldet hat. Ich habe ihnen natürlich alles erzählt und sie waren auch ganz geschockt! Aber sie haben mir Mut gemacht und gesagt, wenn ich das Publikum überzeugt hätte, *ohne* mich vorzubereiten, dann würde ich es *mit Vorbereitung* auf jeden Fall schaffen. Sie wollten mir nicht glauben, dass es reiner Zufall war, dass ich überhaupt einen geraden Satz rausgekriegt habe und keine Katastrophe passiert ist. Sie meinten, ich würde das schon hinkriegen. Ist das nicht seltsam, dass manchmal andere viel mehr Vertrauen in einen haben als man selbst?

Na ja. Es sind zum Glück noch fast vier Wochen bis dahin. Da wird mir hoffentlich noch was einfallen, was ich da auf der Bühne erzählen kann.

Immerhin hat sich Fi dann doch nicht vor dem Casting gedrückt. Als Hedi ankam und sich als Managerin aufgespielt hat, hat Fi nur noch mal kurz versucht, die Kranke zu spielen, und ist auf Toilette gerannt. Aber Hedi hat einfach gesagt: »The show must go on. Das ist der wichtigste Grundsatz für jeden Künstler.«

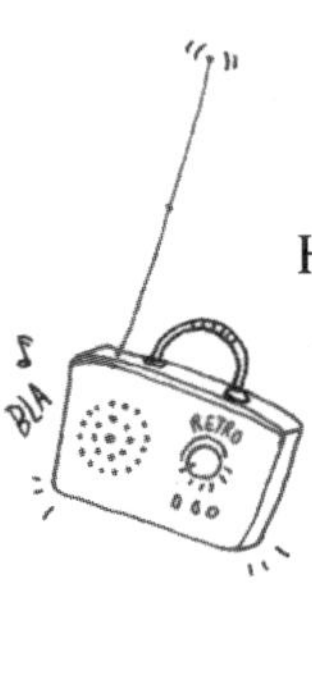

Dann hat sie ein bisschen an Fionas Frisur rumgezupft und sie auf die Bühne geschickt. Und das war auch richtig so, denn Frau Zimborn meinte, es wäre nicht so schlimm, wenn Fi heute nicht in Höchstform wäre, schließlich wüssten ja alle, dass sie schauspielerisches Talent hätte und singen könnte. Und da Fionas Konkurrenz keine wirkliche Konkurrenz war, hat sie natürlich die Rolle bekommen. Jetzt übt sie zweimal in der Woche mit Quinn! Dienstags und donnerstags nach der Schule, um genau zu sein. Ha! Und das hat sie mir zu verdanken! Ich bin so gespannt, wie sie drauf ist, wenn sie gleich wiederkommt! Ich wette, dass sie TOTAL gut gelaunt sein wird!

Und wenn Fi gut gelaunt ist, ist sie die NETTESTE Person der Welt und meine absolute Lieblingsschwester. Und ich weiß ja, dass ich ihr nie lange böse sein kann. Deswegen freue ich mich schon sehr, wenn sie wieder die alte Fi ist – und wir ein Schwesternteam sind. Ich werde ihr die kleine Gemeinheit mit dem Poetry-Slam verzeihen und sie wird mir bei der Vorbereitung meines Textes helfen. Genau! Und dann muss nur noch Flummi auftauchen und mein Leben ist wieder voller *Feenstaub und Konfetti*!

Donnerstag, 17. August, 20:09 Uhr

Feenstaub und Konfetti? Schön wär's!

Fionas Laune ist immer noch im Keller. Dabei war sie doch gerade zwei Stunden mit Quinn zusammen. Laut meiner Berechnung sollte Fi jetzt schon im *siebten Himmel* schweben. Ich weiß, dass Quinn sie mag! Ich habe auf dem Flohmarkt *gesehen,* dass er sie so anguckt, wie ich es aus dem Fernsehen kenne. Bei der Serie *Raven* weiß man auch immer, wer in wen verliebt ist, weil Hot Marcus eifersüchtig guckt, wenn Zoe mit Pin spricht. Oder weil Mia wütend wird, wenn Hot Marcus mit Zoe redet. Also frage ich mich, was bei den Proben für das Musical eigentlich schiefläuft.

Teresa und Holly wundert das auch. Und Teresa meinte, dass wir eben nicht wissen können, was für romantische Verwicklungen es gibt. Dann hat Teresa gesagt: »Vielleicht ist es wie bei *Stolz und Vorurteil.* Den Film habe ich letztens gesehen! Er ist so … so …!« Sie wusste gar nicht weiter vor lauter Staunen, aber ihre Augen haben dabei ganz schön gefunkelt.

»So romantisch?«, schlug Holly vor, und weil Teresa das ja immer sagte, kicherten Holly und ich los. Teresa schlug mit einem Kissen nach uns, aber dann lachte sie auch. Und meinte, wir sollten rausfinden, was das Problem ist.

Hm. Eigentlich finde ich, ich habe mich schon genug eingemischt. Doch es ist ja so, dass mein Plan nicht aufzugehen scheint. Und da will ich wenigstens wissen, warum nicht!

Freitag, 18. August, auf dem Weg zur Schule

Bin im Bus, deswegen Krakelschrift. Als wir zur Bushalte gingen, habe ich Fi nach den Proben gefragt. (Weil ich mich nicht getraut habe, sie direkt nach Quinn zu fragen.) Sie meinte, es läuft gut. Dabei war sie aber abgelenkt, weil sie beim Gehen mit Mareike textete.
»Darf ich da mal zuschauen?«, fragte ich ganz harmlos.
»Auf gar keinen Fall! Wehe, du lässt dich da blicken, dann passiert was!«, hat sie erschrocken geantwortet. Und mich mal wieder »Nervkröte« genannt.
Also echt. Sie ist ja wohl total gemein. Weil Fi so fies zu mir war, setzte ich mich im Bus direkt nach hinten zu Oskar und Maxim. Natürlich sehe ich von hier genau, was vorne los ist. Und das gefällt mir gar nicht. Quinn redet zwar mit Fi, aber es wirkt, als würde er eine un-

sichtbare Grenze um sie herum einhalten. Als hätte sie irgendwie eine ansteckende Krankheit. Dabei sieht er aber traurig aus. Und Fi ist eingeschnappt. Sie macht ihren Schnappschildkrötenmund. Kann ich aber auch verstehen: O tut so, als ob Quinn ihr gehört. Sie klebt an ihm und lacht wie eine Hyäne mit Lippenstift und fasst ihn dauernd an den Arm. Und er lässt sich das gefallen und lächelt sie an. Obwohl das auch nicht so besonders echt wirkt. Ich versteh das alles nicht.
Ist Quinn vielleicht doch nicht der Richtige für Fi????

Freitag, 18. August, 19:37 Uhr

War bei Papa unten in der Werkstatt. Er baut gerade ein Fahrrad für einen Freund zusammen und heute hat er den Rahmen geschweißt. Dazu hat er ein Schweißgerät, damit schmilzt er das Metall, sodass er die Metallteile zusammenkleben kann. Das glüht dann immer richtig und sieht toll aus!

Während ich die Hamsteranlockstationen und die Falle checkte (beides leer!), habe ich Papa gefragt, ob er wüsste, was mit Fi los ist. Er schob die Schutzbrille nach oben und schaltete das Schweißgerät aus. Dann sagte er, er hätte mich genau dasselbe fragen wollen. Wir stellten fest, dass Fi weder mit Mama und Papa noch mit mir darüber gesprochen hatte, weswegen sie so komisch drauf ist. Während die Hamsterdetektivin mit der Taschenlampe unter den Schrank guckte, ob da irgendwelche Spuren von Flummi zu entdecken waren, überlegte Papa laut, was wohl hinter Fionas Launen steckte.

Er meinte, sie hätte einfach viel um die Ohren: Schule, Ballett, Proben, Stimmschule, Text lernen für die Dreharbeiten im Winter. Und dass es auch belastend wäre, dass sie für die Rolle abnehmen soll. Dann kam Papa noch darauf, dass er mit vierzehn selbst auch ganz schön durcheinander gewesen ist und ziemlich viel Mist gebaut hätte, weil er ein Mädchen namens Monika Schlimgen beeindrucken wollte. Da wollte ich natürlich wissen, was er gemacht hatte. Er hat es mir auch verraten: Er ist auf einen Baum geklettert, der auf dem Schulhof stand, und kam nicht mehr runter! Weil es ihm zu peinlich gewesen wäre, wenn die Feuerwehr angerückt wäre, ist er dann gesprungen. Und hatte total Glück, dass er sich nur den Knöchel verstaucht hatte. Das hätte echt schiefgehen können, gab er zu. Also echt: Ich schwöre, ich werde mich niemals in echt verlieben!!! Das ist mir viel zu gefährlich! Für die Laune und für die Gesundheit!

Außerdem gibt es viel wichtigere Sachen als das. Zum Beispiel meinen Hamster. »Meinst du, Flummi taucht noch mal auf?«, habe ich Papa gefragt und da bekam er auf einmal ein ganz mitleidiges Gesicht. »Ach, Pünktchen, ich glaube, du solltest damit rechnen, dass er nicht wiederkommt.« Und er sagte das so komisch, dass ich auf einmal fragen musste: »Glaubst du etwa auch, er ist tot?«

Papa zuckte langsam mit den Schultern. »Ich will dich nicht belügen, Leni«, sagte er. »Ich denke, das kann leider sein.«

Da musste ich ein bisschen weinen. Jetzt bin ich immer noch traurig und gucke Scooter zu, wie er in seinem Käfig rumklettert. Die Hamsterschaukel meidet er nach wie vor. Ich wette, Flummi hätte sie super gefallen.

Samstag, 19. August, 14:30 Uhr

Ich komme gar nicht mehr zum Tagebuchschreiben, weil ich dauernd Rad fahre und die restliche Zeit überlege, was ich beim Poetry-Slam erzählen könnte! In zwei Wochen ist die

Jubiläumsfeier. Ich habe ungefähr schon dreihunderteinundsechzig Clips von Poetry-Slams auf YouTube geguckt, um mir Anregungen zu holen. Ganz viele tragen selbst geschriebene Gedichte vor. Die sind aber total kompliziert und ideenreich. So was kann ich nicht. Weil man ja nicht einfach sagen soll, dass man etwas nicht kann, ohne es probiert zu haben, hier eine Auswahl meiner besten … ähem … Versuche zum Beweis:

Ich will keinen Ärger machen,
aber dann passieren Sachen,
über die kann man lachen
muss man aber nicht.

Haferbrei schmeckt gut,
Oma hat 'nen Hut,
der sieht aus wie 'n Blumentopf
oben auf ihrem dicken Kopf.

(Hedi würde mich vermutlich umbringen, wenn ich das aufsage!)

Oder:
Hamster hamstern Hamburger
Haushoch hinter Heuhütten
und in hohlen Hamsterbacken
Haben haufenweise Hunger
Aber noch nicht jetzt
Holdrio*

* Holdrio ist ein ziemlich lustiges Wort, was Jodler rufen, wenn sie jodeln. Zum Beispiel in Bayern. Aber das Gedicht macht es leider auch nicht besser.

KANN IRGENDJEMAND VERSTEHEN, DASS ICH IN PANIK GERATE, WENN ICH AN DIE JUBILÄUMSFEIER DENKE?!!

Samstag, 19. August, 15:09 Uhr

Habe schon meine Bike-Sachen an, muss aber noch kurz was aufschreiben. Bin eben vor der Tür fast mit Fiona zusammengestoßen, die aus ihrem Zimmer kam. Sie hatte sich ziemlich hübsch gemacht. Ich fragte, wo sie hingehen würde. Und sie meinte, sie ginge zur Probe. Aber nicht in die Schule, sondern in den Probenraum von den Starhunters. Das fand ich toll! Ein gutes Zeichen! Mehr Zeit mit Quinn! Und dann war sie auch noch besonders hübsch. Deshalb wagte ich zu sagen: »Das wird Quinn bestimmt gefallen.«

Ihre Antwort darauf: »Geh mit deinen kleinen Freunden Rad fahren und halt dich einfach raus, okay?«

Mach ich (Nummer 1) und mach ich nicht (Nummer 2). Auch wenn Fi das nicht einsehen will: Ich kenne sie am besten. Ich glaube, ich kenne sie sogar noch besser, als Mama und Papa sie kennen. Auch wenn wir uns in letzter Zeit nicht mehr so gut verstanden haben. Als Schwestern kennt man eben ~~alle~~ … ziemlich viele Geheimnisse. Zum Beispiel weiß ich, dass sie schon ein paarmal Serien geguckt hat, die sie eigentlich gar nicht sehen darf. Und dass sie einmal vor Weihnachten die Geschenke aufgespürt hat, weil sie vorher unbedingt wissen wollte, ob sie einen bestimmten roten Pullover bekommt. Und dass Mareike manchmal die Matheaufgaben für sie macht. Und noch einiges mehr, wovon Mama und Papa keine Ahnung haben.

Weil ich sie so gut kenne, ist mir auch klar, dass sie irgendwas bedrückt. Und dieses Irgendwas ist ein einen Meter dreiundachtzig (oder so) großer dunkelblonder Typ mit Delfinanhänger um den Hals, der offensichtlich viel doofer ist, als er aussieht, weil er sich immer noch nicht *OFFIZIELL* in Fi verliebt hat!

Aber so hübsch, wie sich Fi heute gemacht hat, kann das nicht mehr lange dauern. So, und jetzt gehe ich »mit meinen kleinen Freunden« Rad fahren.

Sonntag, 20. August, 14:32 Uhr

AAAAHH!! Romantische Alarmstufe rot!

Jetzt weiß ich, was schiefläuft!

Nico, der Sänger der Starhunters, ist da! Er ist gerade in Fionas Zimmer, um mit ihr über das Musical zu reden. Hat er zumindest behauptet. Ich glaube, er ist gekommen, weil er mit ihr knutschen will!! Er riecht, als hätte er in Parfüm gebadet. BAH! Fiona ist noch mit Mama bei einer **Frisurenmodenschau**.*

Deswegen wollte ich Nico abwimmeln, als ich die Tür einen Spalt aufgemacht hatte. Aber da kam Papa von der Terrasse herein und fragte, wer da ist. »Niemand«, hätte ich am liebsten gesagt, gestand aber, dass es Besuch für Fi war. Ich schnitt Papa eine Grimasse und wedelte abwehrend mit der Hand, dass er bloß nicht die Tür öffnete. Aber er kapierte GAR NIX!

Schon hatte er Nico reingelassen. Verdammt. Warum müssen sich Eltern eigentlich immer in das Leben ihrer Kinder einmischen?

* Ja, so was gibt es wirklich. Meine Meinung dazu: Eine Ausstellung von grinsenden Knetgummigiraffen stelle ich mir weitaus spannender vor!

Sonntag, 20. August, 17:13 Uhr

Ich weiß wirklich nicht, was ich von Nicos Besuch halten soll. Vorhin hat er sich ein paar Minuten mit Papa unterhalten, und weil ich auf dem Weg in mein Zimmer dringend eine Verschnaufpause auf der Treppe einlegen musste (haha!), konnte ich alles mithören. Nico erzählte ihm sofort von seiner *Band,* den Starhunters. Und wie schwierig das wäre, als *Bandleader* so eine *Band* zusammenzuhalten. Und dass er »künstlerische Differenzen« aushalten müsste. Er wirkt ein bisschen größenwahnsinnig, finde ich ja. Er meinte, dass, wenn man als *Band* was werden will, richtig berühmt werden will, man dafür auch schon mal eine Kröte schlucken müsse.* Er hat Papa richtig viel erzählt und ich glaube, Papa hat bereut, dass er die Tür aufgemacht hat. Nico war gar nicht mehr zu stoppen: »Das Musical, wo meine Band, die Starhunters, die Musik macht, zum Beispiel. Klar ist das kein Highlight, künstlerisch gesehen. Aber es bringt Publicity. Von daher: alles cool.«

Was für ein BEKNACKTES Angebergelaber! Und das ging so noch weiter. Von wegen, dass Frau Zimborn sich mit dem Musical ein Denkmal setzen möchte, aber dass sie einfach keine Ahnung von einer guten Bühnenshow hat. Und schob dann hinterher: »Gut, dass ich da ein Wörtchen mitreden kann.«

Dann kam Fi nach Hause. Jetzt ist sie mit Nico schon *zweieinhalb Stunden* in ihrem Zimmer. Und es ist darin ganz leise! (Nicht dass ich lausche. Ich bin nur *geräuschaufmerksam.*) Vielleicht knutschen sie ja. Das ist zwar wirklich eine EKELIGE Vorstellung. Aber das bringt mich auf folgende Gedanken:

1. Vielleicht ist Fiona ja mittlerweile in Nico verliebt. Kann ja

* Was so viel bedeutet wie, dass man, um etwas Bestimmtes zu erreichen, auch Sachen machen muss, die man nicht angenehm findet.

sein. Was weiß ich denn, wie schnell man seinen Schwarm austauschen kann?
2. Wenn sie in Nico verliebt ist, dann müsste sich ihre Laune ja auch total verbessert haben, nachdem er sie besucht hat.
3. Ich könnte das gleich überprüfen. Ich habe nämlich den PERFEKTEN Gute-Laune-Test für Fi!

Der Test geht so: Ich erzähle Fi einen richtig blöden Witz. Wenn sie gut gelaunt ist, lacht sie. Während sie nicht mal über SUPERWITZE lacht, wenn sie schlecht gelaunt ist. Genau! Das ist es. Ich werde es gleich überprüfen, wenn Nico endlich weg ist.

Und immer noch Sonntag, 20. August, 18:43 Uhr

Beweis erbracht! Und ich kann vermelden: Fi ist nicht in Nico verliebt, sondern noch in Quinn.

Kaum war Nico weg, klopfte ich an ihrer Tür. Sie saß mit ihrem Handy auf dem Bett. »Hey Fi«, sagte ich. »Ich habe einen Joghurt fallen lassen. Was ist passiert?« Sie starrte mich an, als würde ich auf einmal ISLÄNDISCH sprechen, und zuckte mit den Schultern.

»Er war nicht mehr haltbar«, meinte ich grinsend.

Sie grinste nicht mal das KLITZEKLEINSTE bisschen. Wer so griesgrämig guckt, kann nicht glücklich verliebt sein. So viel hab ich bisher auch schon kapiert von der Verliebtseinsache!

Natürlich auch noch Sonntag, 20. August, 20:36 Uhr

GRÜNE GRUSELGRÜTZE! Mama hat eben beim Abendessen aus der Lokalzeitung die große Vorankündigung für die Jubiläumsfeier vorgelesen. Da wird eine Menge wichtiger Leute kommen! Sogar der Ministerpräsident von Nordrhein-Westfalen, der nämlich auf unserer Schule war. Er wird eine Rede halten. Genau wie eine Bestsellerautorin, die hier Abitur gemacht hat. Und deswegen wird auch viel Presse kommen.

Fiona wurde ganz bleich, als Mama das aus der Zeitung vorlas. Und mir wurde ganz schlecht, weil ich immer noch nicht weiß, was ich auf der Bühne vortragen soll. Papa meinte, ich solle über irgendwas reden, womit ich mich auskenne. Das wäre immer am besten. Ich beneidete Fi darum, dass sie sich nicht selbst ihren Text ausdenken muss, wenn sie auf der Bühne steht. Aber Fi verzog nur das Gesicht und meinte, das könnte auch nicht schlimmer sein als dieser Idiotentext, den Frau Zimborn geschrieben hat. Und dann beschwerte sie sich, dass die Musiklehrerin dauernd neue Ideen hätte und alles durcheinanderbringen würde.

Papa meinte so wie nebenbei, es wäre sehr interessant gewesen, einen von ihren Freunden kennenzulernen. Mama fragte neugierig, ob wir diesen Nico jetzt öfter hier sehen würden. »Weiß ich doch nicht!«, hat Fi gefaucht und Mama und Papa haben sich wieder einen dieser langen Blicke zugeworfen. Fionas schlechte Laune macht langsam die ganze Stimmung in der Familie kaputt. Aber ich weiß irgendwie nicht, was ich machen soll. Könnte mir das Universum vielleicht mal bitte ein Zeichen geben??!

Mittwoch, 23. August, 15:09 Uhr

Es regnet in Strömen. Heute ist nix mit Rad fahren. Endlich mal wieder Gelegenheit, in mein Tagebuch zu schreiben. Aber irgendwie ist gar nicht so viel passiert. Dakota hält Abstand zu mir. Ich ertappe sie nur manchmal dabei, wie sie mich feindselig anstarrt und dann mit ihren Freundinnen tuschelt.

Teresa, Holly und ich sind uns ziemlich sicher, dass sie irgendwas ausheckt. Irgendeinen miesen Racheplan, weil ich mich doch nicht für die Schnecken entschuldigt habe. Aber bisher ist nichts passiert. Vielleicht hat sie auch begriffen, dass es besser ist, sich nicht mit mir anzulegen. Das wäre natürlich das Beste!

Maxim hält sich sogar an sein Versprechen und lässt Johann-Friedrich in Ruhe. Dafür zankt er ein paar von den anderen Jungs an, Kilian und Lars zum Beispiel. Aber die können sich gut wehren. Letztens ist Maxims Fahrradsattel verschwunden. Er war mit dem Rad zur Schule gefahren, weil er ja jetzt fleißig trainiert. Und in der Pause hat er gesehen, dass sein Sattel weg war. Er hing oben im Basketballkorb. Aber Maxim war kein bisschen erschrocken. Er hat gesagt: »Easy-peasy, kein Ding für den King.«

Dann hat er mit Oskar und Linus den Altpapiercontainer unter den Basketballkorb geschoben und ist draufgeklettert. Der Hausmeister hat einen ziemlichen Anfall bekommen, als er das gesehen hat. Was Maxim gar nicht gestört hat. Der Junge fühlt sich wirklich am wohlsten, wenn er Ärger hat. Trotzdem – als Kilian und Lars Maxim gesagt haben, er soll sie in Ruhe lassen, hat er kämpferisch »Mal sehen« gesagt. Aber ich habe gemerkt, dass ihm das mit dem Sattel was ausgemacht hat. Er mag sein Fahrrad nämlich. Was ich gut verstehen kann. Tja.

Was war sonst los? Scooter benutzt die Hamsterschaukel immer noch nicht – ich habe sie jetzt aus dem Käfig geholt und sie auf den Boden unter den Stuhl gestellt, neben Flummis leeren Käfig.

Meine Karriere als Hamsterdetektivin ist auch nicht vorangekommen, weil ich einfach nicht mehr weiß, wo ich sonst noch suchen soll. Und weil Papa gemeint hat, vielleicht ist er wirklich … nicht mehr am Leben. Aber ich glaube immer noch nicht, dass Papa recht hat. Außerdem denke ich lieber nicht weiter darüber nach. Sondern lieber darüber, dass in meinen weißen Leggings ein kleines Loch ist. Ich habe meine Hausaufgaben gemacht und Englischvokabeln gelernt. Mein Zimmer habe ich nicht aufgeräumt. Und weil Frau Opaschowski für ein paar Wochen nach Russland gefahren ist, weil ihre Mutter krank ist, fängt es langsam an, ein klitzekleines bisschen zum Saustall zu werden. Aber das ist mir egal. Denn ich warte immer noch auf ein Zeichen, irgendeine Idee, was ich mit Fiona und ihrer vermurksten Verliebtheit machen kann, dass sie endlich wieder gut gelaunt ist. Ach so. Und ich hoffe auch immer noch auf ein Zeichen, was ich bei diesem verdammten Poetry-Slam erzählen soll.

Freitag, 25. August, 19:17 Uhr

Tagebuchschreiben macht viel mehr Spaß, wenn was NEUES passiert. Tut es aber nicht. Es regnet seit drei Tagen. Nächste Woche ist die Jubiläumsfeier. Ich habe immer noch keinen Text. Vielleicht lese ich einfach den Aufsatz vor, den ich in der vierten Klasse geschrieben habe. Der war ganz lustig. Die Aufgabe war eine Fantasiegeschichte, in der es um die Landung eines Raumschiffs geht. Den Rest sollte man selbst erfinden.

Aus meinem Raumschiff stieg eine Mannschaft brutaler Bananen. Eigentlich wollte ich eine total spannende Geschichte schreiben, in der die Bananen rumballern und die Welt erobern. Aber erst als ich mich schon für Bananen entschieden hatte, stellte ich fest, dass sie gar keine Arme haben, mit denen sie ein Gewehr festhalten können. Also musste ich mir was anderes einfallen lassen. Und dann konnten sie durch bloße Gedankenkraft die Menschen einfrieren, sodass sie sich nicht mehr bewegen konnten. Tja, und am Ende bricht eine Horde Affen aus dem Zoo aus, weil die eingefrorenen Wärter das Gehege nicht verschlossen haben, und die essen dann die Bananen auf und hauen mit dem Raumschiff ab, um zum Planeten der Bananen zu fliegen und dort Herrscher zu werden.

Aber irgendwie kommt mir die Geschichte jetzt ziemlich albern vor. Und ich kann doch nicht dem Ministerpräsidenten was von Bananen mit telepathischen Mörderkräften erzählen. Ich muss mir was anderes einfallen lassen. Aber was? Ich sehe jetzt schon kommen, dass alles in der totalen Katastrophe endet. Das einzig Tolle ist, dass Holly und ich morgen bei Teresa zur Übernachtungsparty eingeladen sind! (Immerhin ist mit meinen Freundinnen alles **GLITZER** und **KONFETTI**!)

Sonntag, 27. August, 15:09 Uhr

Bin wieder zu Hause. Es war sooo toll bei Teresa. Wir haben *Stolz und Vorurteil* gesehen. Was für ein Durcheinander! Habe nicht alles kapiert, außer dass Elizabeth in Mr Darcy verliebt ist, aber es ihm nicht sagt, weil er ihr ja auch nicht gesteht, dass er sie liebt. Stattdessen giften sie sich an und es gibt Verwicklungen über Verwicklungen. Bloß weil der eine dem anderen nicht die Wahrheit sagt!

Und genauso ist es auch bei Fi und Quinn! Ich weiß, dass sie sich mögen. Auch ganz ohne, dass ich mich einmische. Aber sie kommen nicht zusammen, weil O sich an Quinn hängt und Quinn sich irgendwie nicht an Fiona rantraut. Vielleicht weil Nico auf sie steht. Also wirklich. Ich muss unbedingt das *Handbuch für Mädchen, die sich nicht verlieben wollen* schreiben. Weil Verliebtsein ja wohl so was von BESCHEUERT ist. Was für ein Wirrwarr!

Holly und Teresa finden das übrigens auch. Holly meinte,

aus Oskar würde sie gar nicht schlau. Manchmal wäre er sehr nett und dann wieder würde er sie gar nicht beachten.

Aber bevor sie traurig werden konnte, überraschte uns Teresa mit Glückskeksen! Das sind so leckere Kekse, die man vor dem Essen aufbrechen muss, weil innen drin ein kleiner Zettel mit einem Spruch ist. Jedem von uns gab sie einen und meinte, darin wären Botschaften an uns. Wir waren ziemlich aufgeregt. Teresa machte ihren als Erste auf und las einen Spruch von irgendeinem Konfuzius vor. »Die Liebe ist das Gewürz des Lebens. Sie kann es versüßen, aber auch versalzen.« Wir mussten total lachen, weil sich das so übertrieben schleimig anhörte. Dann war Holly dran. In ihrem war eine chinesische Weisheit. Die ging so: »Die Wahrheiten, die wir am wenigsten gern hören, sind diejenigen, die wir am nötigsten kennen sollten.« Als ich den Papierstreifen ausrollte, der in meinem Glückskeks steckte, traute ich meinen Augen nicht. Darauf stand: *Wenn du auf ein Zeichen gewartet hast, hier ist es!*

Sonntag, 27. August, 20:52 Uhr

Ein Glückskeks hat mein Leben verändert. Plötzlich ist alles ganz logisch! Ich weiß, was ich wegen Fiona machen muss, und was ich beim Poetry-Slam vortrage. Ich werde über etwas reden, womit ich mich auskenne. Und das sind Hamster. Ich werde einen Brief an Flummi schreiben und ihm sagen, er soll zurückkommen. Ich habe nämlich beschlossen, dass er gar nicht tot ist, sondern quicklebendig. Und wenn das Universum mir genau in dem Moment ein Zeichen gibt, wenn ich eins brauche, dann kann es ja wohl auch meinen Hamster daran erinnern, dass er sich genug rumgetrieben hat und endlich nach Hause kommen soll!

Donnerstag, 31. August, 10:17 Uhr

Ich habe jetzt vier Tage an dem Brief an Flummi gearbeitet. Ich glaube, er ist ganz okay geworden. Als ich ihn Mama eben vorgelesen habe, hatte sie Tränen in den Augen. Erst dachte ich, sie weint, weil der Brief so schrecklich ist, aber dann sagte sie zu mir, das wäre wunderschön und ich würde mit meiner Liebeserklärung an einen Hamster bestimmt den Wettbewerb gewinnen. Das glaube ich zwar nicht, aber mir reicht, wenn ich mich ausnahmsweise mal nicht blamiere. Ich kann also eine Sache abhaken, die mir felsblockartig auf der Seele lag.

Jetzt zu der zweiten Sache. Insgeheim hatte ich natürlich gehofft, dass sich doch alles von selbst löst und Fi und Quinn zueinanderfinden. Wird aber wohl nix. Fi wird immer trauriger und blasser und dünner. Als ich sie heute Morgen gesehen habe, hatte sie richtig Ringe unter den Augen! Die hat sie zwar mit Make-up vertuscht, aber ich sehe sie immer noch. Sie tut mir richtig leid. Und deswegen ist heute der Tag gekommen. Der Tag, an dem Quinn die Wahrheit erfährt. Ich habe mir unheimlich lange den Kopf zerbrochen, dann habe ich einen Zettel geschrieben.

Auf dem Zettel steht:

Ich mag dich sehr.
Wenn du mich auch magst, dann sag es mir.
Wenn nicht, dann erzähl es bitte nicht rum.
Fiona

Teresa meint, das wäre supergefährlich, was ich mache. »Was wenn er den Zettel in der Öffentlichkeit vorliest?«

Auch Holly starrte mich mit großen Augen an und fragte, ob ich mir wirklich sicher wäre. Schließlich könne es sein, dass ich das Leben meiner Schwester ruiniere. Aber ich bin mir sicher. **Und zwar 100 Prozent!**

Donnerstag, 31. August, 16:17 Uhr

Ich bin wieder zu Hause. Ich habe es getan! Ich habe Quinn heimlich den Zettel in den Rucksack gesteckt! Ich muss richtig giggeln vor lauter Aufregung. Es war ganz leicht. Weil wir Poetry-Slammer (wie sich das anhört!) heute noch mal proben mussten, durfte ich mit in die Aula. Damit der Vortrag für das Publikum eine Überraschung bleibt, wurden alle aus der Aula geschickt, bis auf die Techniker und Herrn Lehmann, der die Jubiläumsfeier leitet.

Ich habe den Brief an Flummi vorgelesen und mich kaum versprochen. Herr Lehmann war sehr zufrieden. Nach uns wurde das Musical geprobt. Es war wirklich, wie Fi gesagt hatte: Frau Zimborn macht alle ganz kirre mit ihren Anweisungen. Mit Fi zusammen singt jetzt ein Backgroundchor. Das klingt immerhin gut. Finde ich. Weil Fi zwar schön singt, aber sie hat jetzt nicht so eine Stimme, die bis in alle Ecken dringt, sondern mehr eine leise Stimme. Daran meckerte Frau Zimborn dann auf einmal auch rum. Ich sah Fi an, dass sie extrem genervt war.

Dann mischte sich Quinn auf einmal ein und es gab eine große Diskussion über irgendwelche Änderungen, die manche doof fanden. Es wurde richtig hitzig. Das nutzte ich, um mich in den Nebenraum der Aula zu schleichen, wo alle, die auftreten, ihre Sachen hingelegt hatten. Quinns Rucksack kannte ich ja aus dem Bus!

Ich wartete, bis gerade niemand im Raum war, und steckte den Zettel in das vorderste Fach des Armeerucksacks. Gerade, als ich mich wieder aufrichtete, kam ein Mädchen aus dem Chor herein. Sie musterte mich komisch, sagte aber nichts. Mit klopfendem Herzen ging ich raus. Jetzt kann nichts mehr schiefgehen!

Donnerstag, 31. August, 16:51 Uhr

Der Zettel war eine super Idee. Ich bin mir **90 Prozent** sicher, dass es klappen wird. Oder vielleicht **80**. 80 ist auch noch eine gute Zahl.

Donnerstag, 31. August, 17:35 Uhr

Wieso um alles in der Welt bin ich bloß auf die Idee gekommen, dass nichts schiefgehen kann? Ich meine, hallo? Sollte mein Chaosmagnet etwa kaputt sein?

Bin mir mittlerweile zu **50 Prozent** sicher, dass alles in einer Katastrophe endet. Denn: Fi ist noch nicht zu Hause!

Sie müsste aber eigentlich schon wieder da sein. Vielleicht versteckt sie sich gerade, weil Quinn den Zettel gefunden und sich kaputtgelacht hat und Fi jetzt zum GESPÖTT der Leute geworden ist.

Je länger ich darüber nachdenke, desto schwärzer sehe ich alles. Wann kommt sie denn endlich nach Hause?

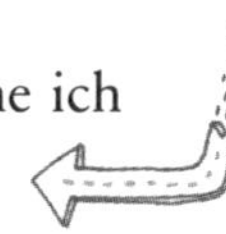

Verdammt, immer noch Donnerstag, 31. August, 18:16 Uhr

Fi ist da! Ich habe sie gehört, wie sie die Treppe raufgekommen ist. Ich bin aus meinem Zimmer raus, aber da ist sie schon an mir vorbei und hat hinter sich die Tür zugedonnert. Aber ich hatte genug Zeit, um zu sehen, dass sie geweint hat!

GRÜNE GRUSELGRÜTZE!

Was habe ich nur getan?

Für einen Moment stehe ich einfach nur wie gelähmt da und fühle mich schrecklicher als beim Casting auf der Bühne und nach einem Sturz vom Rad zusammen. Und alles, was ich denken kann, ist: **OH NEIN. BITTE NICHT. BITTE, DAS DARF NICHT SEIN, DASS ICH MIT DEM ZETTEL IHR LEBEN RUINIERT HABE. BITTE NICHT!**

Ich schwöre: Wenn doch noch alles gut ausgeht, werde ich mich NIE wieder in Fis Leben einmischen! Ich werde alle ihre Launen ertragen und kein bisschen meckern. Und ich werde mein Zimmer blitzeblank aufräumen, ab jetzt jeden Tag Sellerie essen und sogar lernen zu bügeln! Das schwöre ich, so wahr ich Helene Sophia Behrens heiße.*

Ich muss einfach wissen, was passiert ist. Mir ist zwar wirsingübel, aber ich gehe jetzt zu ihr rüber.

Donnerstag, 31. August, 18:39 Uhr

OH NEIN!

Sie hat mich hochkant rausgeschmissen! Ich bin ganz vorsichtig zu ihr rein, da saß sie auf dem Bett, die Haare zerzaust, die Nase knallrot. In der Hand hielt sie ein Taschentuch. Als ich sie gefragt habe, was los ist, hatte ich einen richtig dicken Kloß im Hals. Fi behauptete zwar, dass nichts wäre, aber ihr Kinn zitterte. Deswegen habe ich so ganz tröstlich gemeint, dass ich doch sehen würde, dass was los ist. Und dann hat sie was ganz Schreckliches gesagt: »Ich hasse mein Leben. Das ist los!«

Aber noch bevor ich mit ihr darüber reden konnte, hat sie geschrien, ich solle abhauen und sie in Ruhe lassen! Sie warf sich aufs Bett und legte ein Kissen über den Kopf. Ich fühle

* Und daran, dass ich meinen total offiziellen Namen benutze, merkt man, wie ernst es mir ist. Niemand nennt mich Helene. Ich finde, Leni passt auch viel besser zu mir!

mich so schrecklich. Mir ist auch nach Heulen zumute. Aber ein bisschen auch nach Brechen. Jetzt habe ich also doch alles kaputtgemacht. Und wahrscheinlich kann ich das NIE WIEDERgutmachen.

Ich halte das nicht aus! Ich muss versuchen, dass Fi mir verzeiht. Nebenan macht sie gerade ihre Heulmusik an. Ich habe eine Idee, ich gehe jetzt runter und mache zwei Tassen warmen Kakao. Den letzten Schokopudding nehme ich auch noch aus dem Kühlschrank. Mal sehen, ob das hilft. Ich meine, Kakao und Schokopudding helfen eigentlich immer. Aber diesmal ist es so schlimm, dass ich nicht weiß, ob das funktioniert.

Donnerstag, 31. August, 20:07 Uhr

SCHOKOPUDDING JIPPIEH! In meinem Kopf schwirrt es richtig vor lauter Konfetti. Es ist alles ganz anders, als ich gedacht hatte!!! Fi ist gar nicht traurig wegen mir. Und auch nicht wegen Quinn, sondern weil sie wirklich ihr Leben hasst. Das ist natürlich auch richtig traurig, aber endlich weiß ich, was los ist! Sie will nämlich gar keine Schauspielerin sein! Ja. Da habe ich auch gestaunt, als sie mir das eben anvertraut hat.

Es war so: Als ich mit dem Schokoladentablett in ihr Zimmer kam, saß sie immer noch auf ihrem Bett und starrte vor sich hin. Weil sie mich nicht rausschickte, reichte ich ihr die Tasse Kakao. Als sie ein paar Mal daran genippt hatte, habe ich mich getraut, sie noch mal zu fragen, was denn wirklich los sei. Und da stieß sie ganz elend hervor: »Warum müssen sich immer alle in mein Leben einmischen?«

Ich fing an zu schluchzen, weil ich natürlich dachte, es wäre wegen des Zettels. »Fi, es tut mir so leid!«, sagte ich.

Sie meinte dann, das sollte es auch, aber es klang mehr allgemein. Und nicht so total angriffslustig und sauer. Da fiel mir auch plötzlich auf, dass sie nicht gesagt hatte: Warum mischst *du* dich in mein Leben ein, sondern sie hatte *alle* gesagt. Und als ich dann nachgefragt habe, wen sie denn mit alle meint, tja, da kam es raus. »Na. Mama. Papa. Und Hedi!« Den Namen von unserer Oma schnaubte sie richtig raus. Erst war ich verwirrt, weil sie ihr doch alle bei ihrer Karriere halfen. Aber Fi schnalzte verächtlich mit der Zunge und meinte, sie würden nicht helfen, sondern sie dazu *drängen.* Und dass sie das gar nicht wollte, weil ihr alles zu viel sei. Dass ihr die Schauspielerei zwar Spaß mache, aber dass sie immer schreckliches Lampenfieber habe. Und wie schlimm das für sie ist, dass sie immer auf ihr Aussehen achten und Diät machen und zum Ballett gehen muss. Und das Musical wäre total grauenhaft. Und dass sie sich vor Angst in die Hose macht wegen Samstag. »Mir ist die ganze Zeit kotzschlecht und ich würde mich am liebsten ins Bett legen und nie mehr aufstehen.« Das hat sie wortwörtlich gesagt und ist dann in sich zusammengesunken wie eine Eiskugel, die schmilzt.

Ich war richtig entsetzt und habe mich ganz eng neben sie aufs Bett gesetzt und meinen Arm um sie gelegt. Dann erzählte sie noch, wie dumm das Musical wäre und dass Frau Zimborn wieder den Ablauf umgeschmissen hätte und jetzt eine Gruppe mit Triangeln über die Bühne ziehen würde. Ich hörte ihr weiter zu, und je mehr sie sich beschwerte, desto mehr wurde ich stutzig. Schließlich fragte ich sie: »Also bist du gar nicht traurig, weil Quinn … dich nicht beachtet?«

»Nein! Doch. Auch. Aber … ach, ich hasse mein Leben!«

Ihre Augen füllten sich schon wieder mit Tränen, da gab ich ihr den letzten Schokopudding, und sie lächelte wenigstens für einen Moment, schniefte in ihr Taschentuch und aß dann den Pudding. Während sie vor sich hin löffelte, überlegte ich. Also hatte Quinn sie nicht ausgelacht. Noch nicht jedenfalls.

Das heißt: Sie weiß noch nichts von dem Zettel. Das erleichterte mich zumindest ein klein bisschen. Trotzdem tat es mir sehr leid, dass sie sich so mies fühlte.

Als sie den letzten Löffel verputzt hatte, fragte ich: »Aber warum sagst du es ihnen nicht einfach?«

Sie meinte, dass dann alle sauer auf sie wären. Als ich sie damit beruhigen wollte, dass unsere Eltern wegen der Fahrradaktion auch nicht sauer gewesen waren, stieß sie hervor: »Ja. Bei *dir* waren sie nicht sauer. Du kannst alles machen, was du willst, und kommst damit gut an. Du bist einfach Leni, der kleine Sonnenschein und die Chaotin. Dir nimmt niemand was übel. Aber ich …«

»Hä?!«, habe ich da sofort gerufen. »Du bist doch die tolle Fi, die alle bewundern! Um die alle rumtanzen!«

»Ja, aber nur für das, was ich *mache.* Nicht für das, was ich *bin.*«

Also, das glaube ich einfach nicht. Ich bin felsenfest davon überzeugt, dass sie das Mama und Papa nur sagen muss und dass sie das schon verstehen werden. Das habe ich Fi auch versucht zu verklickern, aber sie meinte, das ginge nicht, weil dann alle so enttäuscht von ihr wären. Und ich wusste genau, was sie meint. Ich kann ihr ja nicht gestehen, dass ich das mit dem Zettel gemacht habe. Sonst würde sie ausrasten und wäre auch ganz enttäuscht von mir, weil ich mich doch wieder in ihr *Liebesleben* eingemischt habe, obwohl sie gesagt hat, ich soll mich raushalten.

Da habe ich ihr noch mal gesagt: »Mama und Papa wollen genau wie ich, dass du glücklich bist. Sie werden das verstehen.« Und nach einer kurzen Pause fügte ich hinzu: »Hedi vielleicht nicht. Aber das ist doch egal. Mich findet sie ja auch doof mit meinem Rad und den Klamotten.«

Da prustete Fi los und meinte, das stimme allerdings. Sie sah schon ein kleines bisschen hoffnungsvoller aus. Ich versuchte, sie noch weiter aufzumuntern: »Dann sind wir halt zu zweit eine Enttäuschung für deine Managerin.« Fi grinste. Aber dann wurde ihre Miene wieder ernst, weil ihr einfiel, dass Mareike und Anna sie bestimmt auch langweilig finden würden, wenn sie ihnen nichts mehr über die Stars erzählen kann, die sie trifft. Und dass Quinn und Nico megasauer wären, wenn sie bei dem dämlichen Musical nicht mitmachen würde.

Da habe ich ihr gesagt, dass ich niemals sauer sein würde und dass ich immer zu ihr halte. *Immer.* Und auf einmal hat Fi tatsächlich gelächelt und gemeint: »Du bist zwar eine Nervkröte, manchmal. Aber eine echt nette! Tut mir leid, dass ich so mies drauf war die ganze Zeit.«

»Ich habe dir übrigens den letzten Schokopudding überlassen«, habe ich dann noch mal betont.

»Das war sowieso meiner«, behauptete Fi, aber ich hörte ihr an, dass sie das lustig meinte. Ich bin sooo froh, dass wir uns wieder verstehen. Und als sie mich eben gefragt hat, ob ich nicht heute bei ihr im Zimmer schlafen will, war das echt **FEENSTAUB** und **KONFETTI** für mich!

Tatsächlich immer noch Donnerstag,
31. August, 23:01 Uhr

Ich liege in Fionas Gästebett. Es ist total gemütlich. Außer, wenn man auf dem Bauch liegt und dabei Tagebuch schreibt. Aber ich muss noch eben notieren, wie der Abend weitergelaufen ist.

Ich habe Fiona nämlich das mit dem Zettel gebeichtet! Wir haben uns lange unterhalten. Über die Schule. Und über Hedi, die irgendwie so ehrgeizig ist. Fi meinte, sie hätte den Eindruck, dass Hedi am liebsten selbst Schauspielerin geworden wäre und weil das nicht geklappt hat, würde sie jetzt wollen, dass Fi es wird. Ich fand es so toll, mich mit meiner Schwester zu unterhalten. Sie war gar nicht arrogant, sondern richtig lieb und hat ganz normal mit mir geredet.

Es war total schön. Und gemütlich! Fi hat so eine Lampe, die einen Sternenhimmel an die Decke wirft. Das sieht so aus, als würde man draußen im Freien schlafen. Nur, dass es im Bett natürlich viel kuscheliger ist. Und sie hat sich bei mir entschuldigt, dass sie mich für den Poetry-Slam angemeldet hat. Sie hätte irgendwie gedacht, dann würde ich besser verstehen, was sie durchmacht. Aber das wäre richtig doof von ihr gewesen, das fand sie auch! Ich nahm ihre Entschuldigung an und sagte, das wäre doch halb so wild gewesen!* Und dass ich sie sowieso verstehen könnte, weil ich mich niemals freiwillig auf eine Bühne stellen würde. Fi sagte noch mal, dass sie am liebsten absagen würde für das Musical. Aber dass sie die Band nicht hängen lassen wollte, weil Nico der Auftritt so viel bedeuten würde.

Da wollte ich natürlich sofort wissen, was der eigentlich hier gewollt hätte. Und ob sie mit ihm zusammen wäre. Da rief sie: »Igitt! Nein!« Aber dass sie manchmal den Eindruck hätte, Nico würde denken, dass sie zusammen wären, weil er ständig an ihr kleben würde. Dann seufzte sie so richtig tief. Und dann fragte ich sie nach Quinn. »Quinn?«, seufzte sie. »Der ist mit Olivia zusammen.«

»Ist er nicht!«, rief ich. »Er mag sie nicht mal. Nicht richtig jedenfalls.« Ich klärte Fi auf, dass er immer total gelangweilt gucken würde, wenn er mit ihr spricht. Dazu machte ich ihr

---

* Wenn man gemütlich im sicheren Bett liegt, kommt einem das dann auf einmal wirklich nicht mehr so schlimm vor. Aber wenn ich in meinem Tagebuch nachlese, weiß ich sofort wieder, wie mies ich mich auf der Bühne gefühlt habe!

sein gelangweiltes Gesicht vor. Fi hat extra ihre Nachttischlampe angemacht, um zu gucken, was ich für eine Grimasse zog. Sie lachte und ich zog eine ganze Menge blöde Gesichter, nur um sie weiter zum Lachen zu bringen. »Er findet sie ganz doof. Aber dich findet er nett. Ich weiß das.«

Fi knipste die Lampe wieder aus und wir legten uns zurück in die Kissen und schauten in den Sternenhimmel. Ich sagte ihr, dass er sie genauso anguckt wie die Verliebten in den Serien. Und dass ich total sicher bin, dass er in sie verknallt ist. Dann waren wir eine Weile still. Und ich habe es ihr gestanden, das mit dem Zettel in Quinns Rucksack und dass ich mit ihrem Namen unterschrieben habe. Und ich dachte, wie froh ich war, dass das endlich raus war. Dann habe ich darauf gewartet, dass sie ausrastete. Aber es kam gar keine Reaktion. Nur gleichmäßiges Atmen. Ich bin sicher, sie ist eingeschlafen, bevor sie mein Geständnis gehört hat! Na super. Da habe ich mich endlich getraut, es ihr zu beichten, und dann hat sie es nicht mal mitbekommen. Gute Nacht!

Freitag, 1. September, kurz vor dem Unterricht

Gleich fängt der Unterricht an. Bin total neben der Spur, weil meine Beichte nicht geklappt hat. Eben auf dem Weg zum Bus habe ich es wieder versucht, aber im Hellen ist es viiiel schwerer! Ich habe solche Angst, dass sie sauer wird und wieder alles zwischen uns kaputt ist. Ich bin nämlich soooo konfettifroh, dass Fi endlich wieder mit mir spricht!

Und sie hat mir was Nettes gesagt. Sie hat mir nämlich endlich erklärt, was wirklich los war, damals beim Shoppen, als sie zu den Mädchen gesagt hatte, dass sie mich nicht kennt. Das war nämlich gar nicht, weil sie mich so peinlich oder doof findet! Sie hat mich nur schützen wollen! Sie meinte, ich wäre sonst nachher noch in dem hässlichen Bananenkleid im Internet verewigt worden. Als sie merkte, wie sehr ich mich über ihre Erklärung freute, entschuldigte sie sich, dass sie mir das nicht schon früher gesagt hat. Sie hat gedacht, das wäre total logisch gewesen. Für sie jedenfalls. Weil sie ja jeden Tag überlegen muss, wie sie rumläuft, damit sie nicht in seltsamen Outfits fotografiert wird. Dabei würde sie auch gerne mal in total gechillten Klamotten rumlaufen. So wie ich!

Und dann sagte Fi: »Wie doof, dass man berühmt werden kann, aber nicht unberühmt.« Ich musste erst lachen über diesen seltsamen Gedanken, aber dann überlegte ich, dass man das bestimmt kann. Dass es nur länger dauert, weil man erst wieder in Vergessenheit geraten muss. Und Fi brummte, sie würde am liebsten sofort anfangen, in Vergessenheit zu geraten, indem sie nicht bei diesem doofen Musical mitmacht. Aber sie macht sich eben Sorgen, wie Nico und Quinn das finden.

Und was habe ich ihr geraten? Sie solle einfach sagen, wie es ist. Weil: Die Wahrheit ist immer am besten.

Dabei schämte ich mich richtig dafür. Wenn ich mich doch nur *EINMAL* selbst an meine eigenen Ratschläge halten würde!

Im Bus hatte ich total Bammel vor der Haltestelle von Quinn. Was, wenn er sofort zu Fi ging und ihr sagte, sie sei ja wohl total bescheuert, ihm so eine Botschaft zu schicken?

Aber dann stieg nur O ein. Sie hatte sich kleine Zöpfe in ihre lila Haare geflochten und eine Lackjacke in Rosa an. Sie hielt – genau wie Fi – nach Quinn Ausschau, aber er war gar nicht da! Ich war total erleichtert. Fi dagegen seufzte abgrundtief. Ich habe also noch eine Chance. Ich muss mit Quinn reden. Oder noch besser – irgendwie den Zettel zurückholen, bevor er ihn sieht. Verdammt. Diese Situation kommt mir irgendwie **SCHRECKLICH** bekannt vor.

Freitag, 1. September, große Pause

Es ist Pause und ich muss ganz schnell die Nachrichten des Tages loswerden! In der Schule ist voll was los. Es gab eine Schlägerei! Und zwar zwischen Quinn und Nico!!!!

Es sah richtig krass aus und nachher waren sie auch ordentlich zerzaust und zerbeult. Quinn ist größer als Nico, aber Nico ist kräftiger. Sie haben sich erst geschubst, dann ist Quinn auf ihn drauf, bis ein Lehrer sie getrennt hat. Keine Ahnung, worum es ging. Ich hoffe, es hat nichts mit meinem Zettel zu tun. Oder mit Fiona! **Schluck!**

Teresa ist sich sicher, dass es ein Kampf um Fi war. Nichts würde die Leute so in Wut versetzen wie Eifersucht. Tja, ich würde mal sagen, Teresa ist hoffnungslos romantisch. Holly aber auch. Sie meinte, das müsse ein tolles Gefühl sein, wenn sich zwei Jungs um einen kloppen! Hä?

Aber Fi war gar nicht da und hat deswegen noch gar nichts von der Schlägerei mitbekommen. Mareike und Anna standen alleine am Rand des Schulhofs, haben aufgeregt getuschelt und auf dem Handy rumgetippt. Ich hatte so eine Ahnung, wo Fi sein könnte, und beschloss, sie suchen zu gehen. Alleine! Teresa und Holly hatten dafür natürlich Verständnis. Ich lief ins Gebäude hinein und steuerte gerade das Selbstlernzentrum an, da tippte mir jemand auf die Schulter. Es war Quinn!

»Hey, schwarzer Ritter«, sagte er und grinste mich dabei an, verzog aber gleich darauf das Gesicht vor Schmerzen, denn am Kinn hatte er eine rote Schwellung und die Lippe war aufgeplatzt. Er wollte wissen, wo Fiona ist!

»Warum?«, fragte ich, um Zeit zu gewinnen. Das war meine Chance! Vielleicht könnte ich ihm unbemerkt den Zettel aus dem Rucksack klauen! Oder hatte er ihn vielleicht schon entdeckt? Und wollte deswegen mit Fi sprechen? Aber dann knurrte Quinn, dass es Stress gäbe wegen morgen. Und dass er sie dringend sprechen müsste.

Ich biss mir auf die Lippe. Wenn ich ihn zu Fi brachte, bestand natürlich einerseits die große Gefahr, dass die Zettelsache aufflog. Andererseits war Fi auch betroffen, wenn es um das Musical ging. Während ich noch überlegte, sagte er schon: »Komm. Ich hab dir geholfen, jetzt hilfst du mir.«

Das war nur fair! Ich verriet ihm, dass sie vermutlich in der Bücherei steckte. Er drehte sich sofort um und ging vor mir her. Sein Rucksack hing ihm lässig über der Schulter. Ich streckte nur mal probehalber die Hand aus, um zu testen, ob ich an das vordere Fach kommen könnte, da, wo ich den Zettel reingesteckt hatte. Aber in dem Moment drehte er sich zu mir um und sagte: »Du bist ein komisches Mädchen.«

»Du auch«, meinte ich und er lachte.

In der Bücherei war vorne bei den Computern viel los, in dem Nebenraum mit den Büchern dagegen war niemand zu sehen. Nur Reihen von Regalen mit Büchern. Quinn sah sich skeptisch um und fragte mich, ob ich sicher wäre, dass Fiona hier ist. Ich lief wortlos an den Regalen vorbei. Denn Fi hatte mir ja erzählt, wo es einen perfekten Chillplatz gab: hinter dem Fach mit den Lateinabiturhilfen. Die braucht nämlich kein Mensch, hatte sie gesagt. Und tatsächlich, da saß sie auf dem Boden, Kopfhörer in den Ohren und kritzelte in ihr Notizbuch. Ich stieß sie sanft mit dem Fuß an. Sie sah natürlich sofort, wen ich mitgebracht hatte, und zog die Kopfhörer aus ihren Ohren. »Er hat dich gesucht«, sagte ich.

»Hi«, sagte Quinn.

»Was ist denn mit dir passiert?«, fragte Fi besorgt.

»Eine künstlerische Auseinandersetzung.« Quinn grinste und ließ sich neben sie auf den Boden gleiten.

»Ich geh dann mal«, sagte ich, aber die beiden beachteten mich sowieso nicht mehr.

»Ich hab Nico gesagt, dass ich aussteige bei den Starhunters«, hat Quinn dann zu Fi gesagt. Das habe ich gehört, weil ich auf der anderen Seite des Regals stand, wo mir plötzlich auffiel, dass mein Schuh dringend neu gebunden werden musste. (Haha!) »Der Typ geht mir kolossal auf den Sack mit seiner Egotour«, beschwerte sich Quinn und erklärte Fi, dass er bei dem peinlichen Musical nicht unter ihrem Bandnamen mitmachen wollte. »Aber Nico meint, es sei *sein* Name und *seine* Band und er könne das alleine entscheiden. Da habe ich ihm gesagt, dass ich raus bin. Bei den Starhunters und beim Musical.«

»Echt?«, sagte Fi überrascht. »Ich finde das Musical auch doof. Ich hab schon überlegt, wie ich da rauskomme.«

»Krass!«, sagte Quinn nur und erst war es einen Moment still.

Dann sagte Fi: »Leni. Hau ab.«

Pfft! Dabei konnte sie mich gar nicht gesehen haben, wie ich da hinter dem Sofa hockte. Das nennt man wohl den schwesterlichen siebten Sinn. Na ja. Da musste ich die beiden also alleine lassen. Dabei bin ich so neugierig, was da rauskommt! (Und natürlich auch immer noch nervös wegen des Zettels.)

Freitag, 1. September, 14:28 Uhr

Fi hat mir eine Nachricht geschrieben, dass sie zu Mama in den Salon fährt, um ihr zu sagen, dass sie keine Schauspielerin mehr sein möchte. Darunter hat sie geschrieben: ***Schlotter, schlotter!***

Ich schreibe ihr zurück: ***Mama wird es schon verstehen.***

Jetzt kapiere ich auch die Auseinandersetzung in der Aula vorhin! Da herrschte nämlich bei der Musicalgeneralprobe **ALARMSTIMMUNG.** Weil Fiona abgesprungen ist!

Ich drücke ihr die Daumen. Wie schrecklich muss das sein, wenn man denkt, man müsse was machen, was man aber gar nicht wirklich will! Die arme Fi! Kein Wunder, dass sie schlecht gelaunt war, wo sie doch gedacht hat, Mama, Papa und Hedi wären enttäuscht von ihr, wenn sie sagt, wie sie sich in Wirklichkeit fühlt. Wenn ich geahnt hätte, was in ihr vorgeht, hätte ich ihr viel früher geholfen!

Freitag, 1. September, 17:13 Uhr

Es war so viel los! Aber endlich ist es raus! Fi kam mit Mama nach Hause. Mama hatte im Salon gesagt, dass sie wegen einer dringenden Familienangelegenheit früher gehen müsste. So was hat sie noch nie gemacht!

Sie hatte eine ganz ernste Miene, als sie reinkamen. Und Fi hat man angesehen, dass sie geweint hat, aber unter der Traurigkeit wirkte sie auch richtig froh. Sie war nämlich total erleichtert, das habe ich sofort gemerkt. Mama war ganz lieb zu ihr. Sie hat sofort Papa angerufen und er ist nach Hause gekommen. Sie waren beide richtig besorgt. Und erschrocken. Mama sagte immer wieder: »Oh mein Schatz, es tut mir so leid, dass ich das nicht bemerkt habe, unter welchem Druck du gestanden hast.«

»Schon gut, Mama«, sagte Fi. »Ich hab es ja auch niemandem gesagt.«

»Trotzdem«, sagte Mama. »Ich hätte es wissen müssen. Ich weiß nun wirklich, wie meine Mutter ist. Aber ich habe gedacht, dir macht das Spaß! Du warst immer so begeistert von allem.«

Aber da meinte Fi, dass ihr das alles erst richtig klar geworden wäre während der Proben für das Musical. Weil ihr das so wenig Spaß gemacht und Hedi aber nicht lockergelassen, sondern ihr dauernd Druck gemacht hat. Mama war richtig sauer und hat Hedi angerufen und gesagt, sie müsse kommen. Ihre Stimme war ganz anders als sonst, wenn sie mit Oma spricht. Viel strenger. So kenne ich Mama gar nicht!

Papa hat Fi ganz fest umarmt. Auch ihn hat sehr bedrückt, dass Fi sich nicht früher an sie gewandt hat. »Wir sind doch immer für dich da. Und mir ist völlig egal, ob du Schauspielerin wirst oder Astronautin oder Schuhverkäuferin. Hauptsache, du bist glücklich.«

Da hat Fi noch mal ein bisschen geweint und Papa hat ihr über den Kopf gestreichelt und sie getröstet. Ich musste fast mitweinen, weil alle irgendwie so traurig waren. Papa und Mama haben Fi versichert, dass sie hundert Prozent hinter ihr stehen. Und wenn sie nicht auftreten möchte, dann braucht sie das auch nicht zu tun. Da war Fi aber froh! Und ich auch!

Kurz darauf kam Hedi. Sie rauschte in ihrer typischen Alles-hört-auf-mein-Kommando-Art hinein und schaute misstrauisch auf Mama und auf Fi, die mit roter Nase neben Papa auf dem Sofa saß. Mama hat sie dann erst mit ins Arbeitszimmer genommen und alleine mit ihr geredet. Ich konnte nicht verstehen, was sie sagten, nur einmal wurde Mama laut und da habe ich so was verstanden wie, dass Hedi so was schon früher gemacht hatte, als Mama noch jung war.

Als Hedi rauskam, waren ihre Lippen nur noch ein Strich. Und von ihrer Kommandostimme war nicht mehr viel übrig. Wir setzten uns alle an den Tisch. Hedi saß kerzengerade und sagte, dass sie ja nur Fionas Bestes wollte und wie viel Zeit und Geld sie geopfert habe, um sie voranzubringen. Sie war ziemlich eingeschnappt. Aber Mama sagte ihr, dass es jetzt nicht um sie ginge, sondern um Fiona. Und dass wir alle mehr darauf achten sollten, was *sie* wolle. Und dass sie schon länger beobachtet hätte, dass Hedi Fi unter Druck setzt. Dabei soll Fi machen, was sie will und was ihr Spaß macht. Mama und Papa würden hundert Prozent hinter Fi stehen.

Hedi schnappte richtig nach Luft. Sie meinte, sie würde *hundertzehn* Prozent hinter Fi stehen und es wäre doch wohl kein Verbrechen, seiner Enkelin eine Karriere zu ermöglichen. Und da hat Mama Hedi ganz kalt angeschaut und gesagt, dass sie erst wieder zu uns kommen darf, wenn sie eingesehen hat, dass weder Fi noch Mama noch sonst irgendwer das nachholen wird, was Oma in ihrem Leben versäumt hat. Und da hat Mama gesagt, dass sie es bereut, dass sie Hedi das nicht schon viel früher gesagt hat. Krass, oder??

Hedi hat die Nase gerümpft und ist aufgestanden und dann brachte Mama Hedi zur Tür. Als Mama zurückkam und wir sie besorgt anschauten, meinte sie, Hedi würde sich schon wieder einkriegen. Papa hatte inzwischen schon Kakao für alle gemacht und dann spielten wir UNO und aßen Plätzchen. Alle waren total lieb zueinander. Es fühlte sich richtig feierlich an. Fast wie Weihnachten.

Freitag, 1. September, 18:42 Uhr

Na ja. Es ist eben doch nicht Weihnachten. Nach drei Runden UNO hat mich Mama eben hochgeschickt, mein Zimmer aufräumen. Sie meinte, das sähe ja langsam schon wieder abenteuerlich aus. Also räume ich auf und schreibe zwischendurch ein bisschen in mein Tagebuch.

Ich finde es nämlich sehr erstaunlich. Da denkt man, Erwachsene wären total überzeugt von dem, was sie so machen. Sie tun immer so, als wüssten sie, wie man sich richtig verhält. Und dann merkt man auf einmal, dass das gar nicht stimmt. Erwachsene wissen eben doch nicht alles. Und machen auch Fehler! Aber ich fand toll, dass Mama und Papa sich bei Fi entschuldigt haben. Und ich werde mich auch gleich bei Fi entschuldigen und endlich die Sache mit dem Zettel gestehen. Wenn Erwachsene Fehler machen können, dann dürfen Kinder das ja wohl erst recht. Ich hoffe, Fi sieht das auch so!

So, Socken unter dem Bett vorgeholt und in den Wäschekorb geschmissen. T-Shirts gefaltet. Hamsterstreu, das Scooter irgendwie aus seinem Käfig rausscharrt, zusammengefegt. Die Butterbrotdose mit Mamas Gemüse aus der Ecke geholt. Die war komischerweise doch leer! Aber umso besser. Dann gibt es auch keine verschimmelten Überreste, über die Mama gleich schimpfen kann. Jetzt gehe ich rüber zu Fi.

Freitag, 1. September, 19:01 Uhr

Bin gerade aus meinem Zimmer raus, da kommt Papa die Treppe rauf. Und hinter ihm geht noch jemand. Ein großer Typ mit dunkelblonden Haaren. Quinn!

Jetzt ist Quinn in Fionas Zimmer verschwunden und ich bin schnell zurück in mein Zimmer gehuscht. Tja, dumm gelaufen. Das war's dann wohl. Jetzt wird Fi von ihm erfahren, was ich gemacht habe.

Freitag, 1. September, 19:43 Uhr

Quinn ist immer noch da. Ich liege auf meinem Bett und erzähle Martinus, wie ich Fi gleich erklären werde, warum ich mich genau wie alle anderen in ihre Angelegenheiten eingemischt habe. Jeden Moment nun wird Fi an meine Tür donnern und mir die Ohren lang ziehen!

Passiert aber nicht. Drüben ist es sehr leise. Zwischendurch

Musik. Dann Lachen. Dann wieder Ruhe. Ich halt das Warten nicht mehr aus!

Freitag, 1. September, 21:53 Uhr

HAHAHAHAHAHAHAHA!*

Oh mein Gott! Ich bin soooooo happy! Mit Fi ist alles geregelt. Und sie war gar nicht böse. Oder nur ein klitzekleines bisschen.

Es war so: Ich lauschte die ganze Zeit, bis Quinn endlich weg war. Hätte ich gar nicht tun müssen, weil Fi sofort an meine Tür geklopft hat, nachdem er gegangen war.

»Ja bitte«, sagte ich förmlich und schluckte. Dann habe ich aber auf den ersten Blick erkannt, dass ich bei Fi gar keinen Gute-Laune-Test zu machen brauchte, denn sie strahlte über das ganze Gesicht. Sie glühte richtig vor Glück! »Quinn war da«, meinte sie (als ob ich das nicht mitbekommen hätte), setzte sich auf meinen Sitzsack und grinste vor sich hin. Und ich mag zwar bisher wenig Ahnung von diesem ganzen In-echt-Verliebtsein haben, aber das kapierte ich auf Anhieb: Fiona ist bis über beide Ohren verknallt. Und da sie lächelte wie ein Einhorn im Keksrausch, konnte es gar nicht anders sein, als dass Quinn auch in sie verliebt ist. Was ich ja die ganze Zeit gewusst habe, aber sie bis eben nicht!!

Ich war ganz schön erleichtert und habe Fi gefragt, ob sie also nicht sauer auf mich ist wegen des Zettels. Sie runzelte die Stirn. Sie wusste nicht, wovon ich rede!!! Sie hat gar nichts

---

* Erleichtertes Lachen, das überall auf der Welt für Heiterkeit und Freude und Glückseligkeit sorgt!

von dem Zettel gewusst! Und Quinn offensichtlich auch nicht. Ich musste ihr also alles gestehen und für einen Moment dachte ich, sie würde doch sauer, weil sie mich anfuhr, was mir denn einfiele! Aber dann lachte sie schon. Sie hatte einfach so feenstaubgute Laune, dass sie mir gar nicht böse war, sondern mir verzieh. Unter einer Bedingung: »Zehn Schokopuddings und ich vergesse die Sache.« Ich gab ihr meine Hand drauf und versprach auch, mich nie mehr in ihre Liebesangelegenheiten einzumischen.

Sie hörte schon kaum noch zu, denn sie fing an, von Quinn zu schwärmen. Wie er mit Nico geredet hatte und wie die beiden Frau Zimborn erklärt hatten, dass sie eine viel bessere Idee für das Musical hätten, für die sie sogar das Opfer bringen würden, nicht mit aufzutreten. Nämlich dass es ein Musical unplugged* sein sollte – nur mit einer Gitarre als musikalische Begleitung (Nico) und dem Backgroundchor. Erst war Frau Zimborn dagegen, aber Quinn und Fi hatten ihr und Nico das echt gut erklärt und dann waren sie sogar einverstanden. Bin sehr gespannt, wie das morgen wird. Aber eigentlich ist mir das egal, weil Fi da nicht mehr mitmacht. Und sie ist so erleichtert darüber! Und dann hat sie ganz viel von Quinn erzählt. Auch dass er ihr erzählt hat, dass er mir bei der Fahrradsache geholfen hatte. »Ja«, meinte ich. »Ich muss zugeben, er ist eigentlich ganz cool.«

»Das ist er«, hat sie gesagt und geseufzt.

So ist doch noch mal alles gut gegangen. Und am liebsten würde ich mein Tagebuch mit diesem **HAPPY END** beenden.

Geht aber leider nicht. Weil morgen ja die Jubiläumsfeier ist. Und während Fi aus dem Musical rausgekommen ist,

* Das ist Englisch und wird »anplaggt« ausgesprochen und bedeutet so viel wie »Stecker nicht eingesteckt«. In der Musik heißt das, dass eine Band ohne elektrischen Verstärker spielt.

muss ich ja bei diesem verdammten Poetry-Slam mitmachen. Fi meinte, wir könnten nicht beide kneifen. Also muss ich jetzt da durch.

Weswegen die Wahrscheinlichkeit sehr groß ist, dass dieses Tagebuch **nicht** mit einem Happy End* aufhört.

Samstag, 2. September, 8:36 Uhr

Lampenfieber ist ein seltsames Wort, finde ich. Papa hat es mir erklärt. Es ist die Anspannung vor einem Auftritt oder einem Wettkampf, die einen beflügelt, sodass man Höchstleistung bringen kann. Ich kann nur hoffen, dass ich nicht in Sachen CHAOS zur Höchstform auflaufe.

Fi hat mir noch einen super Tipp gegeben. Nämlich dass ich gar nicht an das Publikum denken soll, sondern mich nur auf den Text konzentrieren und einfach die Wörter vorlesen. Nicht überlegen, was das bedeutet, was ich da sage, sondern einfach lesen. So wie man beim Radfahren auch nicht drüber nachdenkt, dass man in die Pedale treten muss, man macht es einfach. Ich finde, das klingt gut. Ich habe meinen Brief an Flummi sehr oft gelesen, eben habe ich den Zettel zusammengefaltet und in meine Jackentasche gesteckt. Jetzt muss ich los, aber das Tagebuch nehme ich mit, als seelische Unterstützung!

---

* Was ist eigentlich das Gegenteil von Happy End? Unhappy End klingt total beknackt, finde ich. Doofi End hört sich schon besser an. Also, dann auf zum Doofi End!

Samstag, 2. September, 10:00 Uhr

Habe gerade etwas Zeit, um in mein Tagebuch zu schreiben. Herr Ackermann begrüßt die Gäste auf dem Schulhof und wir hängen im Schulgebäude rum, wo Stände aufgebaut sind, an denen die Schüler wissenschaftliche Projekte vorstellen. Bei manchen sieht es zwar eher nach verunglücktem Bastelkram aus, aber was verstehe ich schon davon.

Wir von der 5 b sind beim Bücherflohmarkt eingeteilt, was zum Glück ziemlich einfach ist. Ich habe eben mit Teresa ein paar Bücher auf den Tisch gepackt, da kam Holly angerannt und war ganz aufgeregt. Denn sie war gestern mit Oskar Rad fahren! Aber das war nicht das Besondere, was sie uns unbedingt erzählen musste. Sondern diese Neuigkeit: Er hat Holly nämlich gestanden, dass *er* das Kaugummi geworfen hat, das in meinen Haaren hing. Es ist wirklich nicht Dakota gewesen! Oskar hatte Holly treffen wollen, aber mich erwischt. Da sieht man es mal wieder:

1. Was sich neckt, das liebt sich.
2. Es ist gefährlich, sich in Oskars Nähe aufzuhalten. Irgendwas klebt immer!

Aber Holly findet das offensichtlich gar nicht schlimm. Sie ist wirklich verknallt! Und ich muss mich offensichtlich doch bei der doofen Kuh Dakota für die Schnecken entschuldigen. Ich weiß nur nicht, wo sie ist.

Samstag, 2. September, 10:23 Uhr

Die Aufregung steigt! Um 11:30 Uhr geht der Poetry-Slam los. Im Anschluss findet draußen der Bike-Contest statt. Die Jungs sind alle ziemlich hampelig. Ich bin natürlich auch nervös, fühle mich aber eher wie gelähmt. Maxim dagegen titscht durch die Gegend und flucht wie Papa beim Autofahren. Da sind Wörter dabei, die ich nicht in mein Tagebuch schreiben werde! Ich mache das lieber wie in den amerikanischen Sendungen, wo alle Schimpfwörter ausgepiept werden.

»**PIEP**, habt ihr draußen den ***PIEP***-Parcours gesehen?«, hat Maxim vorhin gerufen. »Verdammte ***PIEP***, zum Glück dürfen wir gleich üben. ***PIEP***.«

Johann-Friedrich hat Maxim entsetzt angestarrt und sich dabei die Ohren zugehalten.

»Was ist, du Memme, passt dir was nicht?« Maxim hat Johann-Friedrich am Arm gerissen, aber als Maxim meinen strengen Blick bemerkte, hat er so getan, als ob er ihn nur tätscheln wollte. »Schon gut. Bist halt ’n Weichei, das keine Wörter wie ***PIEP*** vertragen kann.«

Johann-Friedrich meinte, dass es eine Frage der Erziehung sei, ob man solche Wörter benutzt oder nicht. Er klingt dabei immer wie ein Lehrer, wenn er so was sagt. Kein Wunder, dass Maxim ihn verdutzt angeguckt hat und angefangen hat zu lachen. Er sagte dann was von wegen, dass er für einen Moment gedacht hatte, dass Johann-Friedrich das ernst meine. Und der antwortete, dass er das auch tue. Dann ist er um den Stand herumgegangen, um ein paar Bücher zu ordnen, und plötzlich wurde er richtig fies von zwei Jungen aus der Siebten angerempelt und fiel gegen unseren Tisch. Der Siebtklässler lachte nur blöd und meinte, dass es ihm ja gar nicht leid tue, obwohl er sehen konnte, dass Johann-Friedrich sich ziemlich an der Hüfte wehgetan hat. Und da ist was wirklich Ungewöhnliches passiert! Maxim ist mit einem Satz vor die beiden Siebtklässler gesprungen und hat sie angeschrien: »Schnauze, ihr Spackos!«

Die beiden waren ganz schön verwundert und fragten, was denn mit Maxim los wäre.

»Ich sag dir, was mit mir los ist. Keiner lacht über unseren Klassensprecher. Ist das klar!«

Die beiden haben Maxim einen Augenblick gemustert. Der hatte inzwischen kampfbereit die Fäuste geballt und offensichtlich war den beiden Älteren die Sache nicht geheuer, denn die haben sofort den Rückzug angetreten. »Schon gut, Alter. Ist ja nichts passiert«, meinten sie.

»Das ist auch gut so, ihr Spackos!«, hat Maxim ihnen hinterhergerufen. Johann-Friedrich hat nur verdattert zugesehen und suchte richtig nach Worten.

»Reg dich ab, Joe«, meinte Maxim zu ihm. »Wenn dich einer auslacht, dann bin ich das, aber bestimmt nicht irgendwelche Vollidioten.«

Johann-Friedrich war total dankbar, aber Maxim meinte, er solle sich nicht bedanken, sondern lieber lernen, sich selbst zu wehren. Dann hat er sich vor ihn hingestellt. »Du bist echt voll das Opfer. Komm, Joe, schlag mich mal.«

Johann-Friedrich wollte nicht.

Maxim ist mit erhobenen Fäusten vor Johann-Friedrich rumgetänzelt und hat so getan, als ob er ihn boxen wollte, aber dann kam Frau Selbach, die unseren Bücherstand mit beaufsichtigt, und das Kampfsporttraining war vorbei, bevor es angefangen hatte.

Ich finde, das ist ungefähr das Netteste, was Maxim jemals für jemanden getan hat. Er hat Johann-Friedrich verteidigt und ihm einen Spitznamen verpasst, der tausendmal cooler klingt als sein echter Name.

Samstag, 2. September, 11:02 Uhr

Ich hasse Lampenfieber! Mir ist so warm, dass ich meine Jacke ausgezogen habe. Nur meine Hände sind eiskalt. Ich versuche, nicht an den Auftritt zu denken. Als ich Dakota mit Anouk und Rosalie bei der Cafeteria rumlungern sehe, will zu ihr gehen, um die Entschuldigung hinter mich zu bringen.

Aber gerade in dem Moment fragt Maxim, ob ich ihm noch letzte Tipps für den Parcours geben kann, der jetzt zum Aufwärmen freigegeben worden ist. Weil ich das so cool finde, was er für Joe getan hat, sage ich Ja. Dakota hat jetzt so lange auf eine Entschuldigung gewartet, da kann es auch noch ein paar Stunden länger dauern.

Ich lasse meine Sachen am Stand und gehe mit den Jungs raus. Maxim hat echt viel dazugelernt. Ich gebe ihm noch ein paar Hinweise, dann muss ich wieder rein. Teresa und Holly sind auch mit rausgekommen und gucken zu.

»Wer ist denn bei uns am Stand?«, frage ich und denke an meine Jacke, die dort noch liegt. Mir ist plötzlich sehr kalt und ich zittere – wahrscheinlich alles vor Aufregung!

»Joe, Kilian und Marlene«, sagt Holly und ich beeile mich, zurück zum Bücherstand zu kommen, und ziehe meine Jacke wieder an. Mit eiskalten Fingern fasse ich in die Tasche und fühle dort den zusammengefalteten Brief an Flummi. Puh. Jetzt geht es los. Mein Herz pocht wie eine große Trommel.

Samstag, 2. September, 12:12 Uhr

Kladderadatsch und Zitroneneis! Es ist vorbei! Was für eine BLAMAGE! Ich wusste doch, dass mein Chaosmagnet wieder zuschlägt. Wobei es eigentlich ja eher meine Erzfeindin war, die zurückgeschlagen hat, damit ich auf der Bühne aber mal so richtig verkacke! Wehe, wenn ich Dakota erwische!

Das war wieder mal eine dramatische Folge von **Mein Leben voller Feenstaub und Konfetti – schön wär's!**.

Und die Folge heißt: »Hamsterfurz«!

PIDIBIDIBIDIDUMMDIDEI*

Es fängt damit an, dass ich hinter der Bühne auf meinen Auftritt warte. Durch einen Spalt im Vorhang sehe ich Fi. Sie ist mit Quinn hier. Mama und Papa sind auch da. Und der Ministerpräsident ist eben eingetroffen, genau wie die berühmte Schriftstellerin. Mit ihr im Schlepptau eine Fernsehkamera und ein paar Reporter. Ich darf nicht drüber nachdenken und konzentriere mich darauf, dass ich gleich einfach lese, was auf dem Zettel steht.

Vor mir redet ein Mädchen was über irgendwelche Dämonen, die sie nachts aus dem Bett zum Kühlschrank treiben, um nach Erdbeerschokolade zu suchen, während sie um Verlangen nach Brokkoli betet. *Kampf mit dem inneren Schweinehund* heißt ihr Werk. Wirklich, wer denkt sich so was aus? Aber das Publikum klatscht.

Ich sehe, wie sich der Ministerpräsident zu Herrn Ackermann rüberbeugt und mit ihm tuschelt. Dann heißt es auf einmal: Leni, du bist dran. Wie durch einen Nebel höre ich, wie Herr Lehmann, der heute der Moderator ist, meinen Namen sagt. Ich werde von einer Lehrerin Richtung Bühne geschoben.

Das Licht ist viel heller als bei der Probe. Mechanisch stakse

* Nervenzerfetzende Musik, die den dramatischen Höhepunkt andeutet!

ich nach vorne zum Mikro. Mit zitternden Fingern hole ich dabei den Zettel aus meiner Tasche und falte ihn auseinander. Stelle mich hin und Herr Ackermann guckt mich aus dem Publikum aufmunternd an. Der Ministerpräsident checkt sein Handy, aber sonst starren mich alle an. Ich werfe einen Blick auf die schwarzen Buchstaben auf meinem Papier. Sie sehen irgendwie anders aus, als ich es in Erinnerung hatte. Irgendwie *durcheinander.* Aber das kommt mir sicher nur so vor, weil ich so nervös bin. Außerdem blendet mich der Scheinwerfer, meine Hände zittern, das Blatt raschelt.

Denk dran, was Fi gesagt hat, einfach lesen, Kopf ausschalten. Das ist das Letzte, was ich denke, bevor ich einfach anfange vorzulesen:

»Salomon, der Weise spricht …«

Ich merke natürlich sofort, dass es nicht mein Text ist. Aber es ist wie auf einem steilen Abhang. Wenn man einmal angefahren ist, kann man nicht mehr anhalten, sondern muss bis runter.

»… laute Pupse stinken nicht.«

Ach, du liebes Schnitzel! Ich habe echt hier vor allen Leuten »Pups« gesagt! Der Ministerpräsident schaut von seinem Handy hoch und Herr Ackermann kriegt runde Augen. Ich rase weiter dem Abgrund entgegen.

»Aber die leisen, die so zischen
und unbemerkt dem Po entwischen,«

Das darf doch nicht wahr sein. Von allen Gedichten, die es auf der Welt gibt, habe ich eins über Furze erwischt?

»Junge, Junge, fürchte dich,
denn sie stinken fürchterlich.«

Keiner lacht. Alle gucken mich an. Irritiert. Durcheinander. Verwirrt! Genau wie ich. Und da sehe ich, was unter dem Gedicht aufgemalt ist. Es ist eine Nacktschnecke.

Dakota! Dieses Biest. Da hatte sie sich also doch gerächt!

Aber in dem Moment begreife ich es noch nicht so richtig, ich merke nur, dass mich alle anglotzen, keiner klatscht und dass ich schleunigst von der Bühne muss.

»Over und aus«, sage ich also und drücke im Vorbeigehen Herrn Lehmann das Mikro in die Hand. »Ich habe Sie gewarnt«, sage ich. »Aber Sie wollten ja nicht hören!«

Dann kommt doch noch Applaus, ein paar aus der Oberstufe pfeifen und lachen, und der wunderbarste Ort, den ich mir in dem Moment vorstellen kann, ist ein Loch im Erdboden, in dem ich einfach versinken kann.

Jetzt sitze ich hier unter den Mänteln an der Garderobe und hoffe, dass mich nie, nie, nie jemand mehr findet! Aber da kommen Fi und Quinn. (Fi kennt natürlich mein Versteck!) Und Mama und Papa schleichen hinter ihnen her. Auweia, ich sehe ihnen schon von Weitem an, dass sie kaum an sich halten können vor lauter Gegrinse und Gelache. Na ja. Ich würde mich ja auch kaputtlachen, wenn nicht *ich* es gewesen wäre, die sich so blamiert hat.

Oh! Da ist Dakota! Mit einem Grinsen so breit wie ein Regenbogen im Gesicht! Muss los, denn jetzt kann sie was erleben!

Samstag, 2. September, 13:01 Uhr

Was soll ich sagen? Ich glaube, ich verfasse ein Gedicht über mich selbst, das so anfängt:

Leni, die Weise, spricht,
übe keine Rache nicht!

Weil: Ich war soooo cool gerade. Erst wollte ich Dakota zur (Nackt-)Schnecke machen, indem ich sie richtig ausschimpfte. Aber dann stand ich vor ihr und sah auf ihrer Hand, dass sie dort das Marcus-&-Martinus-Zeichen draufgemalt hatte. Das sind so zwei Ms, die übereinandergelegt sind, sodass es aussieht wie ein verschmolzenes M und ein W. Und auf einmal merkte ich, dass ich echt keine Lust hatte auf eine Erzfeindin.

Denn wenn ich mich jetzt wieder rächte, dann würde sie auch keine Ruhe geben und dann ginge das immer so weiter. Das ist doch doof! Und da war auf einmal meine ganze Wut weg und ich habe sie gefragt, ob sie Marcus & Martinus mag.

Dakota war natürlich erst misstrauisch und meinte herausfordernd: »Na und?«

Ich sagte ihr, dass ich die auch gut fände. Da war sie überrascht. Und mir fiel was ein und ich habe sie das auch gleich gefragt. Nämlich, ob sie wegen Marcus & Martinus so gerne M&Ms mag. Da nickte sie. Sie war zwar immer noch skeptisch, aber auch ein bisschen interessiert. Und da habe ich mich für die Sache mit den Schnecken entschuldigt und sie war total verblüfft! (War ich ja kurz von mir selbst!)

Aber sie nahm meine Entschuldigung an. Sie brachte es zwar nicht über sich, sich für die Sache mit dem Gedicht zu entschuldigen. Das finde ich natürlich doof, aber es ist auch nicht so schlimm. Ich wusste ja, dass mein Auftritt ein Reinfall wird, egal, was ich vorgelesen hätte. Wieso sollte ich mich also darüber aufregen?

Und mit Dakota habe ich dann vereinbart, dass wir uns in Zukunft in Ruhe lassen. Sie wollte wissen, ob ich mich wirklich nicht rächen wollte für die Sache mit dem Furzgedicht. Aber ich meinte nur: »Schwamm drüber.« Und reichte ihr die Hand.

Na ja. Hoffen wir mal, dass es das war mit unserer Erzfeindschaft!

Sonntag, 3. September, 14:17 Uhr

Mein Tagebuch ist fast voll! Zeit für eine Bilanz. Das ist, wenn man eine Abrechnung macht von guten und nicht so guten Sachen.

Also: Das Musical war ein voller Erfolg. Auch ohne Quinn und Fiona. Unplugged kam der Auftritt super an. Frau Zimborn und alle Mitwirkenden haben jedenfalls jede Menge Applaus bekommen. Deswegen war auch niemand mehr sauer. Und Quinn und Fi standen am Rand und hielten Händchen.

Teresa fand das »süß« und die Einzige, die heute nicht froh war, war natürlich O Sie war stinksauer, aber tat so, als ob sie weder Quinn noch Fi kennen würde. Ich glaube jedenfalls, sie kommt drüber weg.

Ach ja. Maxim hat den Bike-Contest gewonnen. Er war richtig gut! Außer dass er kurz vor dem Ziel sein Vorderrad hochgerissen hat und den Lenker um 360 Grad drehen wollte, also einmal ganz rum. Was aber nur funktioniert, wenn man keine Kabel am Lenker hat. Maxim *hat* aber Kabel am Lenker. Die verhedderten sich, sein Rad blockierte und er knallte hin. Aber weil er den Rest am schnellsten und mit den wenigsten Fehlern geschafft hatte, wurde er dennoch Sieger.

Papa meinte, er hätte richtig Talent. Da hat Maxim also noch was anderes gefunden als Scheißebauen, worin er richtig gut ist. Ich freue mich für ihn, weil er vielleicht gar nicht so übel ist, wie ich dachte. Oh, es klopft.

Sonntag, 3. September, 16:09 Uhr

HA! HA! Und nochmals Ha! Ich glaube es nicht!!! Es sind gerade zwei Hammersachen passiert! Das Erste ist: Meine große Schwester ist einfach die BESTE!!!! Sie kam eben rein und meinte, sie hätte noch was vergessen. Ein Geschenk für mich! Und dann hat sie mir ein kleines schwarzes Kästchen gegeben und ich brauchte ein paar Sekunden, um zu kapieren, was es war. Meine … Helmkamera! Ich brachte erst gar kein Wort raus, so sprachlos war ich. »Woher … warum?«, kam dann aber doch aus meinem Mund.

Dann hat sie es mir erzählt und – ist das zu fassen? – sie hatte die Kamera die ganze Zeit schon!! Sie hatte sie direkt an dem Montag, wo wir uns in Ackermanns Büro begegnet sind, stibitzt. Sie hat sie mir nur nicht sofort gegeben, um mich ein bisschen zappeln zu lassen. Damit ich nicht auf die Idee komme, direkt wieder Unsinn anzustellen. Und nachher hatte sie vor lauter Musical-Schauspiel-Stress und Quinn vergessen, es mir zu sagen. Sie fragte (und das beweist, dass sie echt die beste Schwester ist!): »Meinst du wirklich, ich lasse zu, dass meine kleine Schwester Ärger kriegt wegen so einem Blödsinn?« Und da bin ich ihr um den Hals gefallen. Sie ist wirklich die absolut genialste Schwester der Welt!

Und dann die zweite Hammerneuigkeit! Bei der war es dann vorhin so, als ob ein Topf mit Konfetti und Feenstaub über mir ausgeschüttet wurde, denn das war das ALLERBESTE. Ich ging ziemlich gut gelaunt in mein Zimmer zurück. Und stutzte. Denn auf der Hamsterschaukel unter dem Stuhl, auf dem Scooters Käfig steht, saß … ein Hamster. Aber nicht irgendeiner. **FLUMMI!**

Mein Herz machte einen Salto oder zwei. Es war wirklich Flummi! Er war einfach wieder da und saß auf der Hamsterschaukel! Jetzt weiß ich auch, warum die Butterbrotdose leer war. Flummi hat die Sachen gegessen! Ich habe ihn schnell in eine Box gelockt und dann wieder in seinen Käfig gesetzt. Damit er mir nicht wieder abhaut.

Dann bin ich sofort runtergerannt, um Papa und Mama zu holen. Und Fi natürlich. Und als wir zusammen hochkamen, sahen wir, wie Flummi in seinem Käfig von unten an der Röhre hing und daran rumknabberte. Ich weiß nicht genau, wie er das geschafft hat, aber er konnte sie verschieben!

Papa meinte, er hat anscheinend die Dichtung durchgenagt. So ist eine Minilücke zwischen Röhre und Loch in der Käfigdecke entstanden,

durch die er schon wieder seine kleine Schnauze steckte, um sich herauszuquetschen. Es hatte ihn niemand rausgelassen. Er ist ausgebrochen! Er ist wirklich ein **Ausbrecherkönig!!!**

Ich bin echt sehr stolz auf meinen Superhamster. Und Papa hat mir geholfen, einen Hochsicherheitstrakt für Flummi zu bauen. So haben wir es im Scherz genannt. Dabei haben wir nur die Röhre weggenommen und das Loch mit einem Brett zugemacht. Damit mein kleiner Ausbrecherkönig noch mehr Gelegenheit zum Klettern hat, aber nicht mehr ausbüxen kann, bekommt er demnächst einen neuen, größeren Käfig. Ist das nicht alles total großartig?

Ich habe zwar dem Schulleiter und dem Ministerpräsidenten und der ganzen Schule ein Furzgedicht vorgetragen, aber das ist mir egal. Ich habe Fi, ich habe Mama und Papa, ich habe Teresa und Holly – und ich habe Flummi wieder und Scooter auch noch. Und deswegen ist mein Leben endlich wieder **VOLLER FEENSTAUB UND KONFETTI!** Und ich hoffe sehr, das bleibt auch so.

Wenigstens für eine Weile.

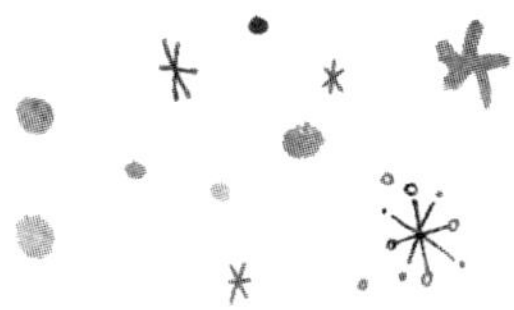

Handbuch für Mädchen, die keinen Ärger machen

Tipp Nr. 1: Zieh dich brav an, dann wirst du brav sein! (Besonders wichtig an ersten Schultagen.)*

Tipp Nr. 2: Lass dich nicht provozieren
Auch nicht von erbsenhirnigen Riesenblödmännern, die es total verdient hätten, eines auf die Mütze zu kriegen.

Tipp Nr. 3: Such dir die richtigen Freunde!
Und zwar Leute, die brav und beliebt sind. Dann wirst du auch brav und beliebt sein.**

Tipp Nr. 4: Erst nachdenken, dann sprechen
Um Ärger zu vermeiden, sollte man mindestens zehn Minuten nachdenken, bevor man was Dummes sagt. Das Schwierige daran ist, dass man vorher nie weiß, wann man was Dummes sagen wird, was einen in Schwierigkeiten bringt. Deswegen ist es am sichersten, einfach NUR nachzudenken und gar nicht zu sprechen. (Höchstens ins Tagebuch schreiben, das geht.)***

Tipp Nr. 5: Leugnen & Abstreiten für Anfänger
Verwirre die Leute mit Gegenfragen, damit sie vergessen, was sie eigentlich wissen wollten.

Tipp Nr. 6: Erwischt! Schuldgeständnisse & verdiente Strafen
Den Blödsinn zu beichten, den man verzapft hat, ist eine edle Geste und leider manchmal unausweichlich. Sobald man Reue zeigt, fällt die Strafe ~~nicht so~~ vielleicht nicht so schlimm aus.
Der neue Tipp Nr. 6: Solange du nicht erwischt wurdest, wurdest du nicht erwischt. Und solange man nicht erwischt wurde, besteht Hoffnung, dass man noch mal davonkommt.

* *Zieh an, womit du dich wohlfühlst, und dann guck, was passiert. Aber kauf dir einen Faltenrock für Schleimernotfälle ... hihi!!*

** *Such dir einfach die richtigen Freunde, die zu dir halten, auch wenn mal alles schiefläuft!*

*** *Wenn einem mal was Dummes rausrutscht, ist das auch kein Beinbruch.*

Tipp Nr. 7: Spuren verwischen und Beweise vernichten
Wenn man Beweise vernichten muss, sollte man darauf achten, dies unauffällig zu tun. Wenn man nämlich dabei erwischt wird, wie man Beweise vernichtet, macht man die ganze Sache erheblich SCHLIMMER!!!!*

Tipp Nr. 8: Nimm Friedensangebote an, wenn sie sich bieten! Sonst wird der Streit nur noch schlimmer!

Tipp Nr. 9: Schluss mit lustig. Wann ein Mädchen sich wehren muss!
Denn wenn man sich nicht gegen Blödmänner, Zicken und andere Nervkröten wehrt, lädt man seine Gegner ja geradezu ein, einen immer weiter zu attackieren!**

Tipp Nr. 10: Geh nicht in lehrerlose Turnhallen (oder Klassenräume) voller Schüler. Es wird nicht lange dauern, bis dort das Chaos ausbricht. Und wo Chaos ist, lauert der Ärger!!! *Und der Spaß, hihi!*

Sonderkapitel: Halt dich fern von Oskar »Kleister«/»Sticky« Piontek!***

Bonustipp: Verlieren leicht gemacht! Aber wie??!◎

Lenis exklusiver Überlebenstipp:
Nicht rot werden, wenn einem jemand etwas vorwirft.✩

Was ich als Nächstes schreiben muss:

Handbuch für Mädchen, die sich nicht verlieben wollen

☠❤ ☠❤ ☠❤ ☠❤☠

◎ *Tja. Wenn ich das rausgefunden habe, werde ich das hier nachtragen.*

✩ *Falls man doch rot wird, ist es auch egal.*

* *Super ist, wenn man eine Komplizin mit perfekter Tarnung hat. Zum Beispiel Fi, die beste Schwester der Welt!*

** *Man sollte nur wirklich sicher sein, dass man den Richtigen trifft!*

*** *Es denn, du heißt Holly und bist in Oskar verknallt!* ❤

Danksagung

Ich danke meiner Tochter Matilda für ihre unentbehrlichen Tipps und das akribische (also total genaue und spitzfindige) Probelesen! Sie war mir eine RIESENHILFE! Und es hat mir gleich doppelt so viel Spaß gemacht, das Buch zu schreiben, weil ich mit ihr immer über Lenis Abenteuer reden konnte.

Ich danke Lolli und Grey, den beiden besten Hamstern der Welt, für ihre lustigen Klettervorführungen und all die anderen Stunts, mit denen sie uns zum Lachen gebracht haben. Grey, R.I.P., Bro!

Natürlich danke ich meiner Agentin Christiane Düring, die mir zuverlässig aus allgemeinen und spezifischen Verwirrungszuständen heraushilft und immer eine gute Idee auf Lager hat. Es ist so beruhigend, dich an meiner Seite zu wissen!

Und mein Dank geht wieder einmal an meine zauberhafte Lektorin Antonia Thiel, die mit ihrem scharfen Auge erneut dafür gesorgt hat, das Beste aus dem Text herauszuholen. Unsere Zusammenarbeit ist einfach konfettigut!

Zum krönenden Abschluss schicke ich dem gesamten Arena-Team für sein tolles Engagement ein herzliches Dankeschön rüber und streue noch eine Extraportion Feenstaub darauf!